죽은 자들의 백과전서

*Enciklopedija Mrtvih*
Danilo Kiš

대산세계문학총서 122

# 죽은 자들의 백과전서

Enciklopedija Mrtvih

다닐로 키슈 지음 — 조준래 옮김

문학과지성사
2014

**대산세계문학총서 122_소설**

# 죽은 자들의 백과전서

지은이  다닐로 키슈
옮긴이  조준래
펴낸이  주일우
펴낸곳  ㈜문학과지성사
등록번호  제1993-000098호
주소  121-840 서울 마포구 서교동 395-2
전화  02)338-7224
팩스  02)323-4180(편집)  02)338-7221(영업)
전자우편  moonji@moonji.com
홈페이지  www.moonji.com

제1판 제1쇄  2014년 2월 20일

ISBN 978-89-320-2527-8
ISBN 978-89-320-1246-9 (세트)

이 책은 대산문화재단의 외국문학 번역지원사업을 통해 발간되었습니다.
대산문화재단은 大山 愼鏞虎 선생의 뜻에 따라 교보생명의 출연으로 창립되어
우리 문학의 창달과 세계화를 위해 다양한 공익문화사업을 펼치고 있습니다.

사랑에 대한 나의 격한 집착은
뜰로 난 창문처럼 죽음을 향해 있네.
── 조르주 바타유*

---

* 이 소설 전체의 제사인 이 문장은 바타유의 글이기도 하면서, 동시에 1973년 장 외스
타슈Jean Eustache가 각본을 쓰고 직접 감독한 프랑스 흑백 영화 「엄마와 창부La
maman et la putain」에 삽입된 유명한 대사이기도 하다. 이 문장에서 바타유는 죽음
(충동)과 성과 폭력의 밀접한 연관성을 암시하고 있다.

## 차례

**일러두기**

1. 이 책은 Danilo Kiš의 *Enciklopedija Mrtvih*(BIGZ, 2002)를 우리말로 옮긴 것이다.
2. 주석 중 지은이의 것은 (원주)라고 표기했다. 그 외의 주석은 모두 옮긴이의 것이다.
3. 강조하기 위해 원서에서 이탤릭체로 표기한 것을 본문에서는 고딕체로 표기했다.
4. 맞춤법과 외래어 표기는 1989년 3월 1일부터 시행된 「한글 맞춤법 규정」과 『문교부 편수자료』『표준국어대사전』(국립국어연구원)을 따랐으나 역자의 요청에 따라 부분적으로는 현지어 발음에 따랐다.

# 기적을 행하는 자 시몬

## 1

나사렛 사람 예수의 죽음과 기적적인 부활이 있은 지 열일곱 해가 지난 뒤 시몬이라 불리는 한 사내, 다시 말해 자기 제자들에게는 '기적을 행하는 자'라고 불리며, 자신의 적들한테는 '보르보리테'라는 경멸적인 이름으로 조롱당하는 인물이, 사마리아를 가로질러 변덕스러운 모래 밑 사막에서 사라지며, 먼지가 풀풀 날리는 도로 위에 나타났다. 어떤 이들은 그가 '지타'라는 이름의 사마리아 한촌에서 왔다고 주장했고, 다른 이들은 그가 시리아 혹은 아나톨리아에서 왔다고 우겨댔다. 그런 혼동을 일으킨 책임이 시몬 자신에게도 있다는 것을 부인하기는 어렵다. 왜냐하면 그의 출생지를 묻는 사람들의 더없이 순진한 물음에 대해 그는 이웃 마을을 가리키는 동시에 지평선의 절반을 끌어안을 만큼 아주 크게 손을 휘두르며 모호하게 대답했기 때문이다.

그는 보통의 키였지만 힘이 셌고, 까만 곱슬머리는 정수리 부근에서 듬성듬성해져 있었다. 마찬가지로 곱슬곱슬하고 헝클어진 그의 턱수염 사이사이에는 벌써 희끗희끗한 털이 드문드문 돋아나 있었다. 툭 불거진 매부리코에 옆얼굴은 양(羊)의 생김새와 비슷해 보였다. 한쪽이 다른 쪽보다 더 큰 그의 짝짝이 눈은 얼굴 전체에 왠지 모를 자조하는 듯한 인상을 심어놓았다. 그의 왼쪽 귀에는, 제 꼬리를 입에 문 뱀 문양이 새겨진 금귀고리가 매달려 있었다. 허리춤에는 그가 서커스 곡예를 부릴 때에 지지대로 사용하는 아마밧줄이 겹겹이 동여매여 있었다. 그 밧줄이 돌연히 공중으로 솟구치면 그는 관객들의 휘둥그레진 눈앞에서 마치 덩굴이 장대 위를 기어오르듯이 그 위로 기어오르거나, 또는 마술 주문을 중얼거리면서 단번에 소의 머리를 잘랐다. 짐승의 머리와 몸은 잠시 사막 모래 속에 잘린 채 뒹굴더니, 그다음 이 기적의 수행자가 마술 문구를 거꾸로 읽자마자 잘린 머리가 감쪽같이 몸통에 도로 붙었다. 이 '기적을 행하는 자'는 소의 목에서 모래 바닥 위로 떨어진 아마밧줄을 집어 들면서 구경꾼들 중 어느 의심 많은 자가 그 밧줄의 생김새를 살펴보겠노라고 다가오지 않는 이상 꼬인 매듭을 풀고 그것을 도로 허리에 감았다. 때로 시몬은 그런 구경꾼에게 흡사 지팡이를 건네듯 뻣뻣해진 밧줄의 한쪽 끄트머리를 건네곤 했다. 의심 많은 구경꾼의 손에 잡히는 순간 밧줄은 즉시 흐물흐물해졌고 먼지 구름을 일으키면서 땅 위로 툭 떨어졌다.

비록 그의 적들은 그의 입에서 나오는 온갖 언어마다 사투리가 심하다고 헐뜯었지만, 그는 아람어와 히브리어뿐 아니라 그리스어와 콥트어에도 능통했고, 여러 고장의 방언을 알고 있었다. 시몬은 그런 입소문에 개의치 않았을 뿐 아니라 오히려 스스로 그런 소문을 부추기는 듯한 인상까지 주었다. 사람들은 그가 계산이 빠르고 웅변술이 남다르다고 말했다. 특히 그의 목소리를 들으려고 사방에서 몰려드는 군중이나 자기 제자들과 추종자들에게 연설할 때에 그의 이런 장점이 유감없이 발휘된다고들 했다. 그의 제자들 중 하나는 이렇게 말했다. "그럴 때마다 그의 눈은 별처럼 빛났다." 반면에 그의 적들 중에서 어떤 이는 이렇게 기록하고 있다. "그의 목소리는 광인과 같고, 눈은 음탕한 호색가와 같다."

동에서 서로, 서에서 동으로 이르는 뒤엉킨 길들을 따라가다 마술사 시몬은 많은 전도자들과 마주쳤다. 그때는 요한과 바울의 제자들, 그리고 요한과 바울 자신이 당시 나사렛 사람 예수의 말씀을 전파하는 데 열중하고 있었다. 예수에 대한 기억은 팔레스타인, 유대, 사마리아에 여전히 남아 있었다. 시몬은 어떤 마을의 어귀에서 그들의 나막신 자국을 자주 발견했다. 하루 중 그들이 찾아올 무렵이면 마을은 이상하리만치 고요해졌다. 유일한 소음이라면 개 짖는 소리나 낭랑하게 울리는 양의 울음소리 따위였다. 그런 다음, 당나귀 울음소리처럼 멀리서 들려오는 남자 목소리, 아직 그다지 분명한 것은 아니지만, 낭랑하고 청아한 남자 목소리가 여럿 들려왔다. 그 목소리의 주인공들은 흔들거리는 나무통 위에 앉은 채 신의 창조와 이 세상의 완벽함에 대해 설교하고 있었던 사도들이었다. 시몬은 그들이 떠나기를 기다리면서 어느 오두막집의 그늘에 숨곤 했으며, 사람들이 완전히 흩어지기 전에 그들의 뒤를 쫓아 마을로 들어갔다.

그런 다음, 자신의 호위 인파에 에워싸인 채 그는 설교를 시작했다. 사도들의 강론에 지쳐버린 군중은 모이려는 열의조차 보이지 않았다. 그들은 그에게 이렇게 말하곤 했다. "우린 지금 막 바울과 요한을 떠나보냈소. 말씀이라면 벌써 1년 동안이나 신물 나도록 들었소."

"나는 사도가 아니오." 시몬은 그렇게 말하곤 했다. "나는 여러분과 똑같은 사람이오. 그들은 여러분에게 성령을 불어넣으려고 안수하지만, 나는 여러분을 먼지구덩이에서 일으켜 세우려고 손을 내밀 뿐이오." 그렇게 말을 마친 뒤 그는 하늘을 향해 두 팔을 치켜 올리곤 했다. 그의 펑퍼짐한 소매가 큰 주름을 이루면서 주르르 미끄러져 내려와, 오직 게으름뱅

이들 아니면 몽상가들에게서만 발견되는 아름답고 흰 손과 가느다란 손가락을 드러냈다.

"그들은 여러분들에게 영원한 구원을 주지만," 시몬은 계속 말을 이었다. "나는 여러분들에게 깨달음과 광야를 줄 것이오. 이를 바라는 자들은 나와 동행해도 좋소."

군중은 이미 넌더리가 날 만큼 온 사방에서 몰려드는 별의별 방랑자들에게 익숙해져 있었다. 그들은 대부분 동쪽으로부터 혼자, 또는 쌍을 지어서 왔고, 때로는 신도들의 무리를 몰고 오기도 했다. 어떤 이들은 마을 근처에, 산기슭에, 또는 이웃 골짜기에 노새와 낙타를 두고 왔고, 다른 이들은 무장한 호위대를 대동한 채 당도했다(그들의 설교는 협박 내지는 신파조 연기에 더 가까웠다). 또 그 밖의 사람들은 노새 등에 올라탄 채 내려오지도 않은 상태에서 곡예를 부리기 시작했다. 하지만 한 나사렛인의 죽음 이후 지난 15년 동안 찾아온 그 떠돌이 방문객들은 젊고 건강했으며, 턱수염을 길렀거나, 아니면 아예 턱수염을 기르지 않았고, 흰 외투를 입고 목자의 지팡이를 가지고 다녔으며, 스스로를 신의 아들이자 사도라고 불렀다. 긴 여행으로 인해 그들의 나막신은 먼지로 뽀얗게 덮여 있었고, 흡사 똑같은 책을 보고 달달 왼 듯 그들의 설교는 몹시 비슷했다. 그들은 자신들이 직접 목격한 동일한 기적을 이구동성으로 언급했다. 즉, 그 나사렛인이 자신들의 눈앞에서 물을 포도주로 바꾸어놓았으며, 작은 물고기 몇 마리로 셀 수 없이 많은 군중을 먹여 살렸다는 얘기였다. 어떤 이들은 휘황찬란한 빛을 뿜으면서 그가 하늘로 올라가는 것과 비둘기처럼 천국에 이르는 광경을 목격했다고 주장하기까지 했다. 그들이 산증인으로 데려왔던 그 맹인들은 그 빛이 자신의 시력을 앗아갔지만, 대신 자기에게 영적인 광명을 주었다고 힘주어 말했다.

그리고 그들 모두는 스스로를 신의 아들, 또는 신의 아들의 아들이라고 불렀다. 그들은 빵 한 덩어리와 포도주 한 단지를 위해서 은총과 영생을 약속했다. 뭇사람들이 그 설교자들을 문밖으로 내쫓고 사나운 개들을 그들에게 풀어놓는 경우에는, 그들 역시 영원한 지옥 불을 들먹이며(마치 새끼 양이 쇠꼬챙이 위에서 구워지듯 그 박해하는 자들의 살이 잔잔한 화염 위에서 태워질 것이라는) 협박으로 응수했다.

그러나 그들 중에는 또한 언변이 뛰어난 재사(才士)들도 있었다. 의심 많은 군중과 훨씬 더 의심 많은 관원들에게 영혼의 문제뿐 아니라 농사일과 가축을 키우는 일 등 육신의 문제와 관련된 골치 아픈 수많은 물음에 대해 어떻게 답변해야 하는지를 아는 자들이었다. 그들은 젊은 남자들의 여드름을 치료해주었고, 젊은 여자들에게는 처녀성을 더 쉽고 확실히 지킬 수 있는 위생법을 교육했다. 또 노인들에게는 죽음을 준비하는 것에 대해서, 즉 각자의 죽음의 순간에 어떤 말을 해야 하며, 빛으로 이르는 좁은 길을 통과하려면 어떻게 두 팔을 엇갈려 모아야 하는지에 대해서 조언했다. 또한 그들은 인간의 어머니들에게는 값비싼 술객(術客)과 몰약(沒藥)을 쓰지 않고 어떻게 자녀의 생명을 구할 수 있는지에 대해서, 어떻게 귀한 아들을 전장에 내보내지 않을 수 있는지에 대해서 가르쳤다. 아이를 낳지 못하는 여자들에게는 '신성한 영'이라고 부르는 존재가 그들의 자궁을 비옥하게 만들도록 하루에 세 번 텅 빈 배 위에다가 읊을 간단명료한 기도문을 가르쳐주기도 했다.

더군다나 그들은 감사하게 받는 빵 한 조각 또는 알 수 없는 말을 중얼거리면서 들이켜는 냉수 한 사발을 제외하고는, 그 모든 봉사를 공짜로, 아무 대가도 받지 않고 베풀었다. 각각 관습과 언어가 달랐고, 수염을 기르거나 혹은 기르지 않은 채로 온 땅 사방으로부터 하나 둘씩 도착했다. 하지만 이 사람이 말한 것을 다른 사람이 확증하는 식으로, 세부적인 작은 변형과 사소한 불일치점만 있을 뿐 모두 대개 비슷한 메시지였다. 그 나사렛인이 행한 기적과 부활에 관한 이야기는 신뢰를 얻기 시작했다. 유대, 사마리아, 아나톨리아의 주민들은, 가슴 위로 두 팔을 교차시키고 소녀 같은 목소리로 말하며 하늘을 올려다보고 노래하는, 먼지 긴 샌들 차림의 온순한 청년들에게 익숙해졌다. 주민들은 그 청년들에게 냉수와 빵 조각을 주었고, 청년들은 그들에게 감사를 표하면서, 그들이 죽자마자 이르게 될 경이로운 땅을 그려 보이며 영원한 삶을 약속했다. 그곳은 사막도, 모래도, 뱀이나 거미도 없는, 오직 큰 이파리의 종려나무와 곳곳에 얼음처럼 차가운 샘물과 무릎까지 오는 들풀만이 널려 있고, 위로는 부드러운 햇살과 낮과 같은 밤 또는 결코 저물지 않는 낮이 있는 땅이라고 했다. 또한 그곳은 소와 염소와 양이 목초지 위에서 풀을 뜯어먹고, 꽃들이 연중 달콤한 향을 내고, 봄이 영원히 지속되며, 까마귀도 독수리도 없고 오직 꾀꼬리만이 온종일 노래하는 땅이라고도 했다. 또 그곳은……

이것이 군중들 모두가 처음에는 우스꽝스럽고 얼토당토않다고 생각했던 천국의 정원에 대한 풍경(영원히 태양이 비추며 고통과 죽음이 없는 땅을 과연 누가 보았단 말인가?), 즉 그들 모두가 믿게 됐을 만큼 그 온순한 푸른 눈의 청년들이 커다란 확신과 대단한 영감을 가지고 그려 보였던 풍경이었다. 거짓말이 오래 되풀이되면, 사람들은 그것을 믿기 시작한다. 사람들은 믿음을 필요로 하기 때문이다. 긴 끈이 달린 샌들을 신고서 많은 청년들이 그들의 뒤를 따라 떠났다. 어떤 이들은 한두 해 뒤에, 어떤 이들은 10년 뒤에야 마을로 돌아왔다. 그들은 긴 여행길에서 녹초가 돼서 돌아왔고 턱수염에는 흰 터럭이 군데군데 섞여 있었다. 그들은 허리 아래로 두 손을 모은 채 여전히 사근사근 말했다. 그들은 '그'의 기적과 '그'의 가르침에 대해 얘기했고, '그'의 기이한 법에 대해 설교했으며, 육신의 쾌락을 경멸했고, 수수하게 입었고, 조신하게 먹었으며, 포도주를 마실 때면 두 손으로 잔을 들어 입술로 가져갔다. 하지만 만약 누가 그들의 말에 반박하거나, 만약 누가 그들의 가르침과 '그'의 기적에 의혹을 품거나, 만약 누가 영원한 삶과 천국의 동산에 대해 의심을 보이면(오오, 그에게 화가 있을지니!), 그들은 불같이 화를 냈다. 그들은 격렬하고 사나운 말, 위협적이고 불같은 말로 영원한 속죄의 형벌에 대해 묘사했다. 그들에 대해 한 이교도는 이렇게 일갈했다. "너희들이 우리 신들의 무서운 혀와 저주에서 풀려나기를 빈다."

그들은 아첨과 약속과 뇌물과 협박으로 회의론자들을 이겼다. 그들의 힘이 더 커지고 그들의 추종자가 늘어남에 따라 그들은 점점 더 세지고 오만해졌다. 그들은 집집마다 갈취하고, 개인의 마음속에 분쟁의 씨를 뿌렸으며, 자신들의 가르침에 대해 조금이라도 의심을 내비치는 자에 대해서는 음모를 꾸몄다. 그들은 선동자와 바람잡이를 데리고 다녔으며, 비밀 재판을 열어서 저주와 형벌을 내렸고, 적들의 문서를 불살랐으며, 반항하는 자들을 파문했다. 그들에게 가담하는 자들의 수는 점점 더 늘어났다. 그들이 의인에게는 상을 주고 반항하는 자들은 처벌했기 때문이다.

'기적을 행하는 자'라고 불리는 시몬이 나타난 것은 이때였다.

시몬은 사도들의 신이 폭군이며, 폭군은 분별 있는 자에게 신이 될 수 없다고 설교하고 다녔다. 그들의 신인 야훼, 엘로힘은 인류를 혐오하고 인류를 구속하고 도륙하며 전염병과 뱀과 독거미와 사자와 호랑이 등의 맹수와, 천둥 번개와 악역과 나병과 매독과 뇌우와 질풍, 가뭄과 홍수, 흉몽과 불면 그리고 청년기의 고뇌와 노년기의 무력감을 내린다고 시몬은 말했다. '그'는 우리의 축복 받은 선조들에게는 천국 동산의 한자리를 주었으나 그들에게서 가장 달콤한 열매, 인간이 누려야 할 유일한 열매, 인간을 개, 낙타, 당나귀, 원숭이와 구별해놓는 유일한 열매인 선과 악에 대한 지식을 인간으로부터 빼앗아갔다는 것이었다.

"게다가 우리의 불쌍한 선조가 호기심에 사로잡혀 그 열매를 따려고 했을 때, 그들의 엘로힘, 여러분의 엘로힘, 의로운 자, 위대한 자, 전능자인 '그'는 무엇을 했던가요? 그때 '그'가 무슨 일을 했느냔 말이외다. 예?" 삐걱대는 나무통 위에 앉아서 시몬이 소리쳤다. "여러분들은 잘 알고 있을 것이오(여러분의 사도들 — '그'의 종 또는 하인들 — 은 하루도 빠지지 않고 여러분에게 설교를 쏟아내니까). '그'는 문둥이, 역병 환자를 내쫓듯 사나운 검으로 무자비하게 우리의 조상을 내쫓았지요. 그런데 왜 그랬을까요? 왜냐하면 '그'는 증오와 적의, 질투의 신이기 때문이지요. '그'는 자유 대신에 굴종을, 쾌락 대신에 결핍을, 깨달음 대신에 도그마를 선포하지요…… 오, 사마리아인들이여, 그 복수심에 불타는 신이 여러분의 집을 무너뜨린 것이 바로 얼마 전의 일이 아니던가요? '그'가 여러분의 밭에 가뭄과 메뚜기 떼를 내리지는 않았던가요? '그'가 나병에 걸린 여러분의 이웃 수십 명을 쫓아내지는 않았던가요? 불과 1년 전, '그'가 끔찍한 역병으로 여러분의 마을을 황폐케 하지는 않았던가요? 만일 '그'가 심지어 지금까지도, 여러분의 먼 조상이 저지른 죄 비스무레한 것 때문에 여러분에게 앙갚음하고 있다면 '그'가 도대체 어찌하여 신이며 어찌하여 의롭단 말인가요? (왜냐하면 여러분의 사도들은 '그'를 의롭다고 말하기 때문이지요.) 만일 '그'가 역병, 천둥과 벼락, 악역, 비애, 불행을 그대들에게 내리는 이유가 단지 우리의 조상이 호기심, 그러니까 지식을 싹트게 하는 그 생기의 불꽃에 이끌려 무엄하게도 그 사과를 따 먹은 일 때문이라면 어떻게 '그'가 정의롭다고 할 수 있단 말인가요? 그렇소, 사마리아인들이여, '그'는 신이 아니오, '그'는 앙갚음하는 자요, '그'는 무법자요, '그'는 불타는 검과 독화살을 든, 온몸에 철갑을 두른 천사의 군대를 거느리고 여러분의 길을 막아서는 악당이란 말이오. 여러분이 키운 무화과가 익으면 '그'는 흑반병을 내리고, 올리브가 익으면 폭풍우와 우박을 내려 그것들을 진창에 쑤셔 박은 다음 거름으로 바꿔놓지요. 또 여러분이 키우는 양이 새끼를 낳으면 역병을 내리거나, 늑대나 호랑이를 보내어 우리 전체를 싹 쓸어버리도록 만들지요. 또 여러분의 마누라가 수태를 하게 되면 발작을 내려 그 생명을 끊어놓지요. 이 모든 것을 벌이는 '그'가 어떻게 신이란 말이오? 어떻게 정의의 표상이란 말이요? 그렇소, '그'는 다른 무엇일망정 하느님은 아니오, '그'는 천상을 다스리는 유일자가 아니오, '그'는 엘로힘이 아니오. 하늘과 땅, 남자와 여자, 공중을 나는 새와 땅 위에 기는 뱀의 창조자, 바다 위로 산을 들어 올리신 이, 해수와 강물과 대양과 파릇한 풀과 시원한 종려나무 그늘과 햇볕과 비, 공기와 불을 만드신 이, 그분이야말로 진짜 엘로힘, 정의의 하느님이지요. 아울러, 베드로와 요한과 바울과 그들의 제자들이 여러분에게 '그'의 가르침을 전했지만, '그'는 강탈하고 생명을 빼앗는 자이지요. 요한과 바울과 야고보와 베드로가 '그'와 '그'의 왕국에 대해 여러분에게 말한 그 모든 것은, 잘 들으시오, 오, 사마리아인들이여! 거짓이외다. 그들의 선택된 땅은 거짓이외다. 그들의 신은 거짓이외다. 그들의 기적은 거짓이외다. 그들은 거짓을 말하지요. 왜냐하면 그들이 충성을 맹세한 그들의 신은 거짓이기 때문이오. 그들은 끊임없이 거짓을 말하며, 그렇게 거짓의 큰 소용돌이 속으로 들어간 뒤에는 자신이 거짓말하고 있다는 사실조차 더 이상 깨닫지 못하지요. 너나없이 모두가 거짓을 말할 때, 더 이상 거짓말쟁이는 존재하지 않는 법이오. 이것저것 모든 것이 거짓일 때, 더 이상 거짓은 존재하지 않지요. 천상의 왕국, 정의의 왕국은 거짓이요. 그들의 신을 가리키는 수식어들은 죄다 거짓이요. 즉, '그'가 정의롭다는 것 또한 거짓이요. 진리를 사랑한다는 것도 거짓이요. '그'가 유일자라는 것도, 불멸적 존재라는 것도 거짓이외다. 그들의 경전은 거짓을 약속하기 때문에 그것 또한 거짓이요. 그들은 낙원을 약속하지만, 낙원 역시 거짓이외다. 왜냐하면 낙원은 그들의 손 안에 있으므로, 또 불타는 검을 든 그들의 천사와 거짓된 저울을 든 그들의 재판관이 그들과 함께 낙원의 출입구를 지키고 있기 때문이오."

군중이 선동가들의 말을 들을 때처럼, 모호한 말 이면에서 숨겨진 의미를 찾으려 하면서, 사람들은 냉대와 불신으로 시몬의 말에 귀를 기울였다. 군중은 관헌들, 바리새인들, 권력자들이 계략과 협박과 갈취를 숨기려고 사탕발림의 약속을 이용하는 것에 익숙해져 있던 터라, 이 시몬이라는 자 또한 본래 속셈을 드러내고, 그가 왜 왔는지, 저 애매한 말과 부질없고 혼란스러운 재잘거림의 진짜 목적은 무엇인지 어서 밝히기만을 기다렸고, 그런 까닭에 계속 듣고 있었던 것이다. 또한 그들은 어서 그가 뒤죽박죽의 주절거림을 끝내고 광대의 속임수나 기적으로 마무리하기를 은근히 기대하고 있기도 했다.

"하늘의 왕국은 거짓 위에 세워져 있소." 시몬은 혹독하게 내리쬐는 태양을 물끄러미 바라보면서 계속 말을 이었다. "게다가 그 지붕에는 두 개의 경사가 있소. 그 하나는 흰 거짓말이고 다른 하나는 검은 거짓말이라오. 그들의 경전은 거짓된 말과 거짓된 법으로 채워져 있고, 그 법들 하나하나마다 모두 거짓이오. 열 개의 율법과 열 개의 거짓…… 그들의 엘로힘이 폭군, 그것도 복수심에 불타는 폭군이며, 괴짜배기 노인처럼 성미가 까다로운 폭군이라는 것만으로는 부족하오. 그렇소, 모두가 '그'를 공경하고 '그'의 발치에 엎드러지고 오직 '그' 만을 생각하기를 원한다오! '그'를, 그 폭군을 유일자, 전능자, 의로운 하느님이라고 부르기를 원하지요! 온전히 '그' 하나에게만 복종하기를 원하지요! 오, 사마리아인들이여, 저들은 누구인가요? 여러분의 귀를 거짓과 잘못된 약속으로 채우기 위해 여러분에게 온 저 허풍선이들은 누구인가요? 저들은 '그'의 은총을 갈취했고, 여러분이 한마디 불평 없이 '그'에게 복종하고, '그'를 저주하지 않고 고통, 병마, 지진, 홍수, 페스트 등 이생의 온갖 시험을 견뎌내기를 바라지요. 저들이 여러분에게 '그'의 신성한 이름을 함부로 말하는 것을 금하게 할 다른 어떤 이유가 있을까요? 그들의 말은 거짓, 죄다 거짓이라오. 사마리아인들이여, 이 몸이 여러분에게 장담하오. 여러분이 베드로와 바울한테서 듣고 있는 모든 얘기들, 또 '그'의 사도들의 흰 거짓말과 검은 거짓말, 그것들은 전부 끔찍하고 지독한 장난이오! 그러니 여러분은 '살인하지 마시오.' 살인은 '그', 저들의 유일자, 전능자, 정의로운 저들의 신의 몫이니! 요람 속 갓난아기와 출산하는 어미와 이가 빠진 늙은이를 죽이는 일이 바로 '그'의 몫이니! 죽이는 일은 바로 '그'의 천직이외다! 그러니 여러분은 살인하지 마시오! 살인은 '그'와 '그'의 사도들에게 맡기시오! 그들은 그 일에 부름 받은 유일한 자들이니까. 저들은 늑대가 될 운명을 타고났으며 여러분은 양이 될 운명을 타고났소! 그러니, 사마리아인들이여! 여러분은 저들의 율법에 완전히 순종하시오……! 또한 여러분은 육욕을 탐하지 마시오! 그대들의 여식의 미색을 탐하는 일을 저들에게 맡기시오! 또한 여러분은 이웃을 시기하지 마시오. 시기할 만한 것이 하나도 남아 있지 않을 테니까! 저들은 여러분에게서 모든 것—영혼과 육신, 정신과 사고 등—을 요구하고 그 대가로 여러분에게 약속을 선사할 테니까. 여러분의 현재의 순종과 현재의 기도와 현재의 침묵에 대해 저들은 여러분에게 사탕발림의 허황된 약속을 줄 테니까. 저들은 여러분에게 미래, 있지도 않은 미래를 약속할 테니까……"

시몬은 군중들이 이미 흩어졌다는 것, 그리고 남아 있는 청중이라곤 그의 제자를 자칭하는 자들밖에 없다는 사실을 알아차리지 못했다, 아니 알아차리지 못하는 체했다. 그러는 내내 시몬의 신실한 반려자인 소피아는 그의 이마에서 연신 땀을 훔쳐냈고 그에게 물주전자를 건넸다. 모래 속 깊숙이 묻어두었건만 주전자의 물은 미지근하게 달아올라 있었다.

소피아는 서른 살가량에 몸집이 작고 숱이 많으며 가시나무딸기처럼 까만 눈동자를 가진 여자였다. 그녀는 속이 훤히 비치는 밝은색 외투 위에 인도에서 산 것이 분명해 보이는 화려한 실크 목도리를 두르고 있었다. 시몬의 제자들은 그녀를 지혜와 여성적 관능미의 전형이라고 추앙했고, 기독교도 순례자들은 그녀에 대해 온갖 험담을 퍼뜨리고 다녔다. 이 야기인즉슨, 그녀는 바람둥이에다 매춘부요, 훼방꾼에다 무례하기 짝이 없으며, 능란한 사기꾼인데, 시리아의 한 매음굴에서 자신의 반려이자 자신과 똑같은 사기꾼인 시몬의 눈에 들게 됐다는 것이다. 시몬은 그런 소문을 애써 부정하지 않았다. 오히려 시몬은 노예와 첩으로 보낸 소피아의 과거의 삶을 야훼의 잔혹함과 이 세상의 무정함을 증명하는 명백한 증거이자 본보기이자 교훈으로 이용했다. 시몬이 주장하는 바에 따르면, 그녀는 신의 잔혹성에 의해 희생된 추락한 천사, 길 잃은 양에 불과하다는 것이었다. 즉, 그녀는 인간의 육신에 갇힌 순결한 영혼이며, 그녀의 혼은 수세기 동안 이 그릇에서 저 그릇으로, 이 몸에서 저 몸으로, 이 그림자에서 저 그림자로 옮겨 다녔다고 했다. 그녀가 바로 롯의 딸이었고 라헬이었으며 미녀 헬레네였다고 했다. (말인즉슨, 그리스인들과 야만인들은 어떤 그림자를 숭상했고 그 환영 때문에 서로 다투느라 막대한 피를 흘렸다는 얘기였다!) 시리아 매음굴의 그 창녀가 그녀의 가장 최근의 현현(顯現)이었다는 것이다.

"하지만 당분간은" 시몬은 흰 망토를 두른 한 무리의 순례자들이 인가의 그늘 밖으로 나오는 것을 보자마자 한입 가득히 물고 있던 미적지근한 물을 한 모금 내뱉고는 계속 말을 이었다. 시몬은 곧 그들이 목자의 지팡이를 든 베드로와 그의 제자들이라는 것을 알아보았다. "하지만 당분간은 하늘의 음침한 장막 아래서, 지상의 시커먼 담장 안에서, 실존의 감옥 안에서, 그들이 여러분에게 가르치는 대로 재물을 멀리하고, 육체의 쾌락을 거부하고, 그 감미로운 술이자 열락의 항아리인 여자를 멀리하시오. 그들의 거짓된 낙원을 위해서, 이 세상의 삶 전체가 지옥이 아닌 것처럼 감추는 그들의 거짓된 지옥을 두려워하면서……"

"어떤 이는 지상의 왕국을 선택하고, 또 어떤 이는 천상의 왕국을 선택하지." 양손을 지팡이에 기댄 채 베드로가 입을 열었다.

"재물을 만져본 자만이 재물을 멀리할 수 있다." 시몬은 한쪽 편이 훨씬 큰 짝짝이 눈으로 베드로를 노려보면서 대꾸했다. "가난을 겪어본 자만이 가난을 두려워한다. 육체의 열락을 누려본 자만이 그 유혹을 뿌리칠 수 있다."

"하느님의 아들은 고통을 견뎌내셨다." 베드로가 대꾸했다.

"그의 기적은 그의 정의로움의 증표다." 베드로의 제자들 가운데 한 명이 끼어들었다.

"기적이 정의로움을 보여주는 증거는 아니지." 시몬이 응대했다. "기적은 잘 속는 다수의 군중에게만 통하는 최후의 표적일 뿐이다. 기적은 너희들의 불쌍한 유대인, 십자가 위에서 숨을 거둔 그가 몰고 온 광기에 불과하지."

"기적을 부릴 수 있는 힘을 가진 자만이 너처럼 얘기할 수 있지." 베드로가 윽박질렀다.

그러자 시몬은 삐걱대는 나무통 아래로 껑충 뛰어 내려오더니 자신의 도전자를 쏘아보며 말했다. "나는 지금이라도 당장 하늘로 날아 올라갈 수 있다."

"내 눈으로 그 광경을 보고 싶은데." 약간 떨리는 목소리로 베드로가 대꾸했다.

"나는 내 힘의 한계를 알고 있다." 시몬이 대답했다. "그래서 나는 내가 일곱번째 하늘까지는 오를 수 없다는 것도 알고 있다. 하지만 여섯 번째 하늘 정도는 너끈히 통과할 수 있다. 일곱번째 하늘까지 오를 수 있는 것은 오직 관념뿐이다. 왜냐하면 그곳은 온통 빛과 지복으로만 이루어져 있으니까. 게다가 지복은 가멸적(可滅的)인 인간으로서는 상상도 할 수 없는 것이니까."

"주절거리는 것은 그만하면 됐고." 베드로의 제자 중 하나가 쏘아붙였다. "만일 네가 저기 저 구름 위까지 올라갈 수 있다면, 그 나사렛인처럼 그렇게 우리가 너를 떠받들어주마."

마을 밖의 커다란 올리브 나무 근처에서 어떤 이상한 일이 벌어지고 있고, 시몬이라는 그 허풍선이가 마침내 탁발승 특유의 어떤 속임수를 벌일 것이라는 소문을 듣고 나서 다시 군중이 몰려들었다.

"허풍이 너무 세신데." 구경꾼 중 한 명이 조롱하듯 소리쳤다. "좋았어, 담보물이라도 놓고 가지그래?"

시몬은 허리에서 황갈색 밧줄을 끄른 다음 그것을 자신의 발치에 내려놓았다. "이게 내가 가진 전부요."

그러자 소피아가 말했다. "이 목도리를 가져가요. 저기 위는 우물의 밑바닥처럼 춥다고요." 그렇게 말하면서 그녀는 그의 목에 목도리를 둘러주었다.

"참 오래도 꾸물거리는구먼." 베드로가 말했다.

"저자는 해가 저물기를 기다리고 있는 거지요." 베드로의 제자들 중 하나가 덧붙여 말했다. "야음을 틈타 도망치려는 속셈이지요."

"잘 있게." 시몬이 소피아의 이마에 입을 맞추면서 작별인사를 건넸다.

"안녕." 베드로의 제자 중 하나가 비꼬는 투로 말했다. "감기 걸리지 않게 조심하라고!"

일순간 시몬은 수탉처럼 두 팔을 서투르게 휘젓더니, 나막신 아래로 먼지구름을 일으키면서 두 발로 동시에 지면을 박차고 뛰어올랐다.

"꼬—꼬—댁!" 한 익살꾼이 소리를 질렀다. 웃을 때마다 두 개의 찢어진 칼자국처럼 변하는 고약한 눈매에다 뺨에 수염이 없는 청년이었다.

시몬은 그를 힐끗 훑어보다가 이렇게 대꾸했다. "젊은이, 그렇게 쉬운 일이 아니오! 온 물체, 하물며 깃털 하나까지도 이 땅의 손아귀에 꽉 붙들려 있다오. 그러니 사십 오카*나 나가는 이 병약자의 몸뚱이는 오죽 뜨기 어렵겠소!"

베드로는 시몬의 궤변을 듣고 웃음을 진정시키기가 어려웠지만 그것을 수염 속에 꼬옥 숨겼다.

"만일 네가 궤변만큼이나 나는 것에도 도가 텄다면" 아까의 익살꾼이 참견했다. "지금쯤 구름 아래 하늘을 날아다니고도 남을걸."

"하늘을 나는 것보다 궤변이 쉽다는 것은 인정하지." 슬픔을 머금은 목소리로 시몬이 말했다. "그러는 너 역시 비루한 목숨을 이어오는 동안

---

* 근동의 중량 단위로서, 1오카는 약 1,280그램이다.

땅바닥에서 한 뼘조차 뗸 적이 없음에도 어떻게 재잘거려야 하는지는 잘 알고 있을 테지⋯⋯ 자, 이제는 나를 가만히 내버려두게. 내 힘과 내 생각을 한 점으로 모아서, 내가 가지고 있는 분노를 속속들이 끄집어내서 이 지상적 삶의 온갖 가증스러움에 대해 여봐란듯이 쏟아내도록 말이야. 이 세계의 불완전성에 대해, 갈가리 찢긴 무수한 인명에 대해, 서로를 잡아먹는 짐승들에 대해, 그늘에서 평화롭게 풀을 뜯어먹는 수사슴을 무는 뱀에 대해, 양을 살육하는 늑대에 대해, 수컷을 먹어치우는 암컷 사마귀에 대해, 한 번 침을 쏘면 숨지고 마는 벌에 대해, 우리를 세상에 내보내려고 산고를 치르는 어머니들에 대해, 아이들이 강물 속으로 던지는 눈먼 고양이들에 대해, 고래 배 속에 들어간 물고기의 두려움과 해변으로 끌어올려진 고래의 두려움에 대해, 노령으로 죽어가는 코끼리의 슬픔에 대해, 나비의 덧없는 기쁨에 대해, 꽃이 가진 기만적인 아름다움에 대해, 연인들이 나누는 포옹의 덧없는 환영에 대해, 엎질러진 씨앗들의 끔찍함에 대해, 노쇠한 호랑이의 발기부전에 대해, 입속의 충치에 대해, 숲 속 바닥 위에 즐비한 죽은 낙엽들에 대해, 어미 새가 둥지 밖으로 끄집어내는 아기 새의 두려움에 대해, 생 숯불 위에 놓인 듯 작열하는 햇볕 아래서 구워지고 있는 벌레의 지옥 같은 고통에 대해, 연인들을 눈물 짓게 하는 작별의 고통에 대해, 문둥이들만이 아는 공포에 대해, 온갖 끔찍한 모습으로 변형된 여성의 젖가슴에 대해, 온갖 상처에 대해, 장님의 고통에 대해 쏟아내도록 말일세⋯⋯"

그리고 곧바로 그들은 '기적을 행하는 자' 시몬의 가멸적인 몸이 지상에서 떠나 공중을 향하여 똑바로 점점 더 높이 솟구쳐 오르는 것을 보았다. 그의 두 팔은 물고기 아가미처럼 거의 알아차릴 수 없을 정도로 교묘하게 공기를 갈랐고, 그의 머리칼과 턱수염은 사뿐한 비행 동작과 함께 공중에 펄럭였다.

갑자기 군중을 엄습한 정적 속에서 외침은커녕 숨소리조차 들리지 않았다. 마치 입안이 얼어붙은 듯 그들은 꼼짝 않고 서 있었고, 시선은 하늘로 고정되었다. 장님까지도 얼빠지고 희멀건한 눈알을 위로 굴렸다. 그들 역시 돌연한 정적이 의미하는 것이 무엇인지, 군중의 관심이 어디로 쏠려 있는지, 모두 고개를 어디로 돌리고 있는지 짐작할 수 있었기 때문이다.

베드로 역시 놀라서 입을 벌린 채 멍한 표정으로 서 있었다. 그는 믿음의 기적 외에는 다른 어떤 기적도 믿지 않았다. 기적은 언제나 오직 '그', 기적을 행하는 유일한 자, 물을 포도주로 바꿔놓은 자에게서만 올 수 있는 것이었다. 숨겨놓은 밧줄로 술수를 부리는 등 나머지 것들은 죄다 마술적 속임수였다. 기적은 오직 기독교인들에게만 허락된 것이었고, 기독교인들 중에서도 '그'처럼 바위처럼 단단한 믿음을 가진 자들에게만 허락된 것이었다.

잠시 눈앞의 환영(왜냐하면 그것은 이집트의 시장통에서 공연되는 마술처럼 눈속임에 불과했기 때문에)에 겁을 먹고 당황하여 그는 두 눈을 비빈 다음, '기적을 행하는 자'라고 불리는 시몬이 조금 전까지 서 있었던(따라서 지금도 역시 있어야 할) 자리를 쳐다보았다. 하지만 그는 그 자리에 없었다. 거기에는 다만 시몬의 아마밧줄만이 뱀처럼 또아리 틀고 있었고, 그가 잘린 날개처럼 생긴 두 팔을 꼴사나운 수탉처럼 퍼덕거리며 위아래로 깡충깡충 뛰면서 일으킨 먼지 또한 지금은 서서히 가라앉고 있었다. 그런 다음 군중들의 머리가 향해 있는 쪽으로 시선을 천천히 올린 그는 '기적을 행하는 자'의 모습을 다시 보았다. 흰 구름을 배경으로 그의 윤곽이 또렷이 나타났다. 지금 그것은 커다란 독수리처럼 보였으나, 분명 그것은 독수리는 아니었다. 그것은 사람이었다. 솔직히 말해 얼굴까지는 알아볼 수 없었기 때문에 구름에 다가가고 있는 사람이 진짜 '기적을 행하는 자' 시몬인지 아닌지는 확인하기가 불가능했지만, 사람의 팔, 사람의 다리, 사람의 머리인 것만은 여전히 육안으로 확연히 구분이 되었다.

베드로는 흰 구름을 올려다보고는 온 군중을 속인 그 환영을 몰아내려고 눈을 깜박거렸다. 만일 구름과 하늘에 다가가고 있는 저 검은 실루엣이 진짜 시몬이 맞다면, '그'의 기적과 기독교인의 믿음의 진리는 이 세상의 여러 진리들 가운데 하나에 지나지 않을 것이고 더 이상 유일한 진리가 되지 않을 것이며, 이 세상은 불가사의와, 또 믿음은 환영과 매한가지로 취급될 것이기 때문이었다. 나아가 베드로 자신의 삶은 확실한 기반을 잃게 될 것이고, 인간은 모든 불가사의 중 하나가 될 것이며, 세계와 창조의 통일은 미궁에 빠지게 될 것이기 때문이었다.

(만일 그가 자신의 눈을 믿는다면) '기적을 행하는 자' 시몬의 가멸적인 육체임에 틀림없는 물체는 지금 구름에 도달해 있었다. 그 까만 점은 순간 시야에서 사라졌다가 낮고 흰 구름을 배경으로 또렷이 나타났고 마침내는 하얀 연무 속에서 영원히 사라졌다.

그 적막함은 군중에게서 터져 나온 경이의 한숨으로 깨지기 전까지 아주 잠시만 계속됐다. 사람들은 무릎을 꿇거나 털썩 엎드렸고 마치 최면에 빠진 듯 머리를 굴려댔다. 심지어 베드로의 제자들 가운데 몇몇도 자신들이 방금 목격한 새로운 이교도적 기적 앞에 머리를 조아렸다.

그런 다음 베드로는 눈을 질끈 감고는 히브리어로 이런 기도를 읊조렸다〔왜냐하면 히브리어는 성인(聖人)들의 모국어인 데다가, 군중들이 그 내용을 이해하지 못하도록 하기에 안성맞춤인 언어였기 때문이다〕. "천상에 계신 우리의 유일자이신 아버지, 지상의 신기루에 쉬이 속는 저의 감각을 다스려주소서. 저의 눈에 명민한 시력을 주시고, 망상과 환영에서 벗어나 당신의 믿음과 당신의 아들, 우리의 구원자에 대한 사랑 안에 흔들림 없이 머무를 수 있는 지혜를 저의 마음에 주소서. 아멘."

그러자 신의 음성이 그에게 들렸다. "오 충성스러운 종아, 내 말을 따르라. 믿음의 힘이 감각의 덫보다 더 강하다고 군중에게 전하라. 모두가 듣도록 그 말을 큰 소리로 전하라. 그들 모두가 듣도록 큰 소리로 전하라, 신은 한 분이고 그의 이름은 엘로힘이며, 신의 아들도 한 분이고 그의 이름은 예수라는 것을, 믿음은 하나이고 그것은 그리스도교라는 것을 전하라. 또한 지금 너의 눈앞에서 하늘로 날아올라간, '기적을 행하는 자'로 불리는 저 시몬은 신의 가르침에 대한 변절자요, 신성모독을 범한 자니라. 실로 그는 자신의 의지와 생각에 의지하여 저렇게 떠나간 것이며, 의심과 인간의 호기심에 떠밀려 별들을 향해 날아가고 있다. 하지만 거기에는 끝이 있는 법이다. 저들이 모두 듣도록 크게 외쳐라. 저자에게 유혹할 수 있는 힘을 준 자 또한 나이며, 그의 모든 권능과 힘이 내게서 나왔다고 말이다. 나 외에는 어떤 기적도 없으며, 나 외에는 어떤 권력도 있을 수 없다는 것을 저들에게 보여주기 위해 그가 기독교인들의 영혼을 기적으로 시험하도록 놔두었기 때문이다. 그러니 두려워하지 말고 저들에게 선포하라."

그런 다음 눈을 뜬 베드로는 파리가 들끓는 말라붙은 똥 무더기 위로 올라갔고, 목청껏 외치기 시작했다. "사람들이여, 들으라, 잘 들어둬라!"

하지만 아무도 그에게 주목하지 않았다. 마치 양 떼가 무더운 한낮 작은 숲의 그늘 속에 누워 있듯이 사람들은 먼지 속에 머리를 파묻은 채 누워 있었다.

다시 한 번 베드로는 목청껏 소리쳤다. "잘 들어라, 사마리아인들이

여, 너희들에게 전하는 내 말을 잘 들어둬라."

몇 사람이 고개를 들었고, 그중에서 장님이 첫번째였다.

"너희들은 직접 두 눈으로 똑똑히 보았다. 너희들은 감각적 환영의 희생자들이다. 저 마술사, 이집트에서 훈련을 쌓은 저 고행자는……"

"그는 자신이 한 약속을 지켰소." 소피아가 말했다.

"내가 열을 다 세기도 전에," 베드로는 그녀에게 개의치 않고 계속 말을 이었다. "그의 몸뚱이는 그가 그토록 경멸했던 지상 위에 떨어져 산산조각 나고 너희들의 발치에 놓인 돌멩이처럼 뒹굴다가 두 번 다시 먼지 구덩이에서 일어나지 못할 것이다…… 왜냐하면 신, 유일한 전능자인 그분만이 그것을 행할 수 있으니까. 단 한 분만이……"

"그는 날았잖아요. 그건 맞잖아요?" 소피아가 말했다. "그는 자신이 '기적을 행하는 자'라는 것을 증명했다고요."

"둘……"

"그가 설령 떨어진다 해도 그가 이겼다는 것만은 변함없어요." 소피아가 말했다.

베드로는 시간을 벌려는 듯 숫자를 세는 동안 지그시 눈을 감고 있었다.

잠시 뒤 군중에게서 솟구쳐 올라오는 단말마의 비명을 듣고 그는 눈을 번쩍 떴다. 조금 전에 시몬이 사라졌던 바로 그 지점에서 까만 점 한 개가 구름 속에서 몽글몽글 솟아 나와 점점 커지기 시작했다. '기적을 행하는 자' 시몬의 몸은 종횡무진 빙그르르 돌면서 돌덩이처럼 땅 위로 떨어지고 있었다. '기적을 행하는 자'의 몸이 점점 더 커지고 분명해지면서 버둥거리는 팔과 다리를 볼 수 있을 정도가 되었다. 군중은 하늘에서 곤두박질치는 그 몸이 자기들 중 한 명에게 떨어질까 두려운 나머지 사방으로 흩어지기 시작했다.

그 이후로 모든 일이 일사천리로 이어졌다. 거간꾼의 수레 위에서 떨어지는 축축한 모래자루 또는 공중을 나는 독수리가 떨어뜨린 양처럼 '기적을 행하는 자' 시몬의 육신은 쿵음을 내면서 지면에 부딪혔다.

그에게 가장 먼저 다가간 사람은 그의 충실한 반려자인 창녀 소피아였다. 그녀는 시몬에게 준 목도리로 그의 눈을 가리고자 했으나, 그녀 자신도 참혹한 광경에 눈을 감아야 했기에 그럴 엄두조차 낼 수 없었다. 그는 흙바닥 위에 나뒹굴어 있었다. 깨진 두개골, 부러진 손과 발, 갈라져 피가 흐르는 얼굴, 도살된 소의 그것처럼 바깥으로 불룩 튀어나온 그의 내장들. 땅 위에는 부러지고 흩어진 뼈와 갈기갈기 찢긴 살 무더기가 너부러져 있었다. 그의 두건 달린 외투와 샌들, 그리고 그녀가 준 목도리가 끔찍하게 뒤섞인 채 그의 살과 뼈와 뒤죽박죽이 돼 있었다.

그 광경을 보려고 몰려든 사람들은 소피아의 뻑뻑거리는 저주의 목소리를 들었다. "이것이야말로 '그'*의 가르침이 옳다는 것을 보여주는 또 다른 증거다. 인간의 삶은 '추락'이자 지옥이며, 세계는 폭군들의 손에 놀아나지. 그리고 모든 폭군 중에서 가장 가증한 폭군은 엘로힘이다!"

말을 끝맺은 뒤 그녀는 울부짖으면서 사막으로 떠났다고 한다.


2


이 전설의 또 다른 각편에 의하면 '기적을 행하는 자' 시몬이 도전장

---

* 여기서는 '기적을 행하는 자' 시몬을 가리킨다.

을 내민 상대는 일곱번째 하늘이 아니라 지상의 삶—모든 환영 가운데 서도 가장 큰 환영인—이었다고 한다.

그렇듯 시몬은 팔베개를 한 채로 커다란 올리브 나무 그늘 아래서 하늘을, 아니 "천국의 끔찍한 모습"을 올려다보며 누워 있었다. 어느 기독교인 논쟁가가 지적하고 있듯이, "새끼를 밴 소처럼 가랑이를 한껏 벌린 채로" 창녀가 그의 옆에 앉아 있었다(비록 우리가 이런 지적에 대해서 그 변론가가 자신의 사건을 전달하고 있는 건지, 아니면 그 장면에 대한 다른 목격자의 증언을 인용하고 있는지, 혹은 그 진술을 통째로 날조해낸 것인지 확인할 순 없지만 말이다). 올리브 나무와 그것이 던지는 옅은 그림자는 시몬의 기적에 관한 이 흥미진진한 이야기를 이루는 잡다한 증거물 중에서 유일하게 흔들리지 않는 사실이다. 그리고 우연의 힘은 베드로와 그의 제자들이 그곳에서 시몬과 마주치도록 이끌었다. 소피아의 음탕한 몸가짐에 충격을 받았음에 틀림없는 베드로의 제자들 중 한 명이 스스로를 유혹으로부터 보호하고자 고개를 돌린 채, 지상에서 씨를 뿌리고 하늘에서 거두는 것과 바람에 씨를 날려버리는 것 둘 중에 어떤 것이 더 나은지 시몬에게 물었다. 분명한 대답을 바라는 학구적인 물음이었다.

시몬은 한쪽 팔꿈치로 머리통을 받치면서 그 이상 몸을 일으키지 않고 어깨 너머로 그에게 이렇게 대답했다. "지상의 것은 남김없이 지상의 것이다. 우리 인간이 씨를 뿌리는 곳은 오직 하나다. 진정한 교제는 남녀의 뒹굶에서 비롯된다."

"어떤 남자, 어떤 여자라도 상관없다는 뜻인가?" 많이 놀란 베드로가 간신히 현기증을 억누르며 다시 물었다.

"여자는 열락의 항아리로다!" 시몬이 일갈했다. "하지만 너희들은 모든 멍청이들이 그렇듯이 참람한 것을 물리치려고 하나같이 귀를 틀어막고 있구나. 해답을 얻지 못했음에도 눈길을 돌리거나 도망치고 있단 말이다."

곧 그 자리에서는 엘로힘, 징벌, 참회, 인생의 의미, 금욕, 영과 육에 대한 장황한 신학적 공방이 이어졌고, 그 모든 것은 히브리어, 그리스어, 콥트어 그리고 라틴어로 된 학술적 주장과 인용 자료들로 채워졌다.

"영혼은 알파이자 오메가다." 베드로가 결론을 내렸다. "하느님을 기쁘게 하는 것은 선이다."

"사람의 행위 자체는 선하지도 악하지도 않다." 시몬이 일갈했다. "도덕은 신이 아니라 인간이 만들어낸 것이다."

"선을 추구하는 행위는 영생에 대한 보증서와 같다." 베드로가 반격했다. "여전히 의심하는 자에게 기적은 증거이다."

"네가 섬기는 신은 처녀에게 입힌 상처를 회복시킬 능력이 있는가?" 자신의 논쟁 상대를 쏘아보며 시몬이 비아냥거렸다.

"'그'는 영적 능력을 지니셨다." 시몬의 물음에 당황한 빛이 역력한 얼굴로 베드로가 대꾸했다. 소피아는 애매한 미소를 짓고 있었다.

"내 말뜻은 그가 어떤 물리적 능력을 갖고 있느냐는 거다." 시몬이 집요하게 파고들었다.

"그분께서는." 망설이지 않고 베드로가 입을 열었다.

"그분께서는 문둥병자를 낫게 하셨고, 또 물을 포도주로 바꾸셨지. 그 밖에도, 그 밖에도……" 시몬이 그의 말을 가로막았다.

"그렇다!" 베드로는 계속 말을 이었다. "그분께서는 기적을 행하셨으며, 그리고……"

"나는 목수일이 그의 천직이라고 생각했는데." 시몬이 일갈했다.

"그리고 자비도 그분의 천직이지." 베드로가 이어받았다.

마침내 베드로의 옹고집과 주님의 기적에 대한 계속된 상찬에 격분한 시몬이 이렇게 내뱉었다.

"나도 너희가 섬기는 나사렛인처럼 기적을 일으킬 수 있다."

"주절거리기는 쉽지." 떨리는 목소리로 베드로가 대꾸했다.

"저자는 이집트 저잣거리에서 온갖 술수를 끌어모았다지요." 베드로의 제자들 중 한 명이 입을 열었다.

"저자의 사술을 경계해야 한다!"

"너희들의 나사렛인은 어떤가? 그의 이름이 뭔가? 그자 역시 이집트의 마술을 익힌 것이 아닐까?" 시몬이 다시 공격했다.

"그렇다면 나를 여섯 규빗* 아래 묻어보아라." 시몬이 잠깐 생각에 잠긴 뒤 입을 열었다.

"사흘 안에 나는 부활할 자신이 있다. 너희가 섬기는 그 누구처럼……"

"그분의 이름은 '예수'이시다. 그분의 이름은 너도 잘 알고 있지 않나."

"그래 맞다, 그자."

사도들 중 한 명이 근처 마을로 달려가서는 계곡에서 우물을 만들고 있는 인부들 무리를 이끌고 돌아왔다. 그들은 삽, 곡괭이, 도끼 따위를 어깨에 짊어지고 있었다. 마을 전체, 움직일 수 있는 것은 무엇이든지 그들의 뒤를 쫓아 달려왔다. 어떤 이집트 마술사가 나타나서 기적을 행하려고 한다는 소식이 인근에 삽시간에 퍼졌던 것이다.

"여섯 규빗만큼 깊이 파라고 분명히 말했다." 시몬이 같은 말을 반복했다.

인부들이 땅을 파기 시작하자, 곧 제일 위의 모래층이 보다 거친 자

---

* 근동의 척도로 대략 46~56센티미터 정도 된다.

갈들로, 그다음에는 불그스름한 마른 흙으로 바뀌었다. 여러 개의 삽들이 나무뿌리 자국이 역력한 흙덩어리들을 쉬지 않고 뒤집었다. 예리한 삽의 날에 두 동강 난 지렁이들이 생 숯불 속에서 구워지듯이 햇볕 아래에서 꿈틀거리며 뒹굴었다.

자신의 공덕(功德)을 기리라고 우물을 파거나 새 건물의 주춧돌 놓기를 명령하는 군주처럼 시몬이 인부들에게 지시하고, 보폭을 따져가며 구덩이의 폭과 길이를 재고, 자신의 몸에 감겨 있던 아마밧줄을 구덩이 아래로 내려보내고, 손가락 사이로 흙모래를 으스러뜨리고 있는 동안, 소피아는 점점 더 깊어져가는 구덩이를 옆에서 바라보며 말없이 우두커니 서 있었다.

관이 준비되자(그것은 나무못으로 이어 붙인, 대충 잘라낸 향기로운 사이프러스 재목으로 만들어져 있었다) 소피아는 목도리를 벗어서 시몬의 목에 둘러주었다. "저기 밑은 얼음장처럼 추울 거예요. 우물 바닥만큼이나." 그녀가 말했다.

그런 다음 시몬은 돌연히 그녀를 떠나 관의 판자를 한 손으로 붙들고 흔들었다. 마치 그 견고함을 시험해보기라도 하듯이. 그러고서 그는 재빨리 관의 안쪽으로 발을 들여놓고 바닥 위에 몸을 펴고 누웠다.

인부들이 다가왔다. 그가 손짓을 하자 그들은 날이 큼지막한 도끼로 대못을 박아 넣었다. 베드로는 자기 제자들 중 한 명에게 뭐라고 귓속말을 건넸다. 그 제자는 관 위로 올라가서 못질이 잘됐는지 확인한 뒤 고개를 끄덕였다.

베드로는 가볍게 떨리는 손을 치켜들었고, 인부들은 관 밑으로 로프를 넣어 잡아당긴 다음 구덩이 속으로 조심스럽게 관을 내려놓았다. 소피아는 움직임 없이 옆으로 물러나 있었다. 관 뚜껑 위로 흙이 쏟아지기 시작했다. 먼 어딘가로 재빨리 사라지는 요란스러운 북소리 같은 소음이었다. 이내 구덩이가 파헤쳐져 있던 자리, 키 큰 올리브 나무 옆으로 모래 언덕 같은 둔덕이 봉곳이 드러났다.

베드로는 그 흙무덤 위로 올라가 하늘을 향해 두 손을 치켜든 다음 어떤 기도문을 외기 시작했다. 눈을 질끈 감고 머리를 한쪽으로 살짝 기울인 그는 마치 아득한 곳에서 들려오는 목소리를 붙잡으려는 사람 같은 인상을 풍겼다.

그 하루가 저물 무렵 바람은 흩날리는 모래로부터 맨발과 샌들 자국을 말끔히 지워놓았다.

사흘 뒤——그날은 금요일이었다——그들은 관을 파냈다. 관을 묻었을 때보다 꺼내고 있는 지금 더 많은 인파가 모여들고 있었다. '기적을 행하는 자'이자 고행승려이자 마술사에 대한 소문이 보다 먼 지역까지 널리 퍼졌기 때문이다. 운집한 군중으로부터 감정사의 자격으로 먼저 볼 수 있는 권리를 허락 받은 소피아와 베드로, 그리고 그의 제자들은 구덩이와 가장 가까운 곳에 서 있었다.

제일 먼저 그들에게 충격을 줬던 것은 머리가 쭈뼛 설 만큼 지옥처럼 끔찍한 악취였다. 그다음, 흙 바로 밑에서 그들은 시커먼 널빤지를 보았다(그것은 녹슨 쇠붙이 같은 색깔을 하고 있었다). 인부들은 관에서 대못을 뽑아낸 다음 뚜껑을 열었다. '기적을 행하는 자' 시몬의 얼굴은 나병환자처럼 온통 썩어 문드러져 있었고, 그의 눈구멍에서는 벌레들이 우글거리고 있었다. 유일하게 형태가 온전한 것은 누르스름한 치아였다. 그 모양은 경련으로 부들부들 떨고 있거나 비웃는 듯한 표정이었다.

소피아는 두 손으로 눈을 가린 채 비명을 질렀다. 하지만 곧 베드로가 있는 쪽으로 몸을 돌린 다음, 그를 소름끼치게 하는 목소리로 일갈했다. "이것 역시 '그'*의 가르침이 옳았다는 증거가 아니겠소? 결국 인생이란 파멸과 지옥일 뿐이니까. 언제나 세상은 폭군들의 손아귀에 붙들려 있을 테니까. 엘로힘은 모든 폭군들 중에서 가장 끔찍한 폭군이다!"

슬픔에 잠긴 그녀가 모여든 군중들의 침묵하는 열을 지나쳐 사막으로 나아가자, 그들은 그녀에게 길을 터주었다.

소피아의 가멸적인 육신은 매음굴로 되돌아갔다. 그러나 그녀의 영혼은 또 다른 환영을 좇아서 계속 나아갔다고 전해진다.

---

* 여기서도 '그'는 '기적을 행하는 자' 시몬을 가리킨다.

# 마지막 경의(敬意)

　그 사건은 1923년, 아니 1924년에 일어났다. 내 기억으로는 함부르 크였던 것 같다. 증권시장의 폭락과 통화가치 하락이 현기증처럼 덮쳤던 때였을 것이다. 부두 노동자의 하루 노임이 170억 마르크에 달하고 고급 창녀들이 평소보다 세 배나 더 많은 돈을 화대로 받았던 때였다(함부르크 항구의 선원들은 '잔돈'이 수북이 담긴 마분지 상자를 겨드랑이에 끼고 다닐 정도였다).

　항구에서 멀지 않은 곳에 위치한 분홍빛 조명의 쪽방 가운데 한 곳에 서 마리에트라는 이름의 창녀가 돌연 폐렴으로 세상을 떠났다. 자칭 혁명 가이자 우크라이나 출신의 선원인 반두라는 그녀가 "사랑의 화염 속에서 산화했다"고 과장하기까지 했다. 그는 그녀의 '성스러운' 육체를 그 어떤 경미한 진부함과도 연결시키기를 꺼려 했다. 더군다나 폐렴은 '부르주아 의 특권적 질병'으로 취급 받던 때였다. 그 사건 이후로 거의 다섯 해가 지났지만, 그 얘기를 꺼낼 때마다 반두라의 목소리는 기침으로 목이 메듯 잠기고 거칠어졌다. 비록 그 무렵 반두라가 패거리로부터 버림받은 폐물,

또는 좌초되어 여울에서 썩어가는 거대한 녹슨 함선처럼 변해버린 것이 사실이긴 하지만, 그의 목소리가 변한 건 알코올 때문만은 아니었다.

"슬퍼하지 마시게." 씨근거리는 목소리로 반두라가 말했다. "이 세상의 어떤 갈보도 그녀보다 더 극진한 애도를 받은 적이 없고, 그녀보다 더 큰 존경을 받으며 묻힌 적이 없으니."

온실의 화단과 교외 고급별장의 인적 드문 외진 정원은 마리에트의 장례식 때문에 약탈의 표적이 됐다. 밤새도록 개 짖는 소리가 들렸다. 호각 소리가 들리고 알자스산 경비견들이 저희들에게 씌워진 가시관 같은 개목걸이에서 벗어나고자 발버둥쳐댔다. 무거운 사슬의 고리들이 역사 속에 생존했던 모든 노예의 사슬처럼 쩌렁쩌렁 울리면서 팽팽한 강철선 위로 미끄러지며 서로 부딪쳤다. 그날 밤 하나의 독립적인 작은 혁명이 일어났다는 가벼운 낌새조차 알아차린 사람은 아무도 없었다. 지쳐버린 늙은 정원사들조차도(그들의 병든 뼈에는 프롤레타리아의 역사처럼 거대한 질병의 역사가 아로새겨져 있다) 마찬가지였다. 사건인즉슨, 함부르크항의 선원들이 부유층의 전원 별장을 급습했고, 르아브르, 마르세유, 안트베르펜 출신의 프롤레타리아 악동들이 글라디올러스를 대거 학살했던 것이다. 그들은 날카로운 선원용 나이프로 줄기의 밑둥치를 쳐냈고, 칼을 댈 만한 가치가 없는 작은 화초들은 무겁고 너저분한 장화로 짓밟았다. 이른바 부자들의 정원은 "야만적으로 훼손됐다." "경찰서에서 불과 두 발짝 거리에 있는" 시 정원과 시청 앞의 동산 역시 이런 공격에서 예외가 되지 못했다. 이 사건을 신문들마다 대서특필했다.

"무정부주의 성향의 폭도나 야만적인 화초 밀수꾼들만이 그렇게 야만적인 행동을 저지를 수 있을 것이다."

마리에트의 무덤은 희고 붉은 장미 한 아름, 갓 잘라낸 소나무 가지,

튤립, 국화, 월하향, 남색 수국(水菊), 정욕을 상징하는 꽃인 퇴폐적인 아르누보풍의 아이리스, 히아신스와 밤의 꽃인 비싼 검은 튤립, 순결과 첫 성체배령을 상징하는 시체안치소처럼 창백한 백합화, 타락을 연상시키는 적자색 라일락, 비천한 혈통의 철쭉, 그리고 괴물처럼 생긴 글라디올러스 (이 꽃이 대부분을 차지했다), 연백색과 연분홍의 글라디올러스, 검(劍)과 장미의 비술(秘術)을 내부에 간직한 천사처럼 신성한 글라디올러스 등으로 덮여 있었다. 그 꽃들은 모두 타락한 부를 나타내는 기호, 부자들의 시원한 대저택을 표상하는 기호였다. (가재의 집게처럼 환상적으로 결합된 그 구조에도 불구하고, 그 밀랍 같은 주름과 수꽃술의 가짜 촉수와 정교하게 세공된 꽃봉오리의 모조 가시에도 불구하고) 그 불임의 꽃들은 향기, 심지어는 생선 비린내조차도 풍기지 않았다. 그 꽃들의 요란할 정도로 병적인 성장을 악천후로부터 보호하기 위해 힘없는 노정원사의 땀방울과 장미 모양의 물뿌리개와 아르투아식 우물의 인공 비가 뿌려졌다. 특히, 치명적이리만치 무성한 글라디올러스, 그것의 괴물 같은 현란함은 들판에 핀 제비꽃 향기처럼 극미량의 향기조차 뿜어내지 못했다. 이런 꽃들의 현란함의 절정은 식물원에서 훔쳐온 목련 가지들, 가죽처럼 질긴 이파리들이 나 있는 현란해 보일 만큼 무성한 가지들에서 나타났다. **카머라드**\* 반두라가 (특유의 과장어법으로) 항구의 창녀에 비유했던 '여염집 규수'의 머리칼을 묶은 실크리본처럼 희고 큰 꽃 한 송이가 그 가지들마다 머리 부분을 장식해놓고 있었다. 오직 묘지만이 선원들의 습격에서 무사할 수 있었다. 왜냐하면 '그녀를 사랑했던 선원들과 부두 노동자들 전원'에게 고하는 호소문에서 반두라는 묘지를 훼손하는 신성모독을 엄하게 금지하면서, (틀

---

\* kamerad: 독일어로 '동지, 전우'라는 의미이다.

림없이, 약간 신비적인 영감이 발동하여) **생화**(生花)만을 가져올 것을 신신
당부했기 때문이다. 필자가 추측하는 바, 그의 사유의 흐름을 재구성해보
면 최소한 이랬을 것이다. 첫째, 우리 인간은 죽음의 눈을 속이거나 그것
에서 달아날 수 없다. 둘째, 꽃은 인간처럼 개화에서 사멸에 이르기까지
분명한 변증법적 행로와 생물학적 순환을 따르게 마련이다. 셋째, 프롤레
타리아는 귀족과 동등한 추모를 받을 권리가 있다. 넷째, 매춘부는 계급
차별이 낳은 결과이다. 다섯째, (그러므로) 매춘부는 여염집 규수와 똑같
은 꽃으로 위로받아 마땅하다는 것이다.

　반두라가 선두에서 이끄는 침묵 어린 장례 행렬은, 도시의 외진 프롤
레타리아 거주 구역에 이르기 전까지는 붉은색이든 검은색이든 어떤 깃발
도 올리지 않았다. 거기에서 게양된 깃발들은 숯불처럼 빨갛고 밤하늘처
럼 검은 모습으로, 즉 꽃의 언어와 비슷하지만 사회적 함축을 잃지는 않
은 그런 상징들로 나타나면서 불길하게 나부꼈다.

　부자의 무덤과 빈자의 무덤 사이의 경계선에서, 반두라는 검은 대리
석 판을 여러 겹 높이 쌓은 단상(거기에는 오래전 죽은 소녀 위로 화환을
들고 있는 청동의 천사상이 세워져 있었다) 위로 약간 비틀거리며 올라가서
는, 모자를 벗고 침묵하는 선원들 무리와 짙게 화장한 매춘부들 앞에서
추도사를 읊기 시작했다. 그는 마리에트의 생애에 대한 짧고 도식적인 설
명으로 말문을 열었다. 세탁부 어머니와, 마르세유항의 술주정뱅이 부두
노동자로서 생을 마감한 아버지 사이에서 태어난 한 프롤레타리아 가정
출신 아동의 고통스러운 삶의 편력이 이어졌다. 목이 메고 목소리가 잠겼
음에도 불구하고 선원이자 혁명가인 반두라가 자신의 추도사, 한 불우한
인생에 대한 그런 애도의 평가를 사회적 불의나 계급투쟁 같은 문제와 이
어 맞추기 위해 할 수 있는 모든 시도를 하는 동안, 그는 마치 낡은 앨범

속의 사진들을 넘기듯이 그 삶의 생생한 장면들을 되짚어보지 않을 수 없었다(더욱이 나는 그런 회상이 그 자신의 유년 시절의 기억들과 부지불식간에 뒤섞일 수밖에 없었을 것이라고 확신한다). 불길한 어스름과 담배 연기, 포도주와 아니스 화주의 냄새에 푹 전 지하실의 집, 식구들 사이의 잦은 언쟁과 실랑이와 고함과 울음으로 가득 찬 비통한 장면들, 타들어가는 신문지의 등불 아래서 뻥하고 터지는 불붙은 빈대, 검댕투성이가 된 지 오래인 철제 군용침대의 홈과 연결부가 부딪치면서 내는 불꽃의 날름거림, 저녁마다 깜박거리는 등불 밑에서 원숭이처럼 이를 잡거나, 옆 사람의 정수리를 서로 내려다보며 금발이나 흑발 모근에서 머릿니 찾기에 열심인 철부지 아이들, 빨랫감에 시달려 노랑촉수처럼 짓무르고 퉁퉁 부은 엄마의 손……

　파헤쳐진 무덤 위로 쏟아지는 그의 일장연설을 간간이 끊어놓았던 것은 늙은 창녀들의 간헐적이고 히스테리적인 흐느낌(육신의 무상함과 임박한 파멸의 재난을 그들보다 더 애절하게 전할 수 있는 사람은 아마 아무도 없을 것이다)과 부두 노동자들의 목쉰 기침 소리와 코를 훌쩍거리는 소리였다. 비록 반두라는 그것이 진짜 기침 소리인지, 거친 선원 특유의 흐느끼는 방식인지, 아니면 그가 연설할 때 늘 써먹곤 하는 한숨과 눈물처럼 울음을 가장하는 남자들의 연기인지 구분이 가지 않았지만 말이다(이방인의 낯선 목소리, 또는 직직 긁히는 축음기 소리 같은 자신의 목소리에 귀 기울이면서 그는 낡은 사진첩을 한 장 한 장 넘기듯, 마리에트와의 첫 만남부터 시간 순서대로 차근차근 짚어가기 시작했다).

　그녀를 처음 본 것은 그가 프랑켄에서 막 상륙한 1919년의 어느 날 저녁 함부르크 항구에서였다. 그날은 안개 속에서 가로등이 깜박거리는 아름다운 잿빛의 11월 저녁이었다. 그는 이튿날 부두의 선술집에서 **아파**

**라트**\*와 접촉하라는 지령을 받았고(접촉에 필요한 암호는 이미 받아놓은 터였다), 그전까지 그는 그날 해변으로 나갔던 수백 수천 명의 선원들 사이에서 어떤 형태로든——몸가짐이든, 말투든, 행동이든 또는 외모든 간에——눈에 띄는 짓을 삼가야 하며, 남의 이목을 끌어서는 안 된다는 지령을 받았다. 그는 만취한 선원들(이들은 정신이 말짱하면서도 술에 취한 척하는 정보원들이었다)과 어울리면서 '인형들의 거리'를 따라 거닐었다. 불 밝혀진 폼이 꼭 수줍은 처녀와 같은 낮은 창문들 쪽으로 그의 시선이 꽂혔다. 플랑드르 화파의 거장이 그린 「연보랏빛 방의 숙녀」라는 초상화처럼 벽에 걸린 램프가 붉은색 갓 때문에 방을 붉게 물들여놓고 있었다. 한편 퇴폐적인 붓꽃, 그 타락의 꽃이 그려진 병풍은 신비로운 '농염함'을 감추고 있었다(그것은 드레스 주름과 터진 솔기가 시선을 끌듯이 숨김을 통해 보는 이를 사로잡았다). 비단으로 장식되고 범선처럼 견고한 의자. ——아, 반두라는 마리에트를 알게 되기 오래전부터 이미 사물의 형태를 알고 있었다. 자기로 만들어진 번쩍거리는 흰 대야와 손잡이가 높이 달린 홀쭉한 물주전자. 등불에서 뿜어 나오는 분홍빛이 반들거리는 병풍의 표면 위에서 반짝거리면, 그 붓꽃 무늬는 '숙녀'가 앉아 있는 쇼윈도 정중앙에 있는 의자 위의 붉은 비단과 마찬가지로 어느새 자취를 감춘다. 그녀는 구경꾼을 향해서 옆얼굴을 보이고 있다. 장밋빛 등불은 그녀가 입은 드레스의 주름을 따라서 이렇게 저렇게 굽이치고 있었다. 두 다리는 포개져 있고, 두 손에는 뜨개질거리가 들려 있었다. 실 위로 뜨개바늘이 반짝거렸다. 치렁한 금발은 맨살의 어깨 위부터 반쯤 드러난 젖가슴 위까지 흘러내려와 있었다. 그 옆의 쇼윈도에 두번째 '숙녀'가 책을 들고 앉아 있었다. 그녀는 성

---

\* 소련 시절 '당 기관, 지하정치조직, 공작원'을 지칭했던 말이다.

서를 읽고 있는 초신자와 같았다. 얼굴을 살짝 가리고 있는 붉은 금발 아래 그녀의 안경알 위에서 등불 빛이 넘실거렸다(관찰자가 조금 더 가까이 다가가면 큼지막한 글자로 '몬테 크리스토 백작'이라고 인쇄된 제목이 눈에 들어올 것이다). 그녀는 흰 레이스 깃이 달린 검은 드레스를 입고 있었다. 흡사 하이델베르크의 여대생처럼 보이지만 실은 군대 매춘부였다…… 그런 다음 그는 그녀, 마리에트를 보았다. 그녀는 다른 여자들처럼 다리를 꼰 채 앉아 있었고, 엉덩이는 약간 더 튀어나왔고, 한 손에는 담배를 들었으며, 꼭 죄는 밝은색 공단 드레스를 입고 있었다. 하지만 그녀의 태도와 그녀의 외모에는 분명 다른 무언가가 있었다. 어항 속에 빠져 있듯 (모든 선원의 영원한 사이렌인) 그녀가 푹 잠겨 있던 옅은 분홍색의 불빛이 즉시 반두라의 시선을 잡아당겼다. 하지만 그는 방문턱을 넘고 나서야, 또 그녀가 창문 위로 무거운 녹색 벨벳 커튼을 치고 그의 셔츠 아래로 그녀의 따뜻한 손을 넣고 나서야 깨달았다. 현모양처든 뜨개질하는 여자든 여대생이든 초신자든 마리에트는 그 어떤 역할도 전혀 연기할 필요가 없다는 것을. 그녀는, 이를테면 긴 연습과 복잡한 안무법이 필요없는 유일한 여자 같았다. 그녀는 남이 흉내 낼 수 없는 독특한 존재였다. 그녀는 '항구의 창녀'였다!

흡사 어떤 정치 집회에서 고함을 지르듯 반두라는 열린 무덤 위로 소리를 질러댔다. "그녀는 모든 항구의 선원들을 사랑하고 구원했소. 더군다나 그녀는 피부색과 인종, 종교에 대해서 아무런 편견도 가지지 않았소. 그녀는 범죄의 제왕인 나폴레옹 보나파르트가 즐겨 말했던 것처럼 '작지만 알찬' 젖가슴을, 뉴욕 출신 선원들의 시커먼 땀투성이 가슴, 말레이시아인들의 맨송맨송한 노란 가슴, 함부르크 부두 노동자의 곰발바닥처럼 우악스러운 손, 그리고 알버트 운하 조타수들의 문신이 새겨진 가슴에 공평무사한 열정과 함께 내맡겼소. 마치 만국인의 형제애에 대한 봉인이라도 되듯, 그녀의 백합처럼 흰 목은 몰타 십자가 등 온갖 십자가들, 다윗의 별, 러시아 이콘, 상어 이빨, 맨드레이크 부적에 공평하게 짓눌려졌다오. 만국 선원들의 모항이자 모든 강들의 어귀처럼 그녀의 따뜻한 질 속으로 뿜어진 뜨거운 정액이 그녀의 보드라운 허벅지 사이로 강물처럼 흘러내렸다오……"

반두라는 아득하고 차가운 자신의 목소리에 집중하면서 자신의 마음속에서 뭉글뭉글 피어오르는 마리에트의 생전의 편린들을 계속해서 좇았다. 하지만 지금 그 장면들은 분명한 연대 표시가 모두 결여돼 있었다. 마치 바람이 자기 변덕대로 앨범 속 페이지들을 펄럭펄럭 넘기고, 반두라 자신이 거기에 있는 모든 사진을 직접 눈으로 보는 것 같았다(마리에트는 사랑을 나눈 뒤에 자신이 '진심으로' 사랑했던 남자들의 품에서——이 잔정이 많은 혁명가 역시 그런 사내들 중 한 명이었다——흡사 고해성사를 하듯 자신의 과거에 대해 털어놓는 버릇이 있었다. 그녀는 구역질나는 디테일들로 가득한 그 가혹한 이야기들 전부가 그 자체로는 중요하지 않으며, 유일하게 중요한 사실은 그 일들이 이미 오래전에 일어났다는 것, "그 당시만 해도" 그녀 자신은 어렸다는 것, '프레스크 윈 앙팡presque une enfant', 즉 어린아이에 불과했다고 말하려는 듯 기이한 향수를 머금은 채 과거를 회상하곤 했다). 그리고 그는 어느 사육제의 저녁에 한 얼굴이 역겨운 왜소한 그리스인이, 거품을 걷어낸 맥주에 아이처럼 살짝 취한 창백한 안색을 한 그녀의 손을 붙잡고 걷는 것을 보았다. 또한 그녀가 굶주리고 순종적인 짐승의 자분자분한 발걸음으로 그 그리스인의 뒤를 쫓아서 마르세유의 좁은 골목을 지나 항구로 내려가는 것을 보았다. 또 그녀가 굵은 선박용 밧줄로 만들어진 간이 난간을 따라가면서 부두 창고 부근의 컴컴한 셋방 계단을 오르는 것을 보았다. 그런 다음 그녀가 당당한 보무로 3층 문 쪽으로 걸어가는 모습을 변함없이 공허한 분노를 품은 채 지켜보았다(그 그리스인 사내는 혹시 마리에트의 마음이 바뀌지 않을까 염려하여 여전히 계단 밑에 서 있었다). 그다음 장면은 마르세유의 거리로 되돌아간다. 여기서 마리에트는 짙은 화장을 하고 상처 입은 새처럼 한쪽 다리를 담벼락에 기댄 채로 서 있었다……

반두라는 계속 말을 이었다. "여기 모인 우리 모두는 한 대가족의 식구들, 연인들, 신랑들이오. 다시 말해, 한 여인의 남편들이자 한 숙녀의 기사들이며, 같은 샘물에 몸을 담근 구멍동서들이란 말이요. 같은 병에 든 럼주를 들이켜고, 술에 취해 같은 어깨 위에 눈물을 쏟고, 같은 웅덩이에 헐떡거리며 뛰어든 사이란 말이요. 저기 저 너머, 푸른 커튼 뒤에서 말이요……"

반두라의 금이 간 듯한 목소리가 잦아들자, 마치 큼지막한 생선의 내장을 소금에 절이듯이 흙을 부스러뜨리는 선원들과 하역 인부들의 거친 손에 의해 던져진 첫 흙덩어리가 관 위로 툭툭 떨어지기 시작했다. 단순히 장례식의 장식물로 변해버린 실크 천의 검붉은 깃발들이 펄럭거리는 소리가 파헤쳐진 무덤 위로 울려 퍼졌다. 그다음 삽 하나 가득 담긴 흙이, 마치 정사를 치른 창녀의 광란하는 심장박동처럼 쿵쾅쿵쾅 관 뚜껑을 둔탁하게 두드리며 무덤 위에 빗발쳐 내리기 시작했다. 그들은 처음에는 한 송이씩, 조금 뒤에는 다발째로 꽃을 던졌고, 급기야는 한 아름 가득 던지기 시작했다. 마치 수확기에 품앗이를 하듯 꽃은 이 손에서 저 손으로 전달되어 하나둘씩 쌓여갔다. 그 꽃들은 교회 예배당에서부터 빈민촌의 무덤(여기서는 십자가가 눈에 띄게 줄어들고, 화강암으로 장식한 무덤과 청동 기념비들 대신에 묘석과 썩어가는 나무가 두드러졌다)에 이르기까지 그들이

싹쓸이해온 것이었다. 무엇 때문에 그들이 그런 일을 벌였는지는 결코 알 수 없을 것이다. 어떤 충동, 어떤 취기 어린 변덕, 어떤 고통이──그것이 계급적 증오심에 의한 것이든 자메이카산 럼주 때문에 일어난 것이든 간에──그들로 하여금 반두라의 지시를 위반하도록 부추겼는지도 전혀 알 길이 없다. 하지만 불현듯 혁명적 불순종의 어떤 기적이 일어난 것만은 분명했다. 그것은 일종의 원초적이고 비이성적인 폭동이었다. 선원들과 항구의 창녀들, 그 가혹한 운명의 희생자들이 갑자기 아우성치고 흥분하고 눈물을 흘리고 이를 갈면서 우아한 글라디올러스를 꺾고, 손을 피로 물들이면서 장미를 따고, 튤립을 줄기째 뽑아내고, 카네이션을 이로 물어서 끊어내기 시작했고, 그것들 전부를 한 아름 가득히 모아, 이 손 저 손으로 옮겼던 것이다. 이내 무덤 위에는 튤립과 수국과 장미의 더미들, 납골당을 연상시키는 글라디올러스 등 온갖 꽃들과 푸른 잎사귀들이 언덕처럼 수북이 쌓였고, 이제 막 봉긋이 솟아오른 흙무덤과 그 위에 세워진 십자가는 철 지난 라일락의 썩는 냄새를 풍기는 흐드러진 꽃 무더기 밑으로 사라져버렸다.

경찰이 들이닥쳤을 무렵 묘지에서 더 값비싼 구역은 흙바닥이 드러나고 엉망이가 되어 있었다. 지역 신문의 보도를 인용하면 이랬다. "한 무리의 메뚜기 떼가 휩쓸고 지나간 것처럼 살풍경한 모습이었다."(『로테 파네』*지에는 경찰의 무자비한 진압과 스무 명 남짓한 선원들의 체포와 추방을 비난하는 한 익명의 제보 기사가 실렸다).

"모자를 벗으시오." 반두라가 청중들에게 말했다. 돌연히 고통이 찾아오자 요한 또는 장 발틴(나는 그것이 그의 본명이었을 것이라고 생각한

---

* '붉은 깃발'이라는 뜻으로, 1918년에 창간되어 1941년까지 발행된 독일공산당의 기관지.

다)이라는 사내는 마리에트의 얼굴을 떠올리려고 안간힘을 썼다. 하지만 그가 생각해낼 수 있는 것은 고작해야 그녀의 아담한 육체와 쉰 목소리의 웃음소리뿐이었다. 조금 뒤 잠시 동안 그의 마음에는 그녀의 미소와 그녀의 얼굴 그림자가 문득 떠올랐다. 하지만 이내 그것들마저 흩어져버렸다.

반두라가 다시 입을 열었다. "슬퍼하지 마시게들. 세상의 어떤 상류층 귀부인도 그녀보다 더 진심 어린 애도를 받은 적이 없으며, 이 세상 그 어떤 여인도 그녀보다 큰 작별인사를 받으며 묻힌 적이 없으니."

# 죽은 자들의 백과전서
## ──한 인간의 전 생애에 관한 기록

── '엠'에게 바침

여러분도 아시다시피, 지난해 저는 '드라마 연구회'의 초청으로 스웨덴에 갔었지요. 요한슨 부인이라는 어떤 분이, 그러니까 크리스티나 요한슨 부인이 바로 저의 안내자 겸 조언자 역할을 자처했지요. 거기서 저는 대여섯 편의 연극을 보았는데, 그중에서도 가장 재미있었다고 할 만한 성공작은 교도소 재소자들 앞에서 상연된 베케트의 작품 「고도를 기다리며」였답니다. 집으로 돌아온 뒤 열흘이 지나서도 마치 꿈을 꾸듯 그 먼 세계에서 헤어 나오지 못했으리만큼 그때 본 연극은 참 재미가 있었지요.

요한슨 부인은 대단히 정력적인 분이라서 스웨덴에서 구경할 수 있는 모든 것, 즉 '여자'인 저의 흥미를 끌 만한 모든 것을 열흘 안에 보여주고 싶어 했지요. 그런 까닭에 저는 수백 년 동안 바다 밑의 진흙 속에 묻혀 있다가 발굴되어 이집트 미라처럼 훌륭하게 보존된 범선, 그 유명한 '바사'호(號)도 구경하게 됐지요. 어느 날 저녁, 왕립극장*에서 「유령의 소나

---

* 1788년 스톡홀름에 세워진 상설 극장으로 '드라마텐'이라고도 불린다.

타」공연이 끝난 뒤 제 안내인은 저를 왕립도서관으로 데려갔어요. 덕분에 저는 서두르며 간신히 샌드위치를 해치웠을 만큼 조금의 짬도 누리지 못했답니다.

시계는 벌써 거의 11시를 가리켰고 도서관은 문이 닫혀 있었어요. 그럼에도 불구하고 요한슨 부인이 수위에게 통행증을 보여주었더니, 수위는 몹시 투덜거리면서 우리를 들여보내주었지요. 전날 「고도를 기다리며」를 보려고 온 우리를 중앙교도소로 들여보내주었던 교도관처럼, 그는 대단히 묵직한 열쇠 꾸러미를 손에 들고 있었어요. 요한슨 부인은 이 케르베로스* 같은 수위에게 저를 맡기면서, 내일 아침 제가 묵고 있는 호텔로 자신이 직접 찾아오겠다고, 제가 아주 평온한 분위기에서 '환상적인' 도서관을 둘러볼 수 있을 것이라고, 필요한 일은 무엇이든지 저 수위가 들어줄 것이며, 책을 다 본 뒤에는 그가 택시를 불러줄 것이라고 제 귀에 속삭였지요…… 왕립도서관을 둘러볼 수 있다는 그 상냥한 호의를 거절할 사람이 어디 있을까요? 수위는 저를 어느 커다란 문으로 데려간 다음 거기에 달린 자물쇠를 열고 흐린 등불을 켜주고는 나가버렸지요. 홀로 남겨진 제 등 뒤로 자물쇠 안에서 열쇠 돌아가는 소리가 들리자, 도서관이 아니라 독방에 혼자 갇힌 것 같은 이상한 느낌이 들었지요.

지하 창고에 쟁여둔 오래된 포도주 병에 붙어 있는 더러운 먼지처럼, 서가마다 걸려 있는 지저분한 망사 같은 거미줄 조각이 어디에선가 불어온 틈새바람에 출렁거리고 있었어요. 서고의 모양은 모두 똑같았고, 하나의 비좁은 통로로 죄다 연결되어 있어서, 어디서 부는지 알 수 없는 그 틈새바람이 곳곳으로 비집고 들어왔지요.

---

* 그리스 신화에 나오는 저승 세계의 입구를 지키는 개. 머리는 세 개이고 뱀의 꼬리를 가졌다고 한다.

책들을 좀더 찬찬히 살펴보기 전에 저는 서고마다 '백과전서'의 표제어들을 가리키는 알파벳이 각각 한 자씩 할당되어 있다는 것을 알아차렸지요(아니, 어쩌면 세번째 서고의 책들 중에서 'C' 자를 보고 난 다음이었는지도 모르겠습니다). 거기는 세번째 서고였어요. 네번째 서고에서는 정말이지 모든 책들에 'D' 자가 적혀 있었지요. 불현듯 막연한 예감에 떠밀려 저는 달리기 시작했고, 제 발걸음이 겹겹의 메아리처럼 울리다가 먼 어둠 속으로 사라지는 소리를 들었지요. 흥분하고 숨을 헐떡거리면서 저는 마침내 'M' 자에 이르렀고, **마음에 아주 뚜렷한 하나의 목표를 새긴 채** 그 책들 중에서 한 권을 펼쳐 들었지요. 그러고는 이것이 그 유명한 『죽은 자들의 백과전서』라는 것을 직감했어요(어쩌면 어디선가 이미 그 책에 관한 전설을 읽은 적이 있었는지도 모릅니다). 그 어마어마한 두께의 책을 펼쳐보기도 전에 이내 모든 것이 섬광처럼 분명해졌지요.

그 책에서 제일 먼저 눈에 들어온 것은 그의 사진이었어요. 그것은 한 면에서 위아래로 쓰인 두 단의 문장 가운데쯤에 들어가 있는 유일한 삽화였지요. 그것은 여러분이 이미 저의 책상 위에서 보았던 바로 그 사진이에요. 1936년 11월 12일, 그가 제대한 직후 마리보르에서 찍은 사진이지요. 사진 밑으로는 그의 이름이 적혀 있고, 괄호 안에 '1910~1979'라는 년도가 들어 있지요.

여러분도 아시다시피 저의 아버지는 얼마 전에 돌아가셨고, 아주 어린 시절부터 저는 아버지와 아주 가깝게 지냈지요. 하지만 지금 그 얘기는 더 이상 하고 싶지 않군요. 지금 제게 중요한 것은 제가 스웨덴으로 떠나오기 전, 채 두 달이 되지 않은 때에 그가 운명했다는 사실입니다. 제가 이번 여행을 결심했던 가장 큰 이유들 중의 하나가 아버지의 죽음으로 인한 슬픔에서 벗어나고 싶었던 것이었어요. 엄청난 실의에 빠져 있는 사람들이 늘 그렇듯이 저 역시 마음속의 슬픔을 참아내지 못한 채, 환경의 변화가 고통을 잊어버리게끔 도와줄 것이라고 생각했던 것이지요.

두 손으로 책을 받쳐 들고, 금방 쓰러질 듯한 목제 서가에 어깨를 기댄 채로 저는 완전히 시간 관념을 잊고 아버지의 전기를 읽기 시작했지요. 중세의 도서관처럼 책들은 서가의 강철 고리에 묵직한 사슬로 연결되어 있었어요. 하지만 제가 불빛에 조금 더 가까이 다가가려고 그 무거운 '책'을 꺼내려고 하기 전까지는 그 사실을 깨닫지 못했지요.

저는 갑자기 불안에 사로잡혔어요. 벌써 너무 오래 끌어서 저 '케르베로스'(저는 마음속으로 그 남자를 그렇게 불렀지요!) 사내가 달려와 책을 그만 읽으라고 할지 모른다는 생각이 들어서였죠. 그래서 저는 그 펼쳐진 책을 사슬이 닿는 데까지 희미한 전구 불빛 쪽으로 최대한 끌고 간 다음 단락들을 대충 훑어가며 읽기 시작했어요. 모서리에 쌓인 두툼한 먼지 층과 거기 매달려 있는 짙은 거미줄 조각은 오랫동안 그 누구도 그 책들을 만진 적이 한 번도 없음을 분명히 말해주고 있었지요. 사슬에 자물쇠만 달려 있지 않았을 뿐 책들은 마치 갤리선의 노예들처럼 서로 연결되어 있었지요.

그래요, 저는 '이것이 그 유명한 『죽은 자들의 백과전서』구나!'라고 생각했어요. 저는 그것을 마치 어떤 고대의 문헌으로, 즉 『티베트 사자(死者)의 서(書)』 내지는 『카발라』『성인들의 생애』처럼 오직 은자(隱者)나 랍비나 수도사만이 즐겨 찾는, 인간 정신에 관한 비교적(秘敎的)인 창작의 일종인 그런 '유서 깊은' 문헌의 일종으로 상상했지요. 그런데 만약 이대로 계속 읽는다면 동이 틀 때까지도 시간이 모자랄 것이고, 또 제가 읽은 내용 가운데 그의 딸인 저나 어머니를 위해서 구체적인 흔적으로 남겨질 게 없을 거라는 점을 잘 알고 있었기 때문에, 저는 아버지의 전기 중에서 일부 중요한 대목을 옮겨 적고 아버지의 생애에 관해 요약 정리하기로 결심했어요.

여기 저의 수첩에 기록된 사실들은 저와 제 어머니 외에는 그 누구에게도 중요하지 않은 평범한 백과사전적 정보들인 여러 이름, 장소, 날짜들이에요. 그것들은 모두 새벽에 제가 허겁지겁 옮겨 적은 것이지요. 이 『죽은 자들의 백과전서』를 세상에서 유일무이한 것으로 만드는 것은 (그것이 지상에 현존하는 유일한 판본이라는 이유도 있겠지만) 무엇보다, 인간관계, 만남, 풍경, 다시 말해 한 인간의 전 생애를 구성하는 여러 디테일을 묘사하는 방식이지요. (이를테면) 제 아버지의 출생지에 대한 기록은 완벽하고 정확할 뿐 아니라〔'크랄레프차니 마을, 글리나 읍(邑), 시삭 지구, 바냐 주(州)'〕, 거기에는 지리적, 역사적 정보들도 함께 적혀 있지요. 거기에는 모든 것, 그야말로 모든 것이 적혀 있으니까요. 아버지가 태어난 고장의 전원풍경은 너무나 생생하게 기록되어 있어서 행과 문단을 읽어 내려가면서 마치 제가 그 풍경 한복판에 서 있는 듯한 착각을 하게 될 정도였어요. 먼 산봉우리의 눈과 헐벗은 나무줄기들, 그리고 브뤼헐*의 풍속화에서 본 것 같은, 아이들이 스케이트를 타는 얼어붙은 강. 이 아이들 중에서 아버지가 똑똑히 보였지요. 비록 그는 아직 저의 아버지가 아니라, 저의 아버지 '였던', 미래의 아버지가 될 어떤 소년에 불과하지만 말이에요. 그다음에 그 전원풍경은 갑자기 온통 초록색으로 변하지요. 저의 눈 바로 앞에서 나뭇가지 위로 붉고 흰 꽃이 피어나고, 산사나무 숲이 꽃으로 장식되지요. 크랄레프차니 마을 위로 해가 솟아오르고, 작은 시골

---

* 피터르 브뤼헐(Pieter Bruegel, ?1525~1569): 네덜란드 화가. 르네상스 시대의 미술과 음악의 중심지인 플랑드르 지역을 기반으로 발전한 플랑드르 미술의 대표적 풍경·풍속화가다. 아들 피터르 브뤼헐도 화가여서 여기서 언급된 아버지 브뤼헐은 대(大) 브뤼헐이라고 불린다.

교회에서 종이 울리고, 외양간에서 암소가 울고, 주홍빛 아침 햇살이 시골집의 창문 위로 번쩍거리면서 처마에 달린 고드름을 녹이지요.

　그다음 마치 그 모든 것이 저의 눈앞에서 펼쳐지고 있는 것처럼, 장례행렬이 마을 묘지를 향해 가는 것이 보였지요. 모자를 쓰지 않은 네 명의 남자가 어깨 위로 전나무 관을 둘러메고 가고 있네요. 그 행렬의 맨 앞에는 손에 모자를 든 한 남자가 걸어가고 있고요. 저는 그가 누군지 알 수 있어요(왜냐하면 '백과전서'에 쓰여 있기 때문이지요). 그는 친할아버지인 마르코예요. 그들이 장사 지내기 위해 나르고 있는 관의 주인인, 죽은 저의 친할머니의 남편 말이에요. 책에는 고인이 된 친할머니에 대해서도 출생년도, 질환과 사망의 원인, 병환의 경과 등 모든 정보가 빠짐없이 적혀 있지요. 또한 그녀가 어떤 옷차림으로 묻혔고, 누가 그녀의 염습(殮襲)을 맡았고, 누가 그녀의 두 눈에 동전을 올려놓았고, 누가 그녀의 턱을 잡아맸고, 누가 관을 짰고, 또 그 관의 목재는 어디서 베어낸 것인가에 대해서도 적혀 있어요. 이것만 보아도 여러분은 『죽은 자들의 백과전서』에 적힌 정보의 풍부함이 가히 어느 정도인가에 대해 (최소한 대략적이라도) 상상할 수 있을 거예요. 그것은 이승에서의 여행을 마치고 영원한 세상으로 다시 떠난 이들에 대해서 기록할 수 있는 모든 것을 (의심의 여지없이, 편견에 치우침 없이 객관적인 태도로) 기록하는 일인, 그 힘겹고 존경할 만한 책무를 떠맡은 이들이 『죽은 자들의 백과전서』에 적어놓은 정보들이지요. (왜냐하면 이 백과전서의 편찬자들은 성서에서 말하는 부활의 기적을 믿으며, 그 부활의 순간을 준비하기 위하여 그렇게 방대한 목록을 작성하는 것이니까요. 그것은 모든 사람들이 자신의 혈육들뿐 아니라, 보다 중요하게는, 자신의 잊혀진 과거를 발견할 수 있도록 하기 위해서지요. 그 예정된 순간이 오면, 이 목록은 막대한 기억의 보고이자 유일무이한 부활의 증거로서의 소임을 다할 테니까요.) 한 사람의 일생을 다룸에 있어서 그들은 촌구석 구멍가게 상인과 그의 아내, (저의 증조부가 그랬듯이) 시골의 사제와 추크라는 이름을 가진 마을의 종지기(그의 이름 역시 이 책에 나와 있지요)를 차별하지 않았지요. 『죽은 자들의 백과전서』에 실리기 위한 단 하나의 조건은(그것은 제가 즉시 깨달았던 것, 즉 제가 확신하기도 전에 이해했던 것이었죠) 여기에 이름이 기록된 인물들 중 어느 누구도 다른 백과전서에는 나오지 않는다는 거예요. 'M' 자로 시작하는 수천 권의 자료들 중 하나인 그 책을 훑어 넘기던 중 제가 제일 먼저 놀란 것은 유명한 사람들이 단 한 명도 기록되어 있지 않다는 것이었죠(저는 아버지의 이름을 찾아 얼어붙은 손가락으로 책장을 넘기던 중 그 사실을 확인하게 됐어요). 『죽은 자들의 백과전서』에는 마주라니치*나 메이예르홀트**나 말름베르크***에 대해서, 또는 아버지가 학창 시절에 배웠던 문법책의 저자 마레티치****에 관해서 단 한 줄도 적혀 있지 않아요. 또 여기에는 아버지가 거리에서 한 번 마주쳤다고 했던 메슈트로비치*****도, 할아버지와 교분이 있다고 했던 선반 기사 드라고슬라프 막시모비치도, 아버지가 '루스키 차르' 카페******에서

---

* 이반 마주라니치(Ivan Mažuranić, 1814~1890): 크로아티아 출신 시인 겸 언어학자. 19세기 크로아티아 문화계를 견인했던 중요한 인물이다.
** 프세볼로드 에밀리예비치 메이예르홀트(Vsevolod Emil'evich Meierkhol'd, 1874~1940): 러시아 출신 연출가 겸 배우. 아방가르드 실험연극을 주도했다.
*** 베르틸 프란스 하랄드 말름베르크(Bertil Frans Harald Malmberg, 1889~1958): 스웨덴 태생의 산문작가이자 시인, 배우다.
**** 토미슬라프 마레티치(Tomislav Maretić, 1854~1938): 크로아티아 출신의 언어학자 겸 사전 편찬자. 표준 크로아티아 문법을 체계화한 학자다.
***** 이반 메슈트로비치(Ivan Meštrović, 1883~1962): 크로아티아 출신의 세계적인 조각가. 주로 종교적인 테마의 작품들을 남겼다.
****** '러시아 황제'라는 뜻의 이름으로, 베오그라드 중심가 크네즈 미하일로바 거리에 자리한 유명한 카페.

한번 담소한 적이 있다던 카우츠키의 번역자 타사 밀로예비치도 나와 있지 않아요. 『죽은 자들의 백과전서』는 망인들의 세계에 대한 평등주의적인 관점, 다시 말해 틀림없이 어떤 성경적인 격언에 영감을 받아서, 인간의 불의를 시정하고 신의 모든 피조물들에게 영원한 세계에서 동등한 위치를 갖게 하는 것을 목적하는 그런 관점이 강조되는 어떤 민주적 강령의 종교 단체나 종파의 역작(力作)인 것입니다. 저는 또한 이 『죽은 자들의 백과전서』가 역사와 시간의 먼 어둠 속으로 멀리 거슬러 올라가지 않고 1789년 직후에 출현했다는 것을 재빨리 간파했어요. 박식한 학자들로 이루어진 그 이상한 '카스트'가 전 세계에 흩어져 있는 회원들을 동원하여 집요하고 신중하게, 사망자들의 신상과 전기를 발굴하여 그것을 데이터로 가공한 다음, 여기 스톡홀름의 본부로 전송하도록 지휘하고 있는 것이 틀림없었어요. (저는 잠시 망설였어요. 혹시 요한슨 부인이 그 추종자들 중 한 명이 아닐까 하고 말이지요. 사실 저의 슬픔을 다 듣고 난 뒤에 저를 도서관으로 데려온 것도 바로 그녀였으니까요. 혹시 그것은 여기서 제가 『죽은 자들의 백과전서』를 찾아내서 조금의 위로나마 얻도록 하기 위한 배려가 아니었을까요?) 이것이 제가 추측할 수 있는 전부, 이것이 제가 그들의 작업에 대해서 추론할 수 있는 전부예요. 비록 인간적 허영심의 압박과 부패의 유혹을 떨쳐버리기 위해서는 이런 '백과사전'에 대한 집필 작업에 어느 정도 현명한 조심성이 요구되는 것이 당연하겠지만, 저는 그들이 비밀스럽게 활동하는 이유가 오랜 종교적 박해의 역사 때문이라고 믿습니다.

그러나 그들의 비밀스러운 활동 못지않게 놀라운 것은, 그 백과사전적인 간결함과 성서의 웅변적 어조를 절묘하게 혼합해놓은, 도무지 믿기지 않는 그 문체였어요. 그 예로, 제가 수첩에 옮겨 적을 수 있었던 무미건조한 한 토막의 문장을 보지요. 마치 읽고 있는 우리가 마법에 홀린 듯 우리의 심상 속에 여러 이미지의 눈부신 풍경과 신속한 교체가 갑자기 나타날 만큼 무수한 정보가 '거기'에서는 몇 개의 행들로 압축되어 있어요. 우리는 찌는 듯한 한낮의 무더위 아래서 세 살쯤 돼 보이는 사내아이가 산길을 따라 외할아버지네 집으로 가는 장면을 보고 있지요. 한편 그 배경, 아니 제2, 제3의 원경(遠景)에서는(아무튼 이런 용어들을 사용할 수 있다면) 여러 군인과 세관원, 순경이 희미하게 보이고, 멀리서 울리는 천둥 같은 대포 소리와 목 쉰 개들의 울음소리가 들려오네요. 다음으로, 제1차 세계대전의 간결한 연대기가 눈에 들어오지요. 철커덩거리며 어떤 소도시를 지나는 신병열차들, 군악대의 취주(吹奏), 수통의 목에서 꿀렁거리는 물소리, 술병이 산산이 깨지는 소리, 물결처럼 흩날리는 손수건들…… 그 모든 항목은 각각의 문단을, 또 각각의 시간은 나름의 시적 본질과 메타포를 지닌 채 표현되고 있지요. 그것은 항상 연대기 순서로 배열되어 있는 것이 아니라 과거, 현재, 미래의 어떤 기이한 공생을 통해 표현되어 있어요. 그가 코모고비나*에서 할아버지와 함께 보냈던 그 처음 5년의 세월에 관한 '그림 앨범' 속에, 그 본문 속에 나타나 있는 그 애처로운 묘사, 즉 제 기억이 정확하다면, "그것은 그의 생애에서 가장 아름다운 몇 년이 '될' 참이었다"라고 표현되었던 그 묘사를 달리 어떻게 설명할 수 있을는지요. 그다음으로는, 말하자면 표의문자로 축약된 유년시절의 이미지들이 따라붙지요. 교사들과 친구들의 이름, 계절의 변화를 배경으로 하는 소년의 '가장 눈부신 몇 년'이 이어지지요. 행복한 얼굴 위로 튀는 빗줄기, 강에서 헤엄 치기, 눈 덮인 언덕에서 급히 내려오는 썰매, 송어 낚시. 그리고 이어서, 아니 어쩌면 동시에, 유럽의 전장으로부터 돌아오는 군인

---

* 크로아티아 중남부의 작은 마을.

들의 모습, 소년의 손에 들린 수통, 제방 위에 버려진 부서진 방독면이 나타나지요. 그리고 다시 여러 이름과 사건이 이어지네요. 홀아비 마르코가 코모고비나 태생의 미래의 반려자 소피아 레브라차와 만나고 결혼식을 올립니다. 하객들의 축하와 시골 말들의 경주, 펄럭이는 깃발과 리본, 반지 교환 예식, 교회 대문 앞에서 펼쳐지는 노래와 민속무용 '콜로', 하얀 와이셔츠를 입고 접은 양복 옷깃에 어린 로즈메리 줄기를 꽂은 소년.

여기 저의 수첩에는 '크랄레프차니'라는 한 개의 낱말밖에는 적혀 있지 않지만, 『죽은 자들의 백과전서』에는 여러 이름과 날짜로 가득 채워진 채 이 시기의 삶이 몇 개의 압축된 단락들로 기록되어 있어요. 거기에는 그가 그날 어떻게 잠자리에서 일어났는지, 어떻게 벽에 걸린 뻐꾸기시계가 뒤치락거리다 잠이 든 그를 깨웠는지가 묘사되어 있지요. 또 거기에는 마부의 이름, 그들과 동행했던 이웃 주민들의 이름, 초등학교 교장 선생님에 대한 묘사와 그가 소년의 새엄마에게 했던 조언들, 성당 신부의 권면, 또 마을 어귀에 서서 그들에게 마지막 작별 인사로 손을 흔들었던 사람들의 대사가 나와요.

이미 제가 말씀드렸듯이, 이 책에는 아무것도 빠져 있는 것이 없어요. 당시의 도로 사정이나 하늘 빛깔에 대한 언급도 빠져 있지 않지요. 또 가장이었던 마르코 할아버지의 재산 목록이 아주 빼곡히 적혀 있지요. 낡은 교과서들과 선의의 충고로 채워진 고전 독본들, 교훈적인 동화책들과 성서적 우화의 지은이를 포함하여, 어떤 것도 빠져 있지 않지요. 생애의 모든 시기, 모든 체험이 기록돼 있지요. 소년이 낚시로 건져 올린 물고기며 그가 읽었던 책의 한 페이지, 심지어는 그가 채집한 온갖 식물의 이름까지 모든 것이 충실하게 기록되어 있지요.

그리고 이제 아버지의 청년 시절에 대한 기록이 등장합니다. 그가 쓴 최초의 중절모, 이른 새벽에 처음 타보았던 마차 이름이 적혀 있습니다. 아가씨들의 이름과 당시 애창됐던 유행가 가사, 어떤 연애편지의 내용, 또 그가 읽은 신문이 있습니다. 아무튼 그의 청년기 전체가 하나의 단락으로 단출하게 요약되어 있지요.

이제 우리의 눈은 아버지가 중등학교를 다녔던 루마*에 와 있어요. 전에 사람들이 말했듯이, 이것은 여러분에게 『죽은 자들의 백과전서』가 실제로 얼마나 충실한 사전인가를 확인시키는 본보기가 되어줄 거예요. 이 책의 원칙은 간단명료해요. 하지만 한 인간의 전 생애를 모두 적어두려는 그 욕구, 그 박식함 앞에서는 가히 숨이 멎을 지경이지요. 여기서 우리는 루마의 간략한 역사, 그 도시의 기상도(氣象圖)와 철도의 연결점에 대한 기록을 보게 되지요. 인쇄소의 이름과 당시 거기서 인쇄된 모든 책자의 명칭, 온갖 신문과 온갖 서적들. 유랑 극단의 공연과 서커스단의 여러 가지 흥행물, 그리고…… 한 청년이 아카시아 나무에 기대어 어느 처녀의 귀에 낭만과 다소 음탕함이 뒤섞인 말을 속삭이고 있는〔우리는 이것에 대한 전문(全文)을 볼 수 있어요〕벽돌 공장에 대한 묘사 등등이 나오지요. 또 열차, 인쇄소, 「귀족이 된 백치」의 피날레, 곡마단의 코끼리, 샤바츠**로 가는 두 갈래 길 등 그 모두가 지금 우리가 이야기하고 있는 한 사람과 관련하여 빠짐없이 기록되어 있지요. 그리고 그 청년이 역사와 지리를 가르치는 L. D.라는 머리글자 이름의 교사와 멱살잡이를 하게 될 고교 차년 졸업반(B반)까지의 학교 성적표와 생활기록부, 급우들의 이름도 나열되어 있네요.

갑자기 우리는 어느 신도시의 심장부로 이동하게 되지요. 지금은

---

* 세르비아 북서부로 가는 길목에 있는 소도시. 노비사드와 스렘스카미트로비차 사이에 있다.
** 세르비아 중서부의 소도시.

1928년이에요. 청년은 졸업반 배지가 달린 베레모를 쓴 채 콧수염을 기르고 있지요(청년은 평생 이 콧수염을 깎지 않겠다고 맹세하지만, 아주 최근에, 갑자기 면도날이 미끄러져 일부를 망치게 되자 아예 밀어버리고 말았지요. 그의 모습을 보고 나서 저는 눈물을 흘렸어요. 그는 지금과는 완전히 다른 사람이었던 거지요. 그 눈물에는 그가 세상을 떠날 때 제가 얼마나 그를 그리워할 것인가에 대한 어떤 찰나적이고 어렴풋한 예감이 맺혀 있지요). 지금 그는 '그랏스카 카바나'* 카페 앞에, 그다음에는 「달로 가는 여행」이 스크린 위로 영사되는 동안 피아노 선율이 은은히 흐르는 어느 영화관에 앉아 있어요. 그다음 우리는 '엘라치치' 광장**의 게시판에 새로 붙은 광고를 몸을 구부린 채 바라보고 있는 그를 발견하게 되지요. 그 벽보 중의 하나에(이것은 그저 재미 삼아 말씀드리는 거예요) 소설가인 크를레자*** 의 강연 일자가 적혀 있네요. 여기 아버지의 이모 안나 예레미야〔아버지는 훗날 자그레브의 유리시치가(街)에 있는 그분의 집에서 살게 되지요〕의 이름이, 아버지가 '고르니 그라드'****에서 한 번 만난 적이 있는 오페라 가수 크리자이, 그의 구두를 고쳐준 제화공 이반 라부스, 또 그가 롤빵을 사곤 했던 빵집의 여주인 안테 두티나의 이름과 나란히 적혀 있어요.

그 먼 1929년, 아마 오늘도 우리가 느낄 수 있을 법한 만남의 즐거움을 품은 채 사람들이 사바 강의 다리를 지나 베오그라드에 도착하지요. 아래로는 진흙탕과 푸른 물살이 뒤섞인 사바 강이 흐르고 그 위를 지나는 다리의 강철 구조물로는 기차 바퀴 소리가 요란하게 들려옵니다. 기관차

---

* '도심카페'라는 뜻의 세르비아어.
** 크로아티아 공화국 수도 자그레브 시의 중심 광장인 반 엘라치치 광장을 가리킴.
*** 크로아티아 출신으로 이보 안드리치와 함께 구 유고슬라비아 연방을 대표했던 문학가.
**** '도시 위쪽'이란 뜻으로, 자그레브 시 북쪽에 위치해 있는 구시가지로서 중세 유적이 고스란히 보존되어 있다.

가 기적을 울리면서 속도를 늦추면, 이등칸의 창문에서 생경한 도시의 먼 윤곽을 신기한 듯 내다보고 있는 아버지의 모습이 나타납니다. 신선한 아침, 지평선에서 서서히 안개가 걷히고, 기선 스메데레보호의 연통에서 한 줄기 검은 연기가 빠져나오고, 노비사드로 막 출항하려는 선박의 목 쉰 듯한 기적 소리가 들려오고 있네요.

몇 번 간헐적으로 중단되긴 했지만 아버지는 50여 년을 베오그라드에서 지내셨지요. 그의 체험의 합계, 그 연속된 1만 8천 번의 낮과 밤(시간으로 바꾸면 43만 8천여 시간이 되지요)이 여기 망인들의 책에서는 겨우 대여섯 장 분량으로 기록되어 있을 뿐이에요. 그것도, 최소한 대강의 줄거리를 유지하고 연대표를 지키면서 말이죠. 왜냐하면 시간의 강물처럼, 하루하루도 하구 쪽으로, 죽음을 향하여 흘러가기 때문이지요.

그해, 그러니까 1929년의 9월, 아버지는 측지학 학교에 입학하시는데, 이 책 속에는 베오그라드에 위치한 그 학교의 설립 역사가 스토이코 비치 교사의 교장 취임 강연 원고와 함께 실려 있어요. 그는 미래의 측량 기사들에게 왕과 조국을 충성스럽게 섬길 것을 독려하고 있지요. 왜냐하면 지도상으로 조국의 새로운 국경선을 정하는 막중한 책임이 바로 그들에게 지워졌기 때문이에요. 지금 여기에는 제1차 세계대전의 영광스러운 격전지의 이름은 물론, 그것 못지않게 영광스러운 패전지의 이름(카이막 찰란, 모이코바츠, 체르, 콜루바라, 드리나)까지도 전장에서 죽은 교사들과 학생들의 이름과 함께, 또 화법기하학(畵法幾何學), 소묘 실습, 역사학, 종교학, 서예 등의 과목에서 아버지가 받은 성적들과 함께 뒤섞여 있지요. 그리고 당시에 한바탕 소문이 돌았듯이, D. M.*이 재미 삼아 수작을 걸

---

* 이 소설 주인공 아버지 이름의 머리글자.

었던 록산드라로사라는 어떤 꽃집 소녀, 카페의 주인 보리보이보라 일리치, 재봉사 밀렌코 아자냐, 또 아버지가 아침마다 김이 모락모락 나는 '부렉'*을 사려고 들르셨던 빵집 주인 코스타 스타브로스키, 그리고 언젠가 한 번 카드 도박에서 아버지의 돈을 몽땅 빼앗은 크르티니치라는 사내의 이름도 나와 있어요. 이것들 뒤로, 그가 관람한 영화와 축구경기의 목록, 그가 아발라와 코스마이 산정**에 등반한 날짜, 그가 참석한 여러 결혼식과 장례식, 그가 살았던 거리의 이름(체틴스카, 차리체 밀리체, 가브릴라 프린치파, 크랄리아 페트라 프르보그, 크네지아 밀로시아, 포제슈카, 카메니추카, 코스마이스카, 브랑코바), 그리고 그가 익힌 지리, 기하학, 평면측량 교과서의 저자명, 그가 즐겨 읽었던 고전소설의 제목(『고르스키 차르』 『하이두크 스탄코』 『농민의 반란』), 교회 예배, 곡마단의 흥행물, 체조협회의 시범, 학교의 자선 바자회, 그림 전시회(여기서 아버지가 그린 수채화 한 점이 심사위원들의 이목을 끌었지요) 등에 대한 묘사가 이어집니다. 여기에는, 그가 러시아인 망명자의 아들인 이반 게라시모프라는 급우(또한 그는 일주일 뒤, 집시 관현악단이 연주하고 러시아인 백작들과 관리들이 기타와 발랄라이카 소리에 눈물을 짓던, 당시에 유명한 베오그라드 카페 중의 한 곳으로 아버지를 데려가게 되지요)의 꼬드김에 넘어가, 학교 화장실에서 처음으로 담배를 피운 날에 대한 기록도 있어요…… 그 책에는 어떤 것도, 즉 장엄한 칼레메그단 기념비 제막식도, 마케돈스카 거리의 골목에서 사 먹은 아이스크림 때문에 생긴 배탈이나, 졸업시험을 통과한 것에 대한 상금으로 할아버지한테서 받은 돈으로 산 뾰족한 가죽 구두에 대한 기록도 빠져 있지 않지요.

---

* 보스니아를 비롯한 발칸 서부의 토속 음식으로 고기나 양파를 넣어 구운 밀가루 전병.
** 베오그라드에서 남쪽으로 세르비아 중부에 위치한 산악지대.

다음 단락에는 1933년 5월 우쥐취카포제가*로 떠나는 그의 모습이 그려져 있지요. 망명가의 아들인 불행한 사내 게라시모프가 아버지와 함께 열차의 이등칸에 앉아 여행하고 있어요. 그 두 사람에게는 이것이 첫 배속(配屬)이지요. 그들은 푯말과 경위의(經緯儀)를 들고 다니면서 세르비아의 영토를 측량하고 지적도와 청사진을 그리고 있어요. 밀짚모자로 머리를 가린 채(벌써 여름이어서 태양이 작열하고 있지요) 그들은 언덕을 기어 오르고, 서로를 소리쳐 부르지요. 가을비가 내리고 돼지들이 땅을 파헤치고, 가축이 동요하기 시작합니다. 자, 벼락에 맞을지도 모르니 어서 경위의를 안전한 곳으로 옮겨야 해요. 저녁 무렵, 시골학교 교사 밀렌코비치의 집에서 그들은 자두술을 마시지요. 고기 굽는 꼬챙이가 돌고, 게라시모프가 처음에는 세르비아어로, 다음에는 러시아어로 번갈아 욕을 해대지요. 브랜디의 기운이 머리까지 오르지요. 불쌍한 게라시모프는 그해 11월에 폐렴으로 죽게 되는데, D. M.은 그의 임종을 지켜보면서 그의 헛소리를 귀담아 듣게 될 거예요. 또 인생의 덧없음을 곱새기면서, 손에 모자를 들고 머리를 숙인 채 그의 무덤 앞에 서게 될 거예요.

이것이 바로 그 읽은 자료 중에서 제 기억 속에 남아 있는 내용입니다. 그날 밤, 아니 보다 정확히 말하면, 그 새벽녘에 얼어붙은 손가락으로 황급히 노트에 옮겨 적었던 기록 중에서 남아 있는 것들이지요. 그렇지만 이것은 에누리 없는 2년, 겉보기에 단조로운 2년 사이의 일이에요. 그 두 해 동안, D. M.은 5월에서 11월(그가 '하이두크**의 계절'이라고 불렀던)이면 산과 계곡으로 자신의 측량 받침대와 경위의를 끌고 다니지요. 계절이 바뀌고 강물이 범람하다가도 본래의 하상으로 되돌아가고, 나뭇잎

---

* 세르비아 서부 산악지대에 위치한 소도시.
** '하이두크'는 도적이라는 뜻의 세르비아어이다.

이 푸르스름했다가 다시 노래지지요. 아버지는 꽃이 만발한 자두나무 그 늘 아래 앉아 있다가 차양 밑으로 몸을 숨기지요. 번개가 저녁나절의 풍 경을 환히 밝히고, 천둥소리가 협곡마다 메아리치네요.

여름이에요. 태양은 타는 듯이 뜨겁고, 우리의 측량기사들(아버지는 이제 드라고비치라는 이름의 사내와 새로 같은 조가 되어 있지요) 은 정오에 어느 집(그 '책'에는 거리와 번지수도 적혀 있어요) 앞에 멈춰 서서 문을 두 드리고 마실 물을 청하지요. 집 안에서 한 소녀가 나와 어떤 민요에서처 럼 그들에게 얼음같이 찬 물을 한 단지 가득 건네지요. 맞아요. 여러분도 짐작했다시피 그 소녀는 바로 장차 제 어머니가 될 사람이에요.

지금 저는 약혼식 날짜와 진행 방식, 돈을 아끼지 않는 구식 결혼식, 그러한 삶의 일부를 이루는 그 화려한 관습, 그 모든 것이 '거기'에 어떻 게 기록되고 묘사되어 있는지에 대해 기억을 더듬어 다시 얘기하지는 않 으렵니다. 왜냐하면, 제가 하는 모든 얘기는 '원본'에 비해 불충분하고 단 편적인 것이 될 테니까요. 하지만 '거기'에 결혼의 증인과 하객들의 명부, 그들을 결혼시킨 사제의 이름, 축배의 말과 축가의 노랫말, 여러 선물과 그 기부자, 음식과 음료의 일람표가 적혀 있다는 것만큼은 여러분에게 말 씀드리지 않을 수 없네요. 그 뒤로, 11월에서 이듬해 5월까지 다섯 달이 라는 시간적 간격이 생기지요. 그 다섯 달은 젊은 부부가 베오그라드에 신접살림을 차리느라 분주한 때지요. 『죽은 자들의 백과전서』에는 이런 경우에 언제나 똑같고 또 언제나 다른 내밀한 집안 사정뿐 아니라, 방과 가구 배치, 전기곤로, 침대, 옷장의 가격까지도 기록되어 있지요. 결국 (저는 이것이 『죽은 자들의 백과전서』 편찬자들이 말하고 싶어 했던 본질적 인 메시지가 아닐까 생각해요) 인류의 역사에서는 어떤 것도 되풀이되지 않으며, 처음에 똑같은 것처럼 보이는 것도 알고 보면 그 모두가 전혀 비슷하지 않지요. 따라서 개개인은 저마다 하나의 별이고, 만물은 언제나 새로 태어나는 동시에 절대로 다시 태어나지 않으며, 만물은 무한히 반복 되는 동시에 절대로 반복될 수 없다는 것이지요(차이를 존중하는 그 장엄 한 기념비인『죽은 자들의 백과전서』의 편찬자들이 개별성을 강조하는 것은 그 때문이에요. 따라서 그들에게 모든 인간은 저마다 신성한 보물로 비치는 것이지요).

　모든 인간 피조물은 반복불가능하며 모든 사건은 유일무이하다고 주 장하는『죽은 자들의 백과전서』편찬자들의 그런 강박적인 집념이 없다 면, 사람과 장소를 연결시키는 그 모든 시시콜콜한 일들을 포함하여, 호 적관리인과 사제의 이름, 결혼식 예복에 관한 묘사, 또는 크랄레보* 시 외 곽의 촌락 글레디치 마을의 풍경을 여기에 나열하는 것이 과연 무슨 의미 가 있을까요? 그렇듯 지금 우리는 아버지가 '본향'에 도착하는 사건, 5월 에서 11월까지 여러 마을에 두루 묵게 되는 장면을 보게 되지요. 우리는 요반 라도이코비치(그날 저녁 그의 여관에서 아버지를 비롯한 측량기사들은 외상으로 내준 차가운 와인을 마시게 되지요)의 이름, 스베토자르라는 아이 (아버지는 스테반 야니이치라는 사내의 부탁으로 그 아이의 대부 역할을 맡 게 돼요)의 이름, 그리고 레프스티크 박사(아버지에게 위염 약을 처방해주 었던 슬로베니아 출신 망명객 의사지요)의 이름, 또는 마지막으로, 라드밀 라라다 마브레바(아버지가 어느 한적한 곳간 건초 더미 위에 눕혔던 처녀랍 니다)의 이름을 발견하게 되지요.

　아버지의 군 복무에 관해서 그 책에는 마리보르에 주둔한 보병 5사단 의 행군 도정이 적혀 있어요. 그 문단에는 장교와 하사관들의 이름과 계

---

* 세르비아 남부의 소도시.

급이 나열되어 있고, 또 같은 막사를 쓰는 동료들의 이름, 군용 식당 배식의 품질, 야간 행군 때 그가 입은 무릎의 상처, 그가 장갑 한 짝을 잃어버려서 기합 받은 일, 그가 포자레바츠* 배속을 자축했던 술집의 이름이 기록되어 있지요.

따라서 처음 보기에, 이 모든 것은 다른 어떤 군 복무와도, 다른 어떤 부대 발령과도 아주 비슷해 보이지요. 하지만『죽은 자들의 백과전서』편찬자의 관점에서 보면, 포자레바츠라는 도시와 아버지의 일곱 달 동안의 병영생활은 모두 똑같이 유일무이한 성격의 사건들이에요. 1935년 가을, D. M.이라는 어떤 측량사가 포자레바츠 병영의 난로 앞에 쪼그려 앉아 지도를 그리고, 두세 달 전 어느 날 밤 야간 행군 중에 언뜻 보았던 바다에 대해 회상하는 일이 두 번 다시 되풀이 되는 일은 '결단코' 없을 테니까요.

아버지가 스물다섯 해 동안 살아오면서 최초로, 1935년 4월 28일 벨레비트 산의 비탈에서 언뜻 보았던 그 바다는, 그의 마음속에 일종의 계시로, 그가 이후 40년 동안이나 변함없이 강렬하게 품게 될 꿈으로, 혹은 어떤 비밀로, 결코 말로 표현할 수 없는 환영으로 새겨질 거예요. 그토록 여러 해가 지난 뒤에도, 그는 바로 그날 자기가 본 것이 정말로 광활한 바다였는지, 아니면 하늘과 땅 사이의 지평선이 착각을 불러일으킨 것인지 갈피를 못 잡고 있었지요. 그래서 그에게는, 물이 깊은 곳은 보다 진한 청색으로, 얕은 곳은 보다 연한 청색으로 표시해놓은 지도상의 남옥색이 단 하나의 진정한 바다로 남아 있었을 거예요.

우리 고장에서 사람들이 이미 노동조합이나 여행사의 알선으로 해수

---

* 이름이 '재난' '불'을 상징하는 이 도시는 세르비아 동부에 위치해 있고, 다뉴브·모라바·믈라바 강이 주변을 지난다.

욕장으로 떠나던 시기에, 아버지가 여러 해 동안 휴가 가는 것을 사양한 이유는 바로 그것 때문일 거라고 저는 생각해요. 혹시 자신에게 환멸이 닥치지 않을까 겁을 내는 듯, 아버지의 거부에는 이상한 두려움이 서려 있었지요. 마치 바다와의 직접적인 만남에 의해, 1935년 4월 28일 새벽 그가 난생처음으로 멀리서 광대하고 푸른 아드리아해를 보았을 때 그의 눈을 부시게 했던 그 아련한 환영이 파괴되지나 않을까 하고 겁내는 것 같았어요.

그렇다고 아버지가 바다와의 만남을 연기하기 위해 둘러댄 모든 변명들이 정말로 설득력이 있는 것은 아니었지요. 그는 저속한 여행객처럼 여름휴가를 보내길 원치 않고, 돈이 충분치 않으며(이것은 거의 사실이에요), 따가운 햇볕을 견디기 어렵고(그렇긴 해도 당시에 그는 아주 지독한 더위를 견디며 생활하고 있었지요), 그래서 식구들만 자기를 가만히 내버려둔다면 베오그라드의 집에서 시원한 발을 내린 채 기분 좋게 지낼 수 있겠다고 했지요. 『죽은 자들의 백과전서』 가운데 이 장은 1935년 그 최초의 서정적 환영으로부터 약 40년 뒤 바다와의 실제적인 만남, 그 직접적인 대면에 이르기까지, 바다와 관련된 그의 낭만적 모험을 아주 자세히 다루고 있지요.

아버지가 최초로 맛본 바다와의 진정한 만남은 그가 마침내 모든 식구들의 공세에 밀려, 그해 여름 비어 있던 옛 친구들의 집에서 묵기로 하고 어머니와 함께 로비니에 가는 것을 받아들였을 때인 1975년이었지요.

그는 기후에 불만을 품은 채, 식당의 서비스에 불만을 품은 채, 텔레비전 프로에 불만을 품은 채, 붐비는 인파, 더러운 바닷물, 극성스러운 해파리, 물건 값, 그리고 뻔뻔한 "백주의 날강도들"에 불만을 품은 채, 원래 계획보다 일찍 돌아왔지요. 물의 오염에 대한 불만("그 바닷물은 꼭 관광객들의 공중변소 같아!")과 해파리들에 대한 불만("벼룩처럼 녀석들은 사람의 더러운 몸뚱이 냄새를 맡고 달려들지!") 외에는 그저 손을 내저을 뿐, 정작 바다에 관해서는 아무 말도, 단 한 마디도 하지 않았지요. 지금에서야, 저는 그의 불평이 무엇을 의미했는지 깨달아요. 아버지가 오랜 세월 마음속에 품었던 아드리아해의 꿈, 그 아련한 환영은, 뒤룩뒤룩 살찐 남정네들과 "숯처럼 까만" 몸에 향유를 발라 번쩍거리는 여편네들이 물장구치는 그 더러운 물과는 비교가 안 되는 더없이 아름답고 인상적이며 순수하고 강렬한 무엇이었을 테니까요.

그것을 마지막으로 아버지는 여름휴가를 보내러 바닷가에 가는 일을 그만두었지요. 저는 지금에서야 40여 년간 그가 품었던 아득한 환영(만약 그것이 환영이라면), 아련한 꿈이 소중한 친구처럼 그날 그에게서 사라져버렸다는 것을 깨닫고 있어요.

여러분도 보시다시피, 지금 막 저는 그의 생애 가운데서 그 40년의 세월을 건너뛰었어요. 하지만 연표순으로 보면 우리는 여전히 1937년, 1938년에 머물러 있지요. 그 당시 벌써 D. M.은 플라바 강 유역의 페트로바츠 또는 데스포토바츠, 스테포예바츠, 부코바츠, 추프리야, 옐라시카, 마테예비차, 체치나, 블라시나, 크냐제바츠 또는 포드비스 같은 세르비아의 어느 벽촌에서 잉태된 두 딸을 얻게 되지요(물론 그 뒤에 아들 하나가 또 태어나지요). 여러분의 마음속에 그곳의 지도를 그려보세요. 그리고 그 지도나 군사용 작전 지도(1:50,000 비율의)에 표시된 각각의 점들을 실제의 크기만큼 확대시켜보세요. 그가 살았던 거리와 집을 표시해보세요. 그런 다음 마당으로, 집 안으로 들어가세요. 방들의 배치를 그려보세요. 가구와 과수원의 목록을 만들어보세요. 또 집의 뒷마당에서 자라는 꽃들의 이름이나, 독소불가침조약, 유고슬라비아 황실 정부의 패주(敗走), 돼지기름과 석탄의 가격, 공중곡예사 알렉시치의 묘기 등등 그가 읽었던 신문의 뉴스도 잊지 마세요……『죽은 자들의 백과전서』의 뛰어난 제작자들은 바로 이렇게 작업한답니다.

제가 앞서 말했듯이, 그의 개인적인 운명과 연결되어 있는 여러 역사적 사건, 여러 차례의 베오그라드 폭격, 여러 번에 걸친 독일군의 동진(東進)과 후퇴, 이 모든 것이 그의 개인적 관점을 통해서, 또 그의 일생과 관련해서 자세히 이야기되고 있지요. 거기 어디에는 팔모티체바 거리의 집이, 그 건물 및 그 안의 거주자들에 관한 중요한 사항들 전부와 함께 언급되어 있지요. 왜냐하면 베오그라드 공습 당시 바로 그 집 지하실로 아버지와 우리 식구 전부가 대피했기 때문이지요. 마찬가지로, 빵, 쇠고기, 돼지기름, 닭고기, 자두술의 가격은 물론이고, 나머지 전시 기간 중에 아버지가 우리를 숨기게 될 스테포예바츠 지역의 저택(물론 소유주의 이름, 방의 배치 등도 나와 있지요)에 대해서도 묘사되어 있네요. 『죽은 자들의 백과전서』에서 여러분은 또한 크냐제바츠 경찰서장과 아버지의 면담, 1942년 아버지의 직장에서 보내온 해고장을 볼 수 있으며, 주의 깊게 읽는다면, 그가 식물원이나 팔모티체바 거리에서 낙엽을 조금 주워 모은 다음 납작하게 눌러 펴서 그것을 자기 딸의 식물표본집에 붙이고, 지도 위에 '아드리아해'나 '블라시나'를 써 넣을 때와 같이, 멋진 장식체로 '민들레(타락사쿰 오피시날레)' 또는 '보리수(틸리아)'라고 써 넣는 모습을 발견할 거예요.

그의 전기의 큰 강, 그 '가족 로망스'는 여러 지류로 갈라져 나가지요. 그래서 1943년에서 1944년까지 그가 설탕 정제소에서 맡은 일거리에 대한 평가와 나란히 어머니와 그의 자식들인 우리의 운명은, 어떤 요약 내지 연대표의 형식, 즉 여러 권의 분량 전체가 몇 개의 유려한 화술의 단락들로 축소된 형식으로 소개되어 있어요. 그렇듯 그의 아침 기상은 어머니의 아침 기상(어머니는 자기 결혼지참금의 일부로 가져온 낡은 벽시계를 암탉 한 마리나 베이컨 한 조각과 교환하러 어느 마을로 가려는 참이지요)과 자녀들의 기상, 곧 우리의 등교와 연결되어 있어요. 이런 아침마다의 예식(여기에는 배경음으로, 어느 이웃집의 라디오에서 「릴리 마를렌」의 선율이 흘러나오고 있지요)에 대한 묘사는, 수년의 점령기 동안, 해고된 측량기사의 집안 분위기가 어땠는지에 대해 전달하고(꽃상추와 살짝 구운 빵이 전부인 변변치 않은 아침 식탁), 또한 사람들이 귀덮개를 하고, 나무창을 댄 구두를 신고, 군용담요로 만든 외투를 걸치던 1943년에서 1944년 당시의 '패션' 감각을 엿보게 하는 데 그 목적이 있지요.

아버지가 '밀리시치' 공장에서 일일 노역자로 일하는 동안 온갖 위험을 무릅쓰고 당밀을 외투 밑에 감춰 집에 가지고 왔다는 사실은, 『죽은 자들의 백과전서』의 관점에서 보면, 우리 집에서 아주 가까운 안과병원에 가해졌던 견제 공격, 또는 자신이 납품업자로 고용되어 있었던 프랑츠카가(街) 7번지의 독일 장교 클럽을 털었던 루마 태생의 우리 고모부 츠베야 카라카셰비치의 무훈과 맞먹는 중요성을 지녀요. 나치 점령기 동안 그 츠베야 카라카셰비치의 도움으로 우리 가족이 그 독일군 장교 클럽 '드라이 후자렌Drei Husaren'*에서 몰래 빼내 온 프랑스 샴페인으로 양념을 한 양식 잉어(이놈들은 우리 욕실의 커다란 법랑 욕조 안에 밤새 담겨져 있었지요) 요리를 여러 번 먹었다는 흥미로운 사실도 물론 『죽은 자들의 백과전서』 편찬자들의 시선에서 벗어날 수 없었지요. 마찬가지로, 나름의

---

* '세 명의 경기병'이라는 뜻의 독일어.

원칙(인간의 삶에서는 무의미한 무엇도, 사건들의 높고 낮음도 존재하지 않음을 강조하는)에 충실한 그들은, 우리가 걸렸던 모든 소아병, 유행성 이하선염(耳下腺炎), 편도선염, 백일해, 뾰루지뿐 아니라, 이를 옮겨왔던 일과 아버지의 폐질환까지도 적어놓고 있어요(그들의 진단은 듀로비치 박사의 소견과 일치하지요. 즉 지나친 흡연이 원인이 된 폐기종이라는 거예요). 또한 여러분은 거기에서 그의 가까운 친구들과 지인들이 포함된 총살당한 포로들의 명단이 바일로노바 장터 게시판의 플래카드에 붙어 있는 것과, 테라지예 도심에서 교수형 당해 전봇대에 몸뚱이가 매달려 흔들리던 애국자들의 이름, 니슈 역 구내식당에서 그에게 '아우스바이스'* 제시를 요구하는 독일군 사관의 말, 밤새도록 불꽃놀이 삼아 총을 쏘아댔던 블라소틴치 출신 체트니크 요원의 결혼식에 대한 묘사도 만날 수 있지요.

1944년 10월의 베오그라드 시가지 전투는, 굴러가는 대포와, 또 팔모티체바가(街) 구석에 죽은 채 쓰러져 있는 말이 아버지가 본 그대로 묘사되어 있지요. 탱크의 무한궤도가 내는 귀를 멍멍하게 하는 굉음이 프란뇨 헤르만이라는 이름의 재외 독일인에 대한 신문(訊問)을 잠시 덮어버리지요. 그 사내의 비참한 신음 소리가 오즈나** 소속의 간부가 민중의 이름으로 재판하고 복수하고 있는 인접한 건물의 얇은 벽을 통해 새어 나옵니다. 소련 전차가 지나간 뒤에 갑작스럽게 찾아온 정적을 깨뜨리며 이웃집 안마당에서 가혹하게 울리던 기관총 소리, 아버지가 화장실의 천창(天窓)을 통해 얼핏 보게 될 담벼락 위에 튀긴 피 얼룩, 태아처럼 웅크린 불쌍한 헤르만의 시신, 이 모든 것이 숨은 관찰자의 논평과 함께 『죽은 자들

* '신분증'이라는 뜻의 독일어.
** '인민보호국'의 약자로 제2차 세계대전 중인 1943년에 조직된 유고슬라비아 국방부의 방첩 담당국.

의 백과전서』안에 빠짐없이 기입되어 있지요.

『죽은 자들의 백과전서』의 관점에서 보면, 역사는 사람들의 운명의 합계, 덧없는 사건들의 총체지요. 그래서 거기에는 각각의 몸짓, 각각의 생각, 각각의 창조적 영감, 각각의 시세(時勢), 각각의 삽에 가득 담겨진 진흙, 무너진 건물 더미에서 벽돌을 골라내는 각각의 노동이 세세하게 적혀 있는 것이랍니다.

커다란 역사적 전환기 뒤에 치르기 마련인 토지의 측량과 기록을 또다시 시작한 국유지 관리국에서 전후 아버지가 맡으셨던 직무까지도 아주 자세하게, 그런 색인어와만 관련돼 있는 필요한 모든 사항과 함께 여기에 적혀 있지요. 토질과 토지대장, 과거 독일 마을이었던 곳과 새로 식민화된 구역에 붙여질 새로운 명칭들…… 이미 얘기했듯이, 여기에는 티끌 하나 빠져 있는 것이 없어요. 아버지가 어느 술 취한 병사에게서 산 고무 장화에 붙어 있었던 진흙, 인지야*의 싸구려 식당에서 먹은 상한 고기만두 때문에 했던 심한 설사, 그가 솜보르**에서 사귄 보스니아 출신의 여급사와 벌인 정사, 찬타비르*** 부근에서 일어난 자전거 추락 사고와 이로 인한 무릎·부상, 센타수보티차**** 구간의 선로 위를 달리는 가축 차량에 몰래 올라탔던 야간 여행, 신년 파티 때 집으로 가져가기 위해 잡아둔 살진 거위, 바노비치*****에서 벌어진 러시아 기술자들과의 술 파티, 우물 근처의 들판에서 뽑았던 어금니, 그가 뼛속까지 땀에 젖게 될 장거리 경

---

* 세르비아 공화국의 수도 베오그라드와 노비사드 중간에 위치한 소도시.
** 세르비아 공화국 보이보디나 자치주 북서쪽에 위치한 소도시.
*** 세르비아 공화국 보이보디나 자치주 내 헝가리인 거주자가 다수를 차지하는 농촌 마을.
**** 센타는 보이보디나 자치주 내 티사 강변에 세워진 작은 마을이며, 수보티차는 같은 주의 노비사드에 이어 두번째로 큰 도시이다.
***** 보스니아 북동부의 도시로 유럽에 갈탄을 수출한다.

주, 전날까지만 해도 그와 함께 당구를 쳤지만 어느 숲의 가장자리에 묻힌 유인 지뢰를 밟아 운명을 달리한 측량기사 스테바 보그다노프의 급사, 칼레메그단의 창공으로 다시 복귀한 공중 곡예의 명수 알렉시치, 므라코돌* 마을에서 마신 알코올로 생긴 지독한 취기, 짐을 가득 실은 트럭을 타고 즈레냐닌과 엘레미르** 사이의 진창길 도로 위를 달리는 여행, 야샤 토미치***의 인접 구역에서 슈푸트라는 신임 상관과 벌였던 언쟁, '바노비치'산(産) 갈탄 1톤 구입, 영하 15도의 기온에서 새벽 4시부터 '다뉴브' 선착장에 나와 배를 기다리는 대열, 중고품 시장에서 사들인 대리석 테이블, 인부용 간이식당 '보스니아'에서 아침 삼아 먹은 '미제' 치즈와 분유, 할아버지의 병환과 죽음, 자두슈니체**** 기간 중 그의 묘소 참배, 스탈린주의 노선의 정당성을 옹호하는 사바 드라고비치, 페타르 얀코비치라는 두 사내와 아버지의 피 튀는 논쟁, 아버지와 그들 간의 대화(그 모든 것은 아버지의 낮은 중얼거림— '빌어먹을 스탈린 놈!'—으로 끝맺게 되지요).

이처럼 『죽은 자들의 백과전서』는 우리를 당시의 분위기 속으로, 정치적 사건들 속으로 몰고 갑니다.

이제 곧 아버지를 짓누르게 될 공포, 그리고 저 자신도 너무나 생생하게 기억하고 있는 그 무겁고도 짓누르는 듯한 정적, 그것을 이 '책'은 일종의 감염으로 말미암아 생기는 공포로 해석하고 있지요. 그러니까, 어

---

* 보스니아 헤르체고비나의 북단에 위치한 작은 마을.
** 즈레냐닌은 세르비아 보이부디나 주의 동부에 있는 도시이며, 엘레미르 역시 같은 주에 속한 작은 마을이다.
*** 세르비아 보이보디나 주 동부에 위치한 소도시. 이곳 출신의 저명한 언론인이자 정치가의 이름을 따서 명명되었다.
**** 세르비아 정교회에서 정한 날에 연중 네 차례 열리는 조상에 대한 추도미사. 장례 후 첫 추도미사는 사후 40일 뒤에 열린다.

느 날 아버지는 먼 친척이자 직장 동료인, 앞에서 이야기한 페타르 얀코비치가 매일 아침 6시에 취조 받기 위해(그것은 역시 앞서 말한 그 드라고비치에 의해 고발당한 결과였지요) '우드바'* 건물로 들어간다는 것을 알게 됐지요. 그 일 때문에 얀코비치는 사무실에 늦게 출근했는데,. 여러 차례의 구타와 수면 부족으로 얼굴이 부어오르고 시커먼 멍이 들어 있었다고 해요. 그런 이른 아침의 취조는 결국 페타르가 자신과 함께 러시아인들에 대한 미망(迷妄)을 공유하고 '라디오 모스크바' 방송을 몰래 들었던 다른 사람들 몇 명의 이름을 기억하고 실토할 때까지, 거의 여섯 달 동안 하루도 거르지 않고 계속됐지요.

저는 그 곁다리 이야기들(여러 번에 걸친 언쟁, 화해, 온천 여행), 곧 축소된 가족의 연대기는 건너뛰겠습니다. 또 조심성 많은 하인처럼 너무도 꼼꼼하게 그 책의 편찬자들이 적어놓은, 아버지가 집으로 가져오게 될 물건들의 목록도 건너뛰겠어요. 하지만 오리온 상표가 붙은 라디오, 막심 고리키의 작품 전집, 큼지막한 나무 양동이 속에 든 협죽도(夾竹桃), 그리고 양배추를 절여두는 커다란 통에 대해서만큼은 설명하고 싶어요. 왜냐하면 저에게는 그것들이, 제가 첫 봉급으로 아버지에게 사드렸던 안감을 댄 옷, 그리고 아버지가 하루 저녁에 깨끗이 비워버릴 '마르텔' 코냑 병을 포함하여 그 '책'에 장차 같이 언급될 다른 자질구레한 물건들보다 훨씬 중요한 기억으로 생각되기 때문이에요.

하지만 『죽은 자들의 백과전서』는 물질적인 요소를 다룰 뿐 아니라 (비록 그런 면이 있긴 해도, 이 '책'은 복식부기원장이나 재산목록도, 『열왕기』나 『창세기』처럼 인명색인도 아니에요), 인간의 정신적 삶과 세계관, 신

---

* 구 유고연방의 국가보안국. 다른 동유럽 사회주의 국가들보다는 활동이 제한적이었으나, 그럼에도 자국민들에게는 두려운 통제 수단으로 기능했음.

에 대한 인간의 생각, 사후세계의 존재에 대한 인간의 의심, 인간 각자의 도덕적 기준들까지도 이야기하고 있지요. 그런데 가장 놀라운 것은 외부적인 사건과 내부적인 사건의 그 독특한 융합이에요. 이 '책'은 우선 실물적이고 구체적인 사실들에 대해 강조하고, 그런 다음 그 사실들과 사람, 소위 '인간 영혼'으로 불리는 존재 간의 논리적인 관계를 엮어내지요. 편집자들은 몇몇 객관적인 자료들(1969년에 이루어진, 질그릇 난로에서 전기 난로로의 전환, 아버지가 결행한 삭발과 갑작스러운 폭식 습관,『폴리티카』지에 소개된 요리법을 읽고 딱총나무를 재료로 써서 아버지가 직접 만든 청량음료)을 주관적 논평 없이 소개하면서도, 그의 노년에 느닷없이 불어닥친 우표 수집에 대한 열정을 그의 오랜 과거의 정체 상태에 대한 보상심리로 해석하고 있지요. 그들은, 돋보기를 통한 우표 관찰이 여행이나 모험을 별로 좋아하지 않는 착실하고 차분한 사람들의 마음속에 자주 잠복해 있기 마련인 그 억압된 환상, 즉 바다에 대한 아버지의 로망을 또한 형성했던 그 억압된 소시민의 낭만적 기질을 일부분 드러내는 것이라고 단정하고 있지요(사실 그는 보다 안락한 상상 속의 유랑으로 여행과 아득한 지평선을 대신했으니까요. 타인들의 시선과 당신 자신의 눈에 우스꽝스럽게 보이지 않으려고 아버지는 우표 속 나비들의 세계에 대한 큰손자의 관심을 변명 삼아 둘러대곤 했지요).

이미 여러분도 알고 있듯이, 우쉬체*에서 아주 가까운 이곳은 그의 정신적 풍경의 일부랍니다. 그곳에서는 친구들, 친척들의 장례식이 너무 빈번하게 줄줄이 치러져, 만일 철학을 인생의 의미에 관한 사색이라고 정의한다면, 일대의 모든 주민(심지어 조용한 명상에 잠기는 성향이 아버지보

---

* 베오그라드와 노비 베오그라드를 양분하는 사바 강과 동유럽을 관통하는 다뉴브 강이 합류하는 지점.

다 더 적은 사람까지도)이 철학자가 됐다고 말해도 될 정도였습니다.

자신의 삶을 불만스럽게 여기고, 헌신적인 자녀나 정겨운 손자와 손녀, 또는 비교적 평온한 일상생활 등등 그 무엇으로도 덜어낼 수 없는 노년의 서글픔으로 고갈된 나머지 그는 늘 투덜거리기 시작했고, 점점 더 자주 술을 찾았어요. 언제나 자상한 미소를 머금은 채 조용하던 아버지는 술만 들어가면, 평소에는 상상조차 할 수 없었던 분노를 폭발시키기 일쑤였지요. 그는 하느님, 하늘, 땅, 러시아인들, 미국인들, 독일인들, 정부에 대해서, 또 평생 노예처럼 봉사했는데도 자신에게 그토록 비참한 퇴직을 안겨준 모든 당사자들에 대해서, 그리고 특히, 기분을 상하게 할 만큼 뻔뻔하게 삶에 대한 커다란 망상을 집안에 드리우면서 매일 저녁 공허한 기분을 메워주었던 텔레비전에 대해서 욕지거리를 쏟아냈지요.

이튿날 제정신을 차린 그는 어떤 무언의 회한에 떠밀려 테라스에서 검은방울새에게 모이를 주고, 마치 인생에 가득 찬 시련의 암흑을 밝히기 위해 등불을 흔들 듯이 새장을 머리 위로 높이 쳐든 채 새에게 말을 걸고 가볍게 휘파람으로 노래해주곤 했지요. 그렇지 않으면 급기야 잠옷을 훌렁 벗어던진 뒤 신음 소리를 내면서 양복을 입고 모자를 쓰고는, 타코프스카가의 중앙우체국으로 우표를 사러 갔다 왔고, 뒤이어 오후에는 손자를 옆에 두고 안락의자의 끄트머리에 앉아 커피를 홀짝거리면서, 가느다란 핀셋으로 우표첩에 우표를 끼워 넣으며 시간을 보냈지요.

때로 절망의 순간이 다가오면 아버지는 노인 특유의 볼멘소리를 내면서 지난 세월을 한탄하기 일쑤였죠. '그래, 하느님은 지식을 맛볼 수 있는 기회를 나에게 베풀지 않으셨지. 그래서 나는 편안함을 맛보지도, 바다와 도시도 실제로 맛보지 못하고, 교양 있고 재물이 있는 사람이면 누구나 알 수 있는 것을 하나도 알지 못한 채 무식쟁이로 이 세상에서의 생을 마감해야 하는구나!'라고 말이죠. 그도 그럴 것이, 아버지의 트리에스테 여행마저 로비니*에서 보낸 휴가만큼이나 볼품없이 끝나버렸으니까요.

아버지가 최초로 국경선을 넘은 것은 그의 나이 예순여섯에 이루어진 여행에서였지요. 한편 이번 여행 역시 그의 고집과 저희의 거듭된 강청이 팽팽히 맞서다가 성사된 것이었어요. 아버지는 거부하기가 쉽지 않은 논거를 내세우면서 저항했지요. 총명한 사람이라면 언어를 모르는 낯선 나라를 여행하지 않는 법이며, 자기는 밀반입 따위로 이득을 볼 의도가 전혀 없고, 자기에게는 트리에스테의 마카로니 또는 이탈리아산 적포도주가 입맛에 맞지 않으며, 오히려 여느 때처럼 집에서 모스타르**산 포도주 쥘라프카나 프로쿠플레***산 백포도주를 마시고 싶다는 것이었지요.

하지만 우리는 아버지에게 여권을 교부 받으라고 강청했지요. 아버지는 몹시 화가 나 있고 기분이 좋지 않고 시무룩한 표정으로 여행에서 돌아왔지요. 어머니와 다투었던 데다(어머니가 아버지를 위해 샀던 구두에 물이 스며들었고, 그래서 아버지 발에 물집이 생겼지요), 이미 인지야 부근 어디에서 경찰이 그들의 짐을 뒤져 엉망으로 만들었기 때문이지요.

아버지의 트리에스테 여행과 '아드리아티코' 호텔 앞에서 그가 만난 소나기(아버지는 우산이 없어서 차양 아래로 몸을 피했지요), 흠뻑 젖은 늙은 고아 개처럼 볼품없는 풍채(그동안 어머니는 폰테 로소의 구두 가게를 샅샅이 뒤지고 계셨지요), 결국 이 모든 것들이 그 책에서 그런 에피소드가 차지할 만한 합당한 위치에 정확히 배열되어 있다는 것을 여러분에게 또다시 밝힐 필요가 있을까요? 그 침울한 트리에스테 여행 동안, 아버지

---

* 아드리아해 북쪽에 위치한 크로아티아의 휴양 도시.
** 보스니아 헤르체고비나의, 이슬람 유적이 풍부한 주요 행정도시.
*** 로마 시대 유적이 남아 있는 세르비아 남부의 행정도시.

의 유일한 위안거리는 어느 가게의 야외 진열대에서 구입한 꽃씨였지요
(다행히 봉지에는 꽃이 그려져 있었고 가격 표시가 선명해서 여점원과의 실
랑이를 피할 수 있었어요). 그 '책'이 분명히 밝히고 있듯이, 그때 이미 D.
M.은 '장식용 꽃 재배'에 흠뻑 빠져 있었지요(때문에 이다음부터는, 마당
과 거리 쪽으로 난 앞뒤 테라스에 놓인 화분이나 화초 상자에 심은 꽃들의 목
록이 이어지고 있어요).

무슨 이유 때문인지 같은 시기에, 마치 꽃에 전염되기라도 한 듯 아
버지는 집 안 도처에 꽃을 주제로 한 그림을 그리면서 여가를 보내기 시
작했지요. 그러한 화가적 재능의 갑작스러운 폭발은 아주 의외였어요. 아
버지는 만사에 불만이 많았어요. 이번에도 아버지는, 퇴직하여 초보 미장
이가 된 어느 전직 공무원이 목욕탕의 벽에 석회를 칠하는 폼(그는 「빨치
산 대원들의 행진곡」을 온종일 흥얼거리면서 붓을 놀려 벽 군데군데 울퉁불
퉁한 곳을 만들어놓았지요)이 마뜩잖은 나머지 소매를 걷어 올리고 직접
나섰지요. 벽 위의 짙은 얼룩은 없앨 수 없다는 난관에 봉착한 그는 물때
자국을 일일이 찾아내서는 유성 페인트를 칠해 그것을 가리기로 결정했지
요. 목욕탕에 그려진 최초의 꽃 그림(거대한 초롱꽃 또는 백합 같았어요.
무슨 꽃인지는 오직 악마밖에는 모를 그런 이상한 그림이었지요)은 그렇게
탄생한 거예요.

우리 모두는 아버지에게 찬사를 아끼지 않았지요. 그의 작품을 보려
고 이웃 사람들도 들렀어요. 심지어 그가 아끼는 손자까지도 자기 할아버
지의 재능에 진실한 경의를 표했지요. 그렇게 해서 그 모든 일이 시작된
거예요. 그다음, 아버지는 비스듬히 기울어진 모습으로, 또 미완성의 상
태로 마무리하면서, 목욕탕의 유리창에 수레국화처럼 푸른 조그만 야생화
를 그려놓았지요. 창유리에 직접 그려진 그 꽃의 형태는 바람에 날리는

커튼의 환상을 불러일으킬 정도로 너무나 훌륭했어요.

그때부터 그는 온종일 입에서 담배를 떼지 않았고, 피곤한 줄도 모르고 그림을 그렸어요(고요할 때면 마치 황소의 울음처럼 그의 폐에서 쉭쉭 소리가 나 우리 귀에까지 들렸지요). 그는 생화와 거의 닮은 구석이 없는 꽃들을 그렸지요. 긁힌 자국투성이의 낡은 여행용 가방, 자기로 된 전등갓, 코냑 병, 수수한 유리화병, 네스카페 유리잔, 나무로 된 담뱃갑 등, 손에 잡히는 대로 꽃 그림을 그려놓았지요. 그리고 큼지막한 탄산수 병의 터키옥 빛깔의 밑바닥에는, 전에 그가 지도에서 섬을 표시하는 데 썼던 낱말들인 베오그라드 시내의 유수 카페 이름들을 적어놓았지요. '브리오니 군도(群島)' '보카 코토르 만' '갈매기' '선원' '여명' '세르비아 카페' '비딘 성문' '이스탄불 성문' '스카달리야' '세 개의 모자' '두 마리의 순록' '보리수 아래서' '포도 세 송이' '슈마토바츠' '일주일' '드리나 강으로의 행진' '칼레메그단' '콜라라츠' '조국' '농부' '오브레노바츠' '오플레나츠' '두샨의 도시' '우쉬체' '스메데레보' '사냥꾼의 뿔피리' '물음표' '마지막 기회'.

그 책의 꼼꼼한 편집자들은, 아버지가 이른바 맏손자의 열두번째 생일에 운명했다는 흥미로운 사실도 빠뜨리지 않고 있어요. 마찬가지로, 그들은 자신의 이름을 따서 막내 손자의 이름을 짓는 것을 아버지가 반대한 것까지도 적어놓고 있지요. 우리는 그렇게 함으로써 아버지의 자부심을 충족시키고, 또 아버지가 그것을 당신에 대한 우리의 각별한 관심과 사랑의 표시라고 여기실 줄로 알았지만 아버지의 반응은 투덜거림뿐이었죠. 저는 1년 뒤에, 아버지가 자신의 임종이 가까워졌음을 확신했을 때 아버지의 안경 너머로 희미한 공포의 그림자가 눈에서 아른거리는 것을 볼 수 있었지요. 그 순간 아버지는, 살아 있는 자들과 죽은 자들의 연쇄, 세대 교체에 관한 그 인류보편의 신화, 사람이 죽음의 관념을 보다 쉽게 인정하기 위해 창안한 그 보잘것없는 위안, 그 모든 것들을 일종의 모욕처럼 생각하고 있었지요. 아무리 골백번 피를 나눈 사이라고 해도 갓난아이에게 그의 이름을 남기는 그 마술적인 행위를 통해 은연중에 우리는 "그의 몸 위에서 전병을 부수고"* 있었던 것이었죠. 하지만 당시만 해도 저는, 그가 사타구니 부근에서 수상한 종기를 발견했고, 자신의 창자에서 알 수 없는 기이한 독초(毒草)가 돌기처럼 자라나고 있다는 것을 예감했거나 어쩌면 확신하고 있었다는 사실에 대해 미처 알지 못했어요.

그 책은 마지막 장들 가운데 하나에서 장례식 장면을 보여주고 있지요. 아버지의 관 옆에서 기도를 올리는 사제의 이름과 화환에 대한 묘사, 예배당 밖으로 나설 때부터 아버지를 운구했던 사람들의 명단, 아버지의 영혼의 구제를 위해 밝혀진 촛불의 수, 잡지 『폴리티카』에 실린 부고 전문(全文)이 그것들이지요.

국유지 관리국에서 오랜 세월 그와 동료로 지냈던 니콜라 베셰비치 씨가 영구차 앞에 서서 읽었던 추도사("듀로 동지는 전쟁 전과 점령기 동안에, 또 전후 파괴되고 비참했던 조국의 재건과 부흥의 영광스러운 시기에도, 명예롭게 조국을 섬겼노라") 역시 여기에 고스란히 적혀 있습니다. 왜냐하면 몇 가지 과장된 표현과 상투어들, 수사법상의 실수에도 불구하고, 베셰비치 씨가 자신의 동료 겸 죽마고우의 시신 앞에서 읽은 조사에는 위대한 『죽은 자들의 백과전서』가 고수해온 메시지와 원칙들 가운데 하나가 분명히 들어 있기 때문입니다. ("그에 대한 기억은 장구하게, 영원히 존속

---

* 세르비아 민족의 장례 풍습을 가리키는 것으로, 아버지를 무덤 속으로 떠민다는 의미임.

할 것입니다. 고인에게 평화와 영광이 함께하기를!")

　글쎄요, 어쨌든 이것이 결말인지도 몰라요. 여기서 제가 옮겨 적은 기록은 끝이 납니다. 아버지가 남긴 초라한 유품의 목록〔속옷가지, 여권, 서류, 안경(안경 지갑에서 방금 꺼낸 휑뎅그렁한 유리알 위로 한낮의 광선이 반짝거리고 있었지요), 다시 말해 아버지가 숨을 거둔 다음 날, 병원에서 어머니가 넘겨받은 모든 물품〕에 대해 열거하지는 않겠습니다. 왜냐하면 모든 것이 『죽은 자들의 백과전서』 안에 꼼꼼히 기록되어 있기 때문이지요. 거기에는 보잘것없는 손수건과 '모라바' 담배, 아버지의 손에 의해 부분적으로 칸이 채워진 십자말풀이가 실려 있는 잡지 『일루스트로반나 폴리티카』의 통권 번호 등 모든 것이 빠짐없이 기록되어 있지요.

　그 뒤로 의사, 간호원, 문병객의 이름, 수술 일자와 시간(그때 페트로비치 박사는 아버지의 배를 연 다음, 육종이 이미 치명적인 부위에까지 이르렀음을 보고는 손을 대봐야 소용없다는 것을 확인한 뒤 다시 꿰맸습니다)이 이어지지요. 저 역시 수술 하루 또는 이틀 전 병원 계단에서 아버지가 저에게 작별인사를 건네면서 보냈던 시선을 여러분께 생생하게 묘사할 능력이 없어요. 그 시선에는 한 사람의 일생 전부와 죽음을 자각하는 것에서 비롯되는 공포, 즉 "살아 있는 자가 죽음에 대해 맛볼 수 있는 모든 것"에 대한 공포 전부가 담겨 있었지요.

　그렇게 저는 몸이 꽁꽁 얼고 눈에 눈물이 가득 고인 채 아버지에게 바쳐진 그 여러 쪽의 글을 용케도 불과 몇 시간 만에 다 훑어보았어요. 저는 시간의 관념을 잃어버렸어요. 그 얼음장 같은 도서관에서 보낸 시간이 벌써 한 시간쯤 될까? 혹시 날이 밝은 것은 아닐까? 정말이지, 시간과 장소의 관념이 머릿속에 조금도 남아 있지 않았지요. 언젠가는 불어닥칠 절망의 시간을 대비하여, 또 아버지의 생애가 헛되지 않았고, 이 세상에는 여전히 각각의 삶과 각각의 고통, 각각의 생존에 가치를 부여하고 그것을 기록하는 사람들이 있다는 증거를 남겨두기 위해, 그에 관해 가능한 한 많은 정보를 서둘러 적어두었지요(설사 그것이 그리 큰 도움은 되지 않겠지만, 어쨌든 조금의 위로는 될 테니까요).

아버지에게 바쳐진 마지막 몇 장들 중 한 곳에서 갑자기 하나의 꽃 그림, 처음 보았을 때는 삽화 또는 멸종된 식물군의 표본으로서 죽은 자들의 세계에 보존된 어떤 식물의 개략적인 선화(線畵)처럼 보였던 이상한 꽃 그림이 눈에 들어왔어요. 하지만 그림 아래 쓰인 설명을 통해 저는 그것이 아버지가 자주 그리던 그림의 '기본 모티프'가 되는 꽃 그림이라는 것을 알게 됐지요. 달달 떨리는 두 손을 가까스로 진정시키면서 저는 그 괴상한 꽃 그림을 수첩에 옮겨 그리기 시작했어요. 무엇보다도 그것은 모세혈관처럼 가는 붉은 선이 여기저기 그어진, 껍질이 벗겨지고 갈라진 커다란 오렌지와 비슷했지요. 잠시 저는 실망했어요. 저는 아버지가 짬이 날 때마다 벽, 판자, 병, 상자 등에 그려놓곤 했던 수많은 그림들을 익히 알고 있었지만, 어떤 것도 이번 그림처럼 이상하지는 않았으니까요. 저는 속으로 중얼거렸어요. '그래, 그들* 역시 실수했을지 몰라.' 하지만 그 껍질이 벗겨진 큼지막한 오렌지 그림을 다 옮겨 그린 뒤 마지막 단락을 읽은 저는 이내 '꺄악' 비명을 질렀고, 땀에 흠뻑 젖은 채 잠에서 깨어났어요. 그러곤 즉시 조금 전에 꾼 꿈 가운데서 기억나는 것을 모두 적었지요. 그 남아 있는 꿈의 조각들이 바로 지금까지 여러분에게 들려드렸던 이야기예요……

---

* 『죽은 자들의 백과전서』의 편찬자들을 가리킨다.

여러분은 혹시 그 백과전서의 마지막 단락에 기록됐던 것이 무엇을 뜻하는지 알고 있나요? D. M.은 자신에게서 암의 첫 징후가 나타났던 순간부터 그림을 그리기 시작했던 거예요. 따라서 꽃 모티프에 대한 그의 강박적인 집착은 그의 병세가 악화되고 있었던 것과 시간적으로 일치한다는 뜻이 되겠지요.

　제가 그 그림을 페트로비치 박사에게 보였을 때, 그는 상당히 놀라면서, 아버지의 장에 생긴 육종이 그 그림과 똑같은 모양이었다고 확인해주었습니다. 또 그는 그 병의 '발진'이 여러 해에 걸쳐 번져나간 것이 틀림없다는 말도 잊지 않았지요. 마치 그 그림 속 꽃이 서서히 피어나기라도 하듯이 그렇게.

# 잠자는 자들에 대한 전설

그들은 3백 년하고도 9년을 더 동굴에서 살았더라.
—코란, 18장 25절.

## 1

습기로 약간 곰팡이가 나고, 뒤척거림과 경련, 몸속 뼈 때문에 군데 군데가 해진 까끌까끌하고 축축한 삼베 천 위에 그들은 등을 댄 채 누워 있었다. 뒷목, 어깨뼈와 팔꿈치, 툭 튀어나온 골반 부근, 발뒤꿈치, 실패 같이 뻣뻣해진 종아리 밑처럼 그들의 몸이 낙타털과 부딪치는 곳마다 옷은 해져 있었다.

그들은 시체처럼 기도 자세로 두 손을 깍지 긴 채 드러누워 있었다. 그들은 지친 수면자, 살아가고 움직이는 데 지친 수면자, 그러나 어쨌든 수면자였고, 그들이 걸친 축축한 참회복은 극히 드물게 찾아오는 무의식적인 경련으로 인해 그들의 몸뚱이 아래서 닳아져가고 썩어가고 있었다. 왜냐하면 그들의 손발은 비록 육안으로는 보이지 않지만 실제로 움직였기 때문이다. 또한 그들의 몸 아래 깔려 있던 참회복은 그들의 잠과 돌덩어리 같은 육신의 무게로 인해 동굴 속 맨바위에 짓눌려 있는 곳마다, 또 살집의 뒤척임과 뼈의 마찰, 그리고 금강석처럼 단단한 바위에 긁힘에 노출돼 있던 곳마다 닳아 있었기 때문이다.

그들은 위대한 수면자의 평화로운 잠을 취하면서 드러누워 있었다. 하지만 시간의 어둠 속에서 그들 수족의 움직임은 그들의 몸 아래에 깔린 젖은 참회복을 닳게 했고, 낙타털의 조직을 좀먹었다. 그것은 물이 시간과 결합하여 돌의 단단한 심장부를 뚫듯이 보이지 않게 해져 있었다.

그들은 켈리우스 산 위의 컴컴한 동굴 속에서 시체처럼 기도하듯 두 손을 깍지 낀 채 드러누워 있었다. 디오니시우스, 그의 친구 말쿠스, 그리고 그들에게서 조금 떨어진 곳에 경건한 목자 요한, 그들 셋 모두와 요한의 애완견인 퀴트미르가 누워 있었다.

잠의 무게에 짓눌려 굳게 감긴 그들의 눈꺼풀 밑에는, 잠의 진통제와 독약이 흩뿌려진 그들의 눈꺼풀 밑에는, 그들의 죽은 눈의 푸르스름한 초승달이 전혀 나타나 있지 않았다. 왜냐하면 그것조차 가릴 만큼 어둠은 대단히 짙었기 때문이다. 시간의 축축한 어둠과 영겁의 동굴 속 어스레함도 그토록 대단했기 때문이다.

동굴의 벽과 천장으로부터 영겁의 물이 뚝뚝 흘러내려와 들릴락 말락한 중얼거림처럼, 마치 수면자들의 혈관에 흐르는 피처럼 암벽의 수맥을 타고 흘렀다. 때때로 물 한 방울이 그들의 마비된 몸 위로, 그들의 돌처럼 굳은 얼굴 위로 떨어졌고, 그들의 이마에 파인 주름을 지나서 외이(外耳)로 흘러들었고, 눈꺼풀의 둥근 주름 속에 계속 고여들다가 얼음장 같은 눈물처럼 푸르스름한 눈알을 가로질러 똑똑 떨어지거나 돌처럼 딱딱한 눈의 속눈썹 위에서 멈춰 섰다.

그렇지만 그들은 깨어날 줄 몰랐다.

납덩어리 같은 잠의 무게와 타르처럼 진득한 어둠에 귀머거리가 된 상태로 그들은 자기 존재의 어둠, 시간과 영겁의 어둠을 응시하면서 아무 움직임 없이 누워 있었다. 그런 어둠은 그들의 잠든 심장을 돌덩어리로

바꾸어놓았고, 그들의 호흡과 폐의 운동을 정지시켰으며, 또 그것은 그의
혈관 속에 흐르는 피의 중얼거림을 얼어붙게 만들었다.

동굴 안의 축축함과 움직임 없는 몸에 의해 보호받고, 망각의 재와
꿈의 광란에 자극받으면서 계속 자랐던 것은 오로지 그들의 머리카락과
그루터기 모양의 수염, 그들의 몸과 겨드랑이 밑에 난 솜털이었다. 그들
이 잠든 중에 계속 자라났던 것은 단지 마치 물이 차올랐다가 소리 없이
빠지듯이 보이지 않게 딱딱 소리를 내며 자라나는 그들의 손톱뿐이었다.


## 2


가장 어린 디오니시우스가 제일 먼저 깨어날 운명이었다. 그는 시간
과 기억을 머금은 바람의 손길에 닿은 듯 갑자기 깨어났다. 그의 가슴에
는 장미가 매달려 있었고, 그는 친구 말쿠스와 경건한 목자 요한 사이에
누워 있었다. 그가 맨 처음 들었던 것은 동굴 지붕에서 물이 떨어지는 소
리였고, 그가 느꼈던 첫번째 감촉은 그의 가슴팍을 찌르는 가시였다. 그
의 의식, 동굴의 축축한 어둠 속에 젖어 있던, 피로에 지친 수면자의 의
식은 적막함에 푹 잠긴 채 곧바로 회복되지 않았다. 그의 몸은 오랜 잠으
로 마비되어 있었고, 그의 영혼은 꿈으로 혼탁해져 있었다.

그는 영혼 속에서 자신이 섬기는 주의 이름을 불렀다. 또 자신의 연
인 프리스카의 사랑스러운 이름을 소리쳐 불렀고, 일어났던 모든 일을 떠
올렸다. 기억을 되살릴 때마다 그는 죽어가는 자의 두려움과 사랑에 빠진
자의 희열을 동시에 느꼈다. 그의 영혼과 그의 몸에 일어난 일(그것이 언
제였는지 그는 더 이상 알지 못했다)이 다시 한 번 그에게는 꿈처럼 느껴졌

다. 지금 어쩌면 그것은 꿈에 지나지 않을지도 모른다. 생의 악몽, 죽음의 악몽, 해갈되지 않는 사랑의 악몽, 시간과 영겁의 악몽에 불과할지도 모른다.

그는 자신의 좌우편에서 깊은 잠에 푹 빠져 있는 친구 말쿠스와 경건한 목자 요한의 몸을 감지했다. 비록 그들이 숨도 쉬지 않고 미동도 없이, 심지어는 인간의 냄새, 신체의 부패하는 냄새마저 결여한 채 미라처럼 아무 말 없이 잠들어 있었지만 그는 그들의 기척을 느낄 수 있었다. 그는 그들의 육체에서 분리된 혼의 존재를 느꼈고, 요한의 다리 밑 왼쪽 부근에서, 앞발을 쭉 뻗은 채 자기 주인 옆에 누워서, 죽은 듯한 그의 잠을 생사의 경계에서 지키며 미라처럼 변한 목동 애완견의 실체 없는 몸을 짐작할 수 있었다.

3

그의 돌덩이 같은 몸, 그의 마비된 손발은 케케묵은 참회복 위에 여전히 늘어져 있었다. 자기가 입은 옷의 축축함을 느끼지 못했던 디오니시우스는 깍지 낀 손가락을 고통스럽게 떼어냈다. 잠 때문에, 또 움직이지 않아서 한데 들러붙은 것처럼 그렇게 그의 손가락은 뻣뻣했다. 그는 자신의 몸과 물질적 존재를 떠올렸고, 자신의 심장을 기억했다. 보라! 그의 몸속에 살아 있지 않은가. 그의 내장과 그의 폐와, 잠의 납덩어리로 봉해진 그의 눈과, 그에게서 멀리 떨어진 죄처럼 아득하고 차갑고 마비된 그의 손발이 살아 있듯이 말이다.

그는 칙칙하고 새까만 어둠에 빠져 있는 동굴의 중심부를 향해 자신의 의식을 되돌렸고, 시간의 영원한 물시계에 귀를 기울였다. 왜냐하면 그는 자신의 실체 없는 존재를 시간 속으로 되돌리고, 이 꿈과 이 동굴이 있기 전의 시간으로 되돌아가기를 소망했기 때문이다. 그리고 그의 첫번째 회상은 프리스카의 사랑스러운 이름이었다. 그녀는 그의 꿈, 그의 현실 속에, 그의 심장과 시간의 심장 속에, 그의 잠든 심장과 그의 깨어난 심장 속에 계속 살아 있었기 때문이다.

처음에 그는 무엇을 해야 할지 몰랐다. 왜냐하면 그는 자신의 지친, 잠에 빠진 꿈속 동반자들, 같은 꿈을 꾸는 음모자들을 깨우고 싶지 않았기 때문이다. 그래서 그는 현실로부터 꿈을 분리하기 위해, 이미 일어난 모든 사건을 이해하기 위해 자신의 의식과 함께, 자신의 의식과 자신의 기억의 도움으로, 그가 기도를 올렸던 그의 주님의 도움으로 시간의 강물 속으로 뛰어들었다.

그러나 그에게는 그 자신의 꿈과 깨어남에 대한 기억, 과거에 있었던 일과 지금 벌어지고 있는 일 외엔 아무것도 없었다. 주님이 아직 빛과 어둠, 낮과 밤을 나누지 않으셨고, 주님이 꿈을 현실로부터, 현실을 꿈으로부터 분리시키지 않으셨던 천지창조와 창세기 이전의 미분화된 어둠 외에 그에게는 아무것도 없었다.

따라서 그의 심장에 놓여 있던 장미, 프리스카의 사랑스러운 이름, 그의 몸에 각인된 그녀의 기억, 그의 심장과 그의 살갗과 그의 의식과 그의 텅 빈 배 속에 자리한 그녀의 기억이 없었다면, 그는 완전히 깨어나지 못했을 것이다.

# 4

지금 그녀는 더 이상 예전의 프리스카, 과거 꿈속의 프리스카가 아니었다. 그가 지난번 꾼 자신의 꿈의 문전에서, 지난번 깨어남의 한복판에서 보았던 그 프리스카가 아니었다. 아, 그녀는 그가 영원한 사랑을 바치기로 맹세했던 그 프리스카가 아니었다. 그녀는 더 이상 과거의 꿈과 과거의 현실에 살고 있었던 그의 연인 프리스카가 아니었다. (부디 하느님이 그를 용서하시기를!) 그녀는 데시우스 황제, 말하자면 그리스도교의 원수의 딸인 프리스카라는 이름의 여자가 아니었다. 아니, 프리스카라는 여자에 대한 과거의 꿈이 아니었다. 그녀는 프리스카라는 이름을 가진, 비록 프리스카와 꼭 빼닮았지만 동일하지 않은 또 다른 한 명의 여자였다. 체형은 비슷하지만 그녀가 아닌 다른 누구였다.

그 또한 그녀의 얼굴, 자신의 연인 프리스카의 얼굴에 대해 생생한, 고통스러울 만큼 생생한 기억을 떠올려보았다. 하지만 지금 그것은 시간과 그의 기억 속에서 단일한 존재로 뒤섞여버린 두 여인의 형상이었다. 그것은 두 기억의 먼지와 재로 만들어진 것이기에, 혹은 잠이 하나의 영혼, 그의 영혼을 불어넣었던 연속적인 두 피조물의 살덩이 반죽으로 만들어진 것이기에 그런 뒤섞임에는 어떤 경계나 제한도 없었다.

그 뒤섞인 두 형상은 그의 의식과 그의 기억 속에서 또렷해졌다. 그는 그들의 몸뚱이를 이루는 흙과 같은 반죽을 손으로 주물렀다. 급기야 그는 두 여인, 두 편의 꿈을 더 이상 명확하게 구분할 수 없게 됐다. 아몬드 모양의 눈을 가진 프리스카, 그만의 프리스카, 현재의 이 프리스카와 과거의 저 프리스카의 연합체, 오직 그것 하나만이 남아 있었다. 그런 기억은 그에게 희열과 활기를 불어넣었다. 다만 그것은 그를 잠에서 흔들어 깨울 수는 있어도 그의 무거워진 팔다리를 움직이게 하는 데는 역부족인 힘이었다. 왜냐하면 지금 그가 자신의 기억의 타래를 감아서 지금의 잠 이전에 일어났던 모든 일을 떠올리는 순간 자신의 어떤 생각으로 인한 두려움이 뼛속 깊이 스며들었기 때문이다.

5

그리고 그는 동굴 속 천장 위에서 그들의 머리 위로 별처럼 타오르는 횃불의 빛을 보았고, 문득 정신을 차렸다. 그들 주변에 모여드는 군중의 웅성거림과 그 뒤 잠깐의 정적이 귀에 들려왔다. 그다음, 경건한 목자 요한이 하늘을 향해 두 팔을 치켜들고 주님의 이름을 부르자 사람들이 비명을 지르며 도망치는 소리도 들렸다.

그것이 꿈이란 말인가? 단지 몽유병 환자의 꿈일까? 꿈속의 꿈, 그래서 진짜 꿈보다 더 현실감 있는(왜냐하면 그것은 깨어남의 힘을 척도로, 의식을 척도로 측량될 수 있는 것이 아니기에, 왜냐하면 인간은 어느 하나의 꿈에서 깨어나면 곧 다른 꿈으로 빠지기 때문에) 그런 꿈일까? 그것은 어떤 신성이 스민 꿈, 시간과 영겁의 꿈일까? 환각과 의심이 없는 꿈, 고유한 언어와 감각을 지닌 꿈, 영혼과 육체 모두의 꿈, 의식과 육체 모두의 꿈, 또렷하고 깔끔한 윤곽과 경계를 지닌 꿈, 고유한 언어와 소리가 담겨 있는 꿈, 만져질 수 있는 꿈, 미각과 후각과 청각으로 그 존재를 검증할 수 있는 꿈, 깨어남보다 더 강한 꿈, 필시 죽은 자만이 꿀 수 있는 꿈, 면도 칼로 턱을 베더라도 쫓아낼 수 없을 만큼 그렇게 치근치근한 꿈은 아닐까? (왜냐하면 피가 당장 뚝뚝 떨어진다 해도 그런 자해 행위조차 한갓 우리의 깨어 있음과 우리의 현실을 입증하려는 몸부림에 지나지 않기 때문이다. 그런 꿈속에서는 피부와 심장 모두가 피를 흘리며, 그런 꿈속에서는 영혼과 육체 모두가 기뻐하기 때문이다. 그런 꿈속에는 삶을 제외하고 어떤 기적도 존재하지 않는다. 그런 꿈에서 빠져나오는 유일한 방법은 죽음 속에서 깨어나는 것뿐이다.)

그들은 서로에게 작별인사를 건넬 시간조차 없었다. 왜냐하면 그들 모두는 각자의 영혼에 골몰해 있었고, 각자의 죄를 씻는 일에 몰두해 있었기 때문이다. 그래서 그들은 목소리를 합쳐서 바짝 마른 입술로 기도문을 중얼거리기 시작했다. 왜냐하면 그들은 군중들이 데시우스 황제의 군병들을 이끌고 오거나 맹수가 든 우리를 가져오기 위해 떠났을 뿐이며 다시 돌아올 것임을 알고 있었기 때문이다. 또한 그들은 군중, 즉 불신자들의 무리가 보고 기뻐하게 될 그들의 도살을 위한 모든 준비가 마무리되기 전까지 군중이 동굴 입구에 파수꾼을 세워놓았다는 사실도 알고 있었기 때문이다.

6

한편 군중은 돌아와 있었다. 새롭고 강렬한 빛으로 동굴을 밝히는 횃불과 등불이 그들의 손에 들려 있었다. 돌아온 그들은 시와 찬송을 흥얼거리고 있었다. 아이들은 촛불과 성상화를 들고 있었고, 그들의 경건한 찬송과 기도로 동굴은 환하게 빛났다. 동굴 벽들 위로 사제들의 목소리가 쩌렁쩌렁 울렸고, 아이들, 즉 흰옷을 입은 모든 아이들의 목소리 역시 하늘 위 천사의 합창처럼 퍼져 나갔다.

곧 동굴은 횃불의 연기와 향료 냄새로 가득 찼으며, 모두들 목청을 다해 하느님의 영광을 찬양했다. 사제들과 아이들, 그리고 디오니시우스, 말쿠스, 경건한 목자인 요한 세 명 역시 기적을 행하는 자이자 구원자인 나사렛인 예수의 영광을 위한 찬송을 한목소리로 부르고 있었다.

이것 또한 꿈이란 말인가? 이것 역시 환영일까? 그게 아니라면, 마침내 천국의 문 앞에 온 것일까? 이것은 악몽과 꿈의 끝일까 아니면 그들의 승천한 모습일까?

마치 회랑 위에서 내려다보듯이 그는 어리둥절한 의식 속에서 그들 세 사람을 바라보았다. 횃불의 광휘 속에서 그들의 얼굴과 옷을 보게 된 그는 놀라움으로 입을 다물었다. 왜냐하면 그들이 입고 있는 옷은 얇은 마포(麻布)로 지어져 있고, 주홍빛과 심홍색으로 물들어 있으며, 붉은색의 양가죽으로 뒤덮여 있고, 금과 은과 동으로 장식돼 있었기 때문이다. 게다가 그들은 제각각 금은보석으로 번쩍거리는 성상화를 몸 앞에 들고 있었다.


7


그런 다음 근육질의 건장한 청년 몇 명이 무리에서 빠져나와 그들 앞에 절을 하고, 성호를 긋고 그들의 손과 발에 입을 맞추고는, 마치 어린 아이를 다루듯이 가볍게 그들 모두를 한 명씩 들어 올린 다음 울퉁불퉁한 동굴벽 사이로 빠져나가기 시작했다. 청년들은 마치 성상화를 옮기듯 자신들의 억센 손으로 그들의 몸을 닿을 듯 말 듯 조심스럽게 붙들고 있었고, 그러는 동안 군중은 계속 주님의 영광을 노래하면서 그들의 발걸음과 가는 길을 비춰주었다.

행렬의 선두에서 들려가고 있었던 사람은 신성한 목자 요한이었다. 그는 기도를 하느라 두 손은 깍지를 낀 채, 다른 무엇보다 신을 기쁘게 하는 더없이 소박한 기도를 중얼거리고 있었다. 그 뒤로 들려가고 있었던 자는 말쿠스였다. 백발의 수염을 턱밑으로 길게 늘어뜨린 그는 요한처럼 금으로 장식된 밝은색의 도포 속에 폭 싸여 있었다. 그리고 마지막으로 그의 뒤로, 마치 보트에 타고 있듯이 자기를 나르는 청년들의 다부진 손 안에서 가볍게 출렁거리면서 디오니시우스가 따라가고 있었다.

그것 역시 꿈이란 말인가?

그리고 그의 눈에는 자신의 몸이 얹힌 가마를 어깨에 짊어진 채 나르고 있는 어느 젊은이의 삭발한 머리통이 들어왔다. 어린나 힘없는 늙은이의 몸처럼 그 스스로도 자신의 몸이 가볍게 느껴졌다. 이 승천의 장면, 이것 역시 꿈일까? 지금 들리는 노랫소리와, 그를 감히 쳐다볼 엄두조차 내지 못하고 있는, 그를 나르고 있는 이 청년들(따라서 그가 보았던 것은 고작해야 낮은 이마 밑의 짙은 눈썹과, 속눈썹 밑의 반쯤 감긴 눈꺼풀이었다)의 눈동자도 역시 꿈일까? 그보다 앞서 비탈을 오르며 하늘과 천국을 향해 점점 더 가까이 다가가는, 말쿠스를 실어 나르고 있는 청년들의 다부진 목과 불빛에 번쩍이는 맨정수리도 꿈일까? 그동안 옆에 비켜서서 횃불과 등불을 그들과 그의 머리 위로 높이 치켜든 채, 저 가수면 상태의 몽유병자들의 살짝 뜨인 눈꺼풀 밑에 있는 멍한 회푸른 눈동자와 마주치지나 않을까 두려운 나머지 잠시도 그들의 눈을 똑바로 쳐다볼 엄두를 내지 못하는 군중 또한 과연 꿈이란 말인가? 잠든 채 걸으면서 찬송과 기도를 읊조리는 저들도 꿈일까? 깊은 잠, 몽유병자의 잠에 빠져든 채 폭포처럼 굽이치는 동굴 안의 바위들을 통과하여 까마득한 협곡을 내려가 미끄러운 암벽을 오르며 유리처럼 영롱한 포말로 지어진 크고 널찍한 홀과 사원들, 낮은 천장 아래의 좁다란 통로를 지나면서 그 세 사내를 옮기고 있는 저들도 꿈이란 말인가?

저 억센 손으로 거의 댈 듯 말 듯 자신의 짐을 거머쥔 채 노련하고 능숙하게 나르면서 온갖 위험을 헤치고 나가는 저 숭고한 차분함과 보무의 당당함은 어디에서 온 것일까?

그는 자신의 의심을 쫓아내려고 헛되이 몸부림쳤다. 그 속에서 자신의 얼굴을 발견할 수 있을 것 같은, 자신의 시선과 자신이 깨어 있다는 증거를 발견할 수 있을 것 같은 어떤 시선 또는 인간의 눈을 찾으려고 그는 공연히 애를 썼다. 그는 자기 머리 위 길 양편에, 사원의 내부처럼 유리 회랑 위로 그의 좌우편에 흰 드레스를 걸친 채 서 있는 그 천사들 중 누구 또는 어떤 아이의 시선을 붙잡으려고 애써보았지만 모두 부질없었다. 바로 그 순간 아이들 가운데 누군가가 인간의 눈인 동시에 천사의 눈으로 그를 쳐다보는 것 같았다. 그들 중 어떤 아이가 그의 시선을 찾는 것 같았다. 하지만 그쪽으로 그가 눈을 돌리자마자, 그 아이는 시선을 거둔 다음 납덩이처럼 무거운 눈꺼풀과 불투명한 속눈썹의 커튼을 급히 내리고는 벌써부터 눈을 질끈 감은 채 물고기 주둥이처럼 생긴 동그란 입을 벌리면서 부르던 노래만을 계속 흥얼거릴 뿐이었다. 그러나 그, 디오니시우스는 그 숨겨진 시선과 물고기 주둥이처럼 생긴 입에서 어떤 위선, 어떤 의도적인 결핍, 어떤 두려움 또는 경외심, 또는 몽유병 환자 특유의 무감각을 느낄 수 있었다.

지금 몽유병자들로 하여금 심연 위를 건널 수 있게 하는 것은 어떤 전능자의 강력한 손이었다. 아니, 그들을 그렇게 걸을 수 있게 하는 것은 자기 밑의 아스라한 심연을 보지 못하는 자들 특유의 무모함, 자신들이 과거에 섬겼던 이방 신의 힘, 달을 숭배했던 조상들의 신앙을 여전히 기억하는 자신들의 육체의 이교적 힘에 붙들린 자들의 광기였다. 그들이 내딛는 발걸음과 그들이 뻗은 팔은 달의 이방 여신인 루나에 대한 공경의 표현이었다. 거기서 조상들의 넋이 그네들에게 손짓하고 있었다. 왜냐하면 그들의 행진은 단지 피에 의한 호명이자 시간에 의한 호명에 불과했기 때문이다. 그런 까닭에 저 최면 상태에 빠진 이교도들, 자신의 성대한 제전, 자신의 이방 여신을 기념하기 위해 이 동굴로 모인 몽유병자들을 깨우지 않을까 하여 그는 단 한마디도 할 수 없었다. 아닌 게 아니라 동굴 밖에는 보름달이 떠올라 있었다.

8

그래서 그는 마른 입술을 간신히 움직이면서 혼잣말로 중얼거리는 기도 외에는 단 한 마디도 꺼내놓을 수 없었다. 왜냐하면 그는 자기가 저 몽유병 환자들의 주문에서 깨어나서, 그 위로 그들이 자기를 나르고 있는 저 컴컴한 심연 속으로 그들 모두를 거꾸로 곤두박질치게 하지나 않을까 두려웠기 때문이다. 그들은 작열하듯 반짝이는 물방울들로 빛나는 축축한 동굴을 아무 소리 없이 맨발로 터벅터벅 걷고 있었다. 그의 목소리와 그의 깨어남은, 지금 점점 더 가파르고 점점 더 높이 오르면서 그의 동료 셋을 옮기고 있는 저 몽유병자들을 까마득한 심연 속으로 도로 떨어뜨릴 것만 같았다. 그의 깨어남에 놀란 나머지 그들이 모두 저 아래 입을 벌리고 있는 심연 속으로, 횃불의 불빛조차 가닿을 수 없고 그 깊이와 무한한 심연이 그의 바짝 곤두선 몽유병자의 의식 속에서 항상 아른거리는 동굴의 시커먼 구멍 속으로 깊이 곤두박질칠지도 모르는 일이었다. 그는 자기를 실어 나르는 자들의 맨발 아래서 돌멩이가 굴러떨어지는 소리를 들었다. 그것이 시끄럽고 빠르게 이 바위에서 저 바위로 튀면서, 또 그다음에는 점점 더 조용하고 느리게 메아리처럼 잦아드는 것을 들었다. 하지만 그 소리는 멈추지 않았고, 다만 사라졌을 뿐이다. 왜냐하면 깨어 있지도 않고 잠들지도 않은 그의 의식과 마찬가지로 그 돌멩이는 바닥에 닿지 못했기 때문이다.

이것은 꿈인가, 아니면 그의 가수면 상태에 놓인 의식의 몽유병적 환영인가? 혹시 그것은 이방 신을 섬겼던 조상들, 달의 신, 만월의 신을 섬겼고 지금 그를 불러내고 있는 조상들에게서 물려받은 그의 이교도적인 몸뚱이가 꾸는 꿈은 아닐까? 틀림없이 바깥에는 보름달이나 초승달이 떠 있었다. 그의 조상들의 넋, 그의 어머니와 아버지 조상들의 영혼이 그의 이교도적 몸을 불러내고 그의 이교도적 피를 꾀어내면서 깨어나고 있었다.

아니면 지금 이것은 그의 영혼의 승천일까? 혹시 영혼이 육체로부터 분리되는 것, 즉 기독교도의 영혼이 이교도의 육체와 분리되고, 죄악의 육체가 은총을 수여 받고 죄를 용서 받은 죄악의 영혼으로부터 분리되는 순간은 아닐까?

이것들은 전부 꿈일까? 요한 옆에 누운 채 그를 주님의 양처럼 두 팔로 휘감고 있는 저 개, 또 희생양 혹은 어떤 이방종교의 우상처럼 자기 가슴 위로 개 퀴트미르를 꼭 누르며 안고는 계곡과 골짜기 위로 그것을 데려가는 저 소년, 마치 '선한 목자'처럼 개를 가슴에 바짝 끌어안고서 시선은 땅 위로 고정시킨 채, 잠의 폭우에 뒤덮인 퀴트미르의 흐릿한 청록색 눈, 살구처럼 푸르면서도 파란 눈, 반쯤 뜨인 눈, 거의 꺼져버리고 장님이 돼버린 눈을 들여다볼 엄두를 내지 못하는 저 소년이 과연 꿈이란 말인가? 땅 위로 바짝 구부린 채 거의 네 발로 기다시피 하면서 그들을 나르고 있는 자들이 좁은 통로를 지나도록 하기 위해 개를 안고 있는 소년이 옆에 멈춰 선 지금, 그, 디오니시우스 역시 감히 퀴트미르의 눈을 쳐다볼 엄두를 내지 못하고 있었다. 그, 디오니시우스는 자신의 몸이 반쯤 뉜 자세로 머리는 살짝 들려 자신을 나르고 있는 청년들의 가슴에 기대어진 채 바위 위 항상 같은 자리를 둥둥 떠다니는 듯한 느낌을 가졌다. 그의 귀에 들리는 유일한 것은 청년들의 애써 참는 듯한 조용하지만 가쁜 숨소리였다. 이제는 소년도 퀴트미르도 보이지 않았다. 왜냐하면 그들 셋, 즉 요한, 말쿠스 그리고 그, 디오니시우스를 나르는 청년들을 지나가게 하려고 소년이 동굴의 좁은 목 앞에 멈춰 섰기 때문이다. 그 소년은 시선을 떨어뜨린 채, 푸른 눈의 퀴트미르를 두 팔로 꽉 부둥켜안고 자기 차례를 기다리면서 동굴의 좁은 틈새로 이르는 입구 앞에 남아 있었다.

## 9

좁은 터널의 양쪽 벽에서 깜빡거리는 불빛이 전해져왔다. 그 빛은 그의 뒤에서는 보일 듯 말 듯했지만, 그의 앞 터널 끝에서는 점점 더 밝아져서 하품하는 폴리페모스*의 육중한 아가리의 날카로운 이 사이를 관통했다. 왜냐하면 의심할 수 없을 만큼 어떤 기억이 선명히 떠올랐기 때문이다. 그 동굴의 입구는 오래전에 본 적이 있었다. 그때, 그러니까 첫번째

---

* 그리스 신화에 나오는 외눈박이 거인 키클롭스 중 하나.

꿈 또는 첫번째 현실에서 경건한 목자 요한이 그에게 들려주었던 일화가 지금 그의 기억 속에 떠오르는 순간, 그곳과 얽힌 기억도 덩달아 떠올랐다. 지금 통로는 넓혀져 있었다. 아니 그는 그렇다고 상상할 뿐이었다. 그는 자신을 나르는 청년들의 어깨너머로 동굴 벽의 그 지점이 매끈하게 갈려 있는 상태임을 확인할 수 있었다. 그는 그 끄트머리가 빛나고 반듯하며 수정처럼 흰 송곳니, 적갈색의 짧은 뿌리 위에 올려진 더없이 하얗고 소금처럼 눈부신 깨진 송곳니 — 그 위로 조금 전에 생긴 긁힌 자국이 비스듬히 나 있었다 — 가 동굴 벽면 위에서 입을 벌리고 있는 것을 볼 수 있었다.

이 장면 역시 꿈일까?

그러던 중 다부진 청년들이 그들을 동굴 밖으로 나르기 전에 어떤 절름발이들이 그들의 발치에 우글우글 모이더니 벌레처럼 꿈틀거리며 그들의 손과 발에 입맞춤하기 시작했다. 단단한 암석 위에 목동들이 돌이나 칼로 새겨 그린 것이 틀림없는 저 신성모독적인 천장의 그림 때문에 그가 똑똑히 기억하고 있는(왜냐하면 한때 그곳에는 목동들의 죄악한 손에 의해 벽 위에 부정한 우상과 당나귀들의 머리가 그려져 있었을 뿐 아니라, 인간의 손이 미칠 수 있는 가장 높은 곳에는 외설적인 그림들이 자리해 있었으며 인분의 악취가 진동했기 때문이다) 저 동굴 입구 또한 꿈이란 말인가?

하지만 그런데 저런! 비록 얼마 전에 문지르고 줄질한 자국이 바위 위로 아직 선명했지만, 외설적인 그림들과 당나귀 머리는 지워져 있었다. 인분 냄새 역시 말끔히 가서 있었다. 틀림없이 그것 또한 최근에 사라진 것이 분명했다. 지금 동굴 벽의 갈라진 틈 속에서는 등불과 향기로운 횃불이 타오르고 있었다. 천장은 꽃, 월계관, 금장식의 성상화로 뒤덮여 있었고, 바닥 위에는 군중들이 찬송을 부르고 기도문을 중얼거리는 동안 그를 나르는 청년들의 맨발에 지르밟힌 꽃들이 양탄자처럼 널려 있었다.

장님들과 절름발이들이 벌레처럼 우글거리면서 그들의 발치에 몰려들었다. 무리는 그들의 몸에 입을 맞추고 날카롭고 위협적인 말을 섞어가며 그들에게 구걸했다. 그들은 믿음과 자선, 해와 달, 생과 사, 천국과 지옥을 들먹이며 구걸했다. 구걸과 동시에 그들은 자기들에게 시력을 되돌려달라고, 상처와 마비된 손발을 고쳐달라고, 낮의 빛과 믿음의 광명을 돌려달라고 애원했다.

그들은 꿈이나 악몽일까? 자선품을 구걸하는 절름발이들, 그의 몸에 손을 대보려고, 병고침을 받기 위해서 각자 손에 든 목발로 서로를 때리며 손톱으로 할퀴고 있는 저 불쌍한 찌꺼기들도 그저 꿈에 불과할까? 저 건장한 청년들이 밀쳐내면서 행렬의 발치에서 치워버린 저들, 장님에다 허약하며 절름발이에 잘 움직이지 못하는 중풍 병자인 저들, 저 불쌍한 찌꺼기들과 저 불구자들에게 단 한마디의 말도 해줄 수 없고 그 어떤 것도 줄 수 없는 그의 무기력함 또한 꿈에 불과하단 말인가? 그 기적과 그 고통을 이해하지 못하는 그의 무력함, 그에게 구걸하고 간청하는 저 불쌍한 자들을 위해서 아무것도 해주지 못하는 한계와 무능력도 한낱 꿈에 지나지 않는단 말인가? 또한 그들에게 자신의 무능력을 털어놓고, 그들에게 관용과 인간다운 언어를 구하며, 그들에게 그와 그의 무능력을 믿어달라고 요청할 수 없는 그런 갑갑함도 꿈일까? 저주와 애원으로 그들을 조종하지 못하는 무력함도 꿈일까? 그렇게만 한다면 그는 그들을 통해서 자신에게 일어나고 있는 일이 무엇인지, 그 모든 것이 꿈인지 아닌지를 알아낼 수 있으련만. 그를 향하고 있는 저 죽어버린 장님의 눈들, 초점 없이 뒤룩거리며 핏발이 선 오싹하고 소름끼치는 눈들, 그를 찾아 헤매는 저 장님의 눈들도 꿈일까? 왜냐하면 그것들은 그가 본 유일한 눈길, 그를 돌아보고 있는, 연민을 품고 그를 돌아보고 있는 유일한 시선이었기 때문이다. 얼음장처럼 찬 입술로 그의 발에 입을 맞추려고 의족에 기대어 몸을 질질 끌며 그에게로 다가온 절름발이들조차, 불완전한 포옹 속에서 자신들의 잘린 손발을 들어 올리고 소름끼치는 반쪽짜리 기도를 중얼거리며, 절반이 잘린 수족 특유의 끔찍한 주름살과 봉합한 흉터가 보이는 절단된 팔꿈치에 붙어 있는 자신의 의족을 꽉 쥔 채로, 그를 쳐다보지도 않으면서 그를 끌어안았고, 그에게 간청할망정 그에게 눈길을 주지 않았기 때문이다.

이것은 악몽인가 아니면 그의 승천의 순간인가? 이것은 그의 육체가 통과해야 하는 연옥에 대한 악몽인가, 아니면 죄 많은 육체에 대한 최후의 응징이자 마지막 경고인가? 혹은 영혼이 승천하기 전에 지옥을 기억 속에 떠올리는 그런 인간적 공포의 풍경인가?

그것은 악몽인가 아니면 그들이 그의 몸을 불태우고 갈기갈기 찢기 위해 끌고 가는, 그의 육체와 영혼의 골고다 언덕, 지옥 자체인가? 그리고 이 기도, 이 천상의 노래, 이 빛, 천사들의 어깨와 날개 위에 실려 옮겨가는 이 행렬, 이것들은 죄스러운 영혼에게는 어울리지 않는 잃어버린 천국, 천국의 동산, 천국의 환희를 상기시키는, 그 영혼이 겪는 최후의 유혹일 뿐인가? 그의 영혼이 기쁨과 황홀경을 느끼도록, 그의 영혼이 향료와 몰약과 기도의 향기를 맡고 그럼으로써 지옥의 고통을 더 뼈저리게 느끼게끔〔왜냐하면 그럴 때에 그의 영혼의 기억은 기도와 찬송으로 울려 퍼질 것이며, 향기로운 횃불의 방향(芳香)을 생기 있게 해주고, 그 빛, 즉 천국의 희미한 빛을 생생하게 만들 것이기 때문이다〕 그를 타락한 천사들의 날개에 실어 이 동산 위로 옮기는 주님을 기억하게 하는 최후의 유혹이란 말인가?

# 10

이것은 과연 꿈일까? 무리가 동굴 입구로부터 떠나던 순간, 그에게 엄습했던 빛과 일광도 꿈이었을까? 빙 둘러 서 있는 인파의 벽 속에서 문이 열리고 새로운 빛, 의심할 수 없이 거룩한 어떤 잊힌 빛, 먼 동시에 가깝기도 한 빛, 햇살 가득한 한낮의 빛, 생명의 빛과 투명한 공기의 빛이 나타났던 것 또한 꿈이었을까?

처음에는 푸른 하늘, 그의 머리 위로 저 멀리 떨어져서 본연의 광채대로 빛나는 푸른 하늘밖에는 없었다. 고요하고 온화하며 내부의 높은 조수에 의해 부풀어 오른 푸른 바다 같은 하늘. 그다음 하늘의 청아한 푸르름 속에서 그는 자신이 직접 몇 개의 흰 구름을 본 듯한 느낌을 가졌다. 천국의 양, 양 떼, 풀을 먹으려고 무리 지어 모인 천국의 흰 양 떼가 아니라, 인간의 눈, 그의 시선으로 하여금 하늘의 푸름을 의심하지 못하게끔 하기에 충분한, 그의 영혼으로 하여금 방황하지 못하도록 하기에 충분한 푸른 창공의 물살 위를 떠다니는 흰 양모의 뭉치를 본 것 같았다.

명백하게도 그것은 한낮의 빛이었고, 명백하게도 그것은 푸른 하늘빛 또는 그의 승천의 빛이었다. 아니면 이것 역시 꿈이란 말인가? 마치 보트에 타고 있듯 짐꾼 청년들의 다부진 어깨 위에서 출렁거리면서 그가 동굴 밖으로 완전히 나오기도 전에 그의 눈을 질끈 감게 만든 눈부신 섬광, 물처럼 그의 몸 위로 흩뿌려진 빛, 마치 성수(聖水)에 잠기듯 반짝거리는 푸른 파도 속으로 목 깊이까지 잠기는 그의 영혼도 꿈이란 말인가? 그의 영혼의 먼 기억, 먼 잠으로부터 발산되는 온화한 황홀경 속으로 그를 빨아들이는 빛, 그가 눈을 질끈 감고 있을 동안, 즉 지금 어둠이나 환영 때문이 아니라 빛 때문에 고통을 느낄 때까지 눈을 질끈 감고 있을 동안, 조명처럼, 천사의 날개에서 발하는 빛처럼 그의 눈을 세게 후려치는 빛도 꿈이란 말인가? 그리고 그는 어떤 차이를 느꼈다. 그의 질끈 감은 눈 너머에서 그것을 느꼈다. 왜냐하면 그의 의식 속에서, 그의 이마 한가운데 어디에서, 이마뼈 뒤편 어디에서, 그의 두 눈 사이에서, 시신경의 하부와 시계(視界)의 중심에서 심홍색 원반이 여러 개 고동치기 시작했기 때문이다. 그것은 자주색에서 푸른색과 노란색과 녹색으로 바뀌었고, 그다음 다시 검붉은색으로 변했다. 하지만 그것은 명백히, 환영이 아니라 빛이었다. 어쩌면 시각적 환영에 지나지 않을지도 모르지만, 아무튼 빛이었다!

## 11

하지만 슬프게도 만일 그것이 꿈, 물질적인 환영, 시각적인 환영, 즉 밤과 달, 새벽녘과 달빛의 한계와 경계를 넘어서서, 한낮과 떠오르는 태양(자신이 가장 증오하는 적인 달의 여신과 영원히 갈등하며 지금 이렇게 퇴위당한 여신의 환영적이며 겉만 번드르르한 빛을 쫓아버리게 된 영원한 신인)의 빛 속으로 발을 들여놓은 몽유병자의 환영이 아니라면 또 어찌할 것인가. 하지만 그것은 빛이었다! 자신의 고유한 불꽃과 연기, 자신의 떨림과 탈주, 자신의 화염과 잔화 속에서 타들어가면서 스스로를 갉아먹고 스스로를 소진시키며, 스스로를 태우거나 스스로를 꺼뜨리고, 스스로를 박해하고 스스로를 질식시키는 깜빡거리며 미약한 빛이 아니었다. 그렇다, 정말이지 그것은 빛이었다!

추운 달빛이 아니라 찬란한 한낮의 빛, 그의 질끈 감긴 눈꺼풀 사이로 비집고 들어온 햇빛, 두툼한 거적 같은 그의 속눈썹과 그의 살갗의 모공에 스며드는 심홍색의 불빛, 동굴 안의 추운 어둠 속에서 나올 때 몸의 마디마디가 느끼는 한낮의 빛, 따사로운 빛, 유익하고 생명을 주는 한낮의 빛!

슬프지만, 만약 그것 역시 꿈이라면 어쩔 것인가?

심홍색은 그의 혈관 속으로 곧장 밀고 들어왔고, 그의 심장은 세게 두근거렸다. 뜨겁고 환희에 찬 피가 그의 전신을 헤집고 다녔다. 그의 혈액은 돌연 붉어지고 건강해졌다. 마치 그 자신의 원래 피부인 듯 따사로운 태양의 외투가 몸에 감겼다. 태양의 가벼운 황금빛 외투가 그의 몸을 덮었고, 그의 얼음장같이 차고 축축한 수도자용 고행복은 호화로운 실크로 덧씌워져 있었다.

잠과 수면으로 오랫동안 무뎌진 그의 콧구멍을 비집고 들어오는 그 신산한 흙냄새, 따스한 흙냄새, 풀냄새, 식물의 향기, 동굴 속의 곰팡내 나는 공기를 벗어난 지금 사과처럼 달콤하게 느껴지는 빛과 인생의 행복한 숨결, 이것들도 모두 꿈이란 말인가.

이것들 역시 꿈이었을까? 그의 정신과 육체의 황홀한 신주(神酒), 그가 눈을 뜨지 못하게 했던 섬광. 빛이 어둠으로, 빨갛고 노랗고 파랗고 검붉고 푸른 어둠으로 변했을 정도로 그것은 매우 강하게 그의 이마를 강타했기 때문이다. 따라서 그는 계속 눈을 질끈 감을 수밖에 없었다. 왜냐하면 그의 눈꺼풀 너머의 따스한 붉은 어둠은, 그로 하여금 마치 그가 끓어오르는 희생의 핏속으로 곤두박질친 듯 느끼게끔 만들었기 때문이다.

# 12

요람에 놓이거나 엄마 등에 업힌 아기처럼 그는 자기를 나르는 청년들의 어깨 위에서 출렁거렸다. 질끈 감은 눈꺼풀 너머 살갗 위로, 무거워진 손발 위로, 따스한 햇살만이 느껴질 뿐인 그는 들판 위로 내리쬐는 볕 아래서 행복한 노곤함으로 눈을 감은 채 엄마 등에서 곤히 잠든 아기처럼 있었다.

엄청난 빛과 향기에 눈이 휘둥그레진 그는 의식과 무의식의 경계에서 순례자들의 기도와 찬송, 아이들 목소리의 천사 같은 합창, 악기에서 나는 째지는 소리, 현악기의 애곡 소리와 피리 소리에 귀를 기울였다. 은은한 성가와 천사의 나팔 취주가 그의 머리 위로 울려 퍼졌다.

계속 커져가는 목소리들, 군중의 목소리들, 통곡과 흐느낌, 저주와 애원에 푹 잠긴 채, 자꾸 짙어져가는 냄새, 군중의 냄새, 그리고 그의 콧구멍을 비집고 들어오는 땀 냄새의 날개 위에서 실려가고 있는 그는, 보드라운 양가죽이 깔린 우마차 위로 그들, 그들 셋이 옮겨지고 있는 이 순간, 오랫동안 잊고 있던 소의 냄새를 느끼듯이 불현듯 자기를 나르고 있는 인부들의 땀 냄새, 그들의 삭발한 머리와 쏘는 듯 시큼한 겨드랑이 냄새를 맡았다.

부드러운 베개로 머리를 떠받친 채 그는 마치 보트 안에 누워 있듯 마차에 누워서, 노래와 애곡과 뒤섞여버린 느리게 미적거리는 바퀴의 삐걱거림을 들었다. 한 번 그는 질끈 감은 눈꺼풀을 살짝 뜨고 마치 강철 칼날처럼 안구에 고통스러운 자상을 남긴 한낮의 광선을 받아들이면서 자신의 주변을 두리번거렸고, 명백히 그의 얼굴처럼 무표정한 무언의 얼굴을 한 두 친구 요한과 말쿠스의 얼굴을 보았다. 그는 자기처럼 그들이 창조의 기적을 바라보듯 창공의 푸르름을 반쯤 뜬 눈으로 응시하고 있음을 보았다.

이것 역시 꿈일까? 온화한 정지 상태와 돌연한 평온함, 태양과 일괭에 대한 아이 같고 동물 같은 순종, 이 순간 구름 한 점 없는 궁창, 저 망각의 푸르름과 재생의 푸르름, 기적의 푸르름의 하늘 벽으로 향해 있는 시선. 이것들 역시 꿈이란 말인가?

자기 몸이 축축하고 끈끈한 어둠의 비늘로부터 벗어난 듯한 희열을 그는 느꼈다. 그것은 육체와 내장과 뼈에 대해 느끼는 유아기적 희열이자 골수와 척수의 희열, 짐승과 양서류의 희열, 파충류의 희열이었다. 그것은 마치 진통을 시작하듯 몸이 어둠의 구렁텅이, 곰팡이와 습기의 껍질, 기공(그 자체 또한 축축하고 무시간적인)을 통과하여 겉살 밑의 피가 흐르는 민감한 진피층으로 흘러드는 축축하고 무시간적인 암흑의 딱딱한 껍질을 벗어던지는 순간이었다. 그런 희열은 마차와 따뜻한 햇살이 지나갔던 경로를 따라서 뱀의 독처럼 그의 몸과 살과 뼈와 골수로 스며들었다.

이것 역시 꿈일까? 그의 골수로부터 어둠을 짜내는 일광욕도? 생명의 빛과 활력의 즙이 그의 몸속으로 다시 돌아오도록, 그의 피가 다시 붉게 바뀔 수 있도록 몸의 기공을 통해서 뱀의 파란 독을 뿜어내듯 그의 몸에서 발산하고 있는 증기조차도 꿈이란 말인가?

그 동굴 무덤의 무거운 바위들이 그의 눈앞에 펼쳐지고 그가 천상의 빛에 압도되게 했던 그 순간도 꿈이었단 말인가?

# 13

동굴의 어둠 속으로 되돌아와 있는 지금, 그는 고통스러울 만큼 분명하게 모든 것을 떠올릴 수 있었다. 왜냐하면 그의 얼음장같이 차가운 몸은 온기를, 그의 피는 빛을, 그의 눈은 하늘의 푸르름을, 그의 귀는 노래와 악기의 음향을 떠올렸기 때문이다.

하지만 여기를 보라! 지금 모든 것이 다시 조용해져 있었다. 지금 모든 것이 다시 암흑으로 돌아가 있었다. 지금 모든 것이 다시 무감각과 마비였다. 움직임의 부재, 빛의 부재였다. 하지만 그는 그 '빛'을 떠올렸다. 육체적인 열망과 전율을 느끼면서 그는 그것을 되새겼다. 그 '빛'에 대한 기억이 그를 떨게 만들었다. 그것은 마치 꿈 또는 현실에서 햇빛이 그의 몸을 어루만지고, 태양이 그의 어깨 위에 내려앉으며 그의 허리를 감싸 안았던 상황과 똑같았다. 그것은 마치 그 꿈 또는 그 현실에서 태양이 그의 오장육부에 자신의 씨를 뿌리고 그의 핏속에 잔잔히 흐르며 그의 뼈를 따뜻하게 데웠던 때와 똑같았다.

하지만 여기를 보라! 다시 모든 것이 육체의 무덤과 영혼의 감옥에 불과했다. 그의 심장과 피부, 골수와 척수로 스며드는 어둠의 왕국, 곰팡이, 푸른곰팡이의 궁전에 지나지 않았다. 그는 자신의 건조하고 퉁퉁 부어오른 손가락으로 축축하고 얼음장 같은 동굴의 벽을 부질없이 살펴보고 느꼈다. 부질없이 그는 눈꺼풀을 들었고, 부질없이 그는 자신의 손가락으로 그것을 만져보았다. 그것이 모두 꿈, 환영은 아닌지, 보이지 않는 동굴 천장으로부터 떨어져 내리는, 보이지 않는 물방울들의 낙하로 점점이 찍힌 침묵은 아닌지, 중단된 중얼거림으로 점철된 어둠은 아닌지 따져보기 위해서였다. 그는 헛되이 찬송과 악기의 음향을, 그와 그의 몸이 그토록 생생하게 기억하고 있는 그 선율을 들으려고 애썼다. 아무것도 들리지 않았다. 동굴의 되울리는 적막함과 기억의 아득한 메아리 외에는 아무것도 없었다. 침묵의 소리, 시간의 침묵. 어둠의 빛. 꿈의 물. 물.

<h1 style="text-align:center">14</h1>

마차는 덜거덕거리면서 어떤 성으로 들어섰다. 그의 머리 위로 성문의 천장이 높이 솟아 있었다. 그 궁륭의 흰 석조 아치가 단번에 창공을 갈랐고, 보이지 않는 강둑을 가로지르는 다리가 시야에 들어왔다. 그 석조 아치는 두 팔을 뻗으면 잡을 수 있을 것만 같았다. 죽은 거나 다름없이 무감각하며 생기 없는 그의 몸 양옆에 미동도 없이 놓여 있는 그 두 팔로.

여기저기에서 돌이 쪼개지는 소리가 나며, 새싹이 솟아 나오는 것이 보였다. 두세 개의 푸른 새싹 또는 희고 두 갈래로 갈라진 어떤 뿌리들, 또는 돌의 중심부로부터 뻗어 나오는 야생 고사리의 적갈색 이파리들이 보였다. 아니, 그것은 꿈이 아니었다! 성문 아치 아래 그림자들로 줄무늬가 난 태양, 고사리, 풀, 그리고 그의 양손 각각에 들려 있는 이끼 등등. 그렇다, 틀림없이 그것은 꿈이 아니었다.

우리는 하늘, 물, 불을 꿈꿀 수 있다. 우리는 남자와 여자, 특히 여자를 꿈꿀 수 있다. 우리는 현실에서 꿈꿀 수 있고, 꿈속에서도 꿈꿀 수 있다. 그러나 틀림없이 이것은 꿈이 아니었다. 그것은 끌로 새긴 흰 돌, 하늘, 단단한 성채였다.

## 15

삐걱거리고 덜거덕거리면서 우마차는 성문의 아치 밑으로 그들을 데려갔고, 또 거리의 양옆에 줄지어 서 있는 주택들의 그림자를 지나쳤다. 하지만 그는 집들을 거의 보지 못했다. 왜냐하면 그는 정말로 계속 올려다보았지만, 놀라움 또는 잠으로 인해 그의 눈은 흐리멍덩하고 움직임이 없었으며, 그림자가 그의 얼굴과 피곤한 두 눈에 떨어질 때마다 그의 좌우편에 있는 웅장한 집들, 석조 저택들의 돌로 지어진 형상을 짐작할 수 있을 뿐이었다. 하지만 그는 나지막한 오두막집들의 돌로 된 형상을 또한 지각했다. 그것들은 햇빛을 막아주지는 못했지만, 여전히 그 자리에 존재해 있었고, 보이지는 않으나, 단단하고 실제적이었다. 그의 머리 위 하늘보다 더 실제적이었고, 기도문을 중얼거리며 찬송을 부르면서 아직도 그들을 뒤따르는 소 무리들의 멍에와 군중의 목소리의 끽끽거림보다 더 실제적이었다.

## 16

"오, 성스러운 분이시여. 왕 앞에 나오소서!" 그렇다. 그것은 꿈이 아니었다. 그는 여전히 그 목소리를 떠올릴 수 있었다(그러나 더 이상 얼굴은 기억이 나지 않았다). 자신만만함이 가득한 목소리, 두려움 또는 열정으로 갈라진 목소리. "오, 성스러운 분이시여!"

그리고 거기, 마차 안에 움직임 없이 드러누운 채로, 그는 자기에게 몸을 구부리고 있는 한 청년의 붉은 수염과 초롱초롱한 푸른 눈을 보았다. 청년은 그의 뒤편에 서서 시선을 아래로 떨구어 외면한 채로 그에게 비쳐드는 햇볕을 가려주고 있었다. "오, 성스러운 분이시여!" 그, 디오니시우스에게 그렇게 말하는 자는 그 청년인가, 아니면 그의 의식을 여전히 농락하고 있는 꿈과 백일몽인가?

청년의 눈을 쳐다보고 있던 그는 그 눈이 겁먹고 걱정 어린 표정으로, 하지만 젊은이다운 어떤 거만함을 머금은 채 그의 시선을 보며 따라다니는 것을 의심 품은 마음으로 알아차렸다.

말없이 그를 올려다보면서 디오니시우스는 그의 얇은 입술과 붉은 수염이 씰룩거리기 시작하는 것을 보았고, 그는 자신의 귀가 의식하기도 전에 그 청년의 입술에서 표현되는 낱말들을 읽었다. "오, 성스러운 분이시여!"

그것은 조롱과 비웃음이 아니었을까? 그것은 그의 꿈의 목소리, 그의 환영의 목소리가 아니었을까?

디오니시우스는 "너는 누구냐?"라고 물었다. 그의 목소리는 거의 들릴락 말락 갑자기 터져 나왔다. 그 초롱초롱한 푸른 눈 속에 조금 전까지 있었던 거만함은 이제 사라져버린 듯했다. 청년은 재빨리 얼굴을 돌렸다. 끄트머리가 붉은 속눈썹이 다시 내려와 그의 두 눈을 덮었고, 그것, 그의 입술만이 다시 움직이기 시작했다.

"오, 성스러운 분이시여! 저는 당신의 종인 동시에, 당신이 섬기는 주인의 종이올시다."

그것들 역시 꿈이었을까? 말을 더듬는 그 입술, 떨리는 그 턱수염도?

"데시우스 왕은 나의 주인이 아니오!" 그는 사자들의 포효가 다시 들리기를 기대하면서 말했다. 하지만 여기를 보라! 사자의 울음소리를 더 잘 듣기 위해 그가 눈을 감자마자 광대한 하늘을 그의 머리 위에 남겨놓은 채 붉은 수염이 난 청년의 얼굴은 어디론가 사라지고 없었다.

## 17

갑자기 침묵이 감돌았다. 그것은 군중의 단조로운 흐느낌과 노랫소리에 의해서만 중단되었다. 울퉁불퉁하고 굽이치는 도로 위를 달리는 바퀴의 삐걱거림과 덜커덕거림은 멈춰버렸다. 정말로 마차가 멈추었다.

그것 또한 꿈일까? 온갖 목소리와 이상한 사건들이 뒤엉킨 오랜 혼란스러움 끝에 그의 영혼에 갑작스레 찾아온 평온함, 그것도 꿈일까? 군중들의 목소리는 완전히 꺼져버렸고 마차의 끽끽거림도 멈춰버렸다. 바퀴의 삐걱거림과 울음소리도 그쳐 있었다. 여태껏 그의 얼굴 위로 비스듬히 떨어졌던 햇볕은 지금 사라지고 그가 볼 수 없는 어떤 떨림에 의해 가려졌다. 그의 몸은 보드라운 양가죽 위에 기대어져 있었고 양모의 냄새가 그의 콧구멍 속으로 파고들었다. 삼나무와 소나무 냄새, 태양에 흠뻑 젖은 하루의 냄새, 그리고 취하게 만드는 후끈한 바다 냄새가 풍겨왔다.

요람에 놓인 아기처럼 바퀴의 삐걱거림과 마차의 흔들림을 자장가처럼 들으면서 그의 마비된 몸, 그의 가벼운 뼈, 그의 텅 빈 내장, 그의 잠잠한 심장, 그의 건조한 피부, 그 모든 것이 지금 가벼운 숨결의 육신적 평온함에 빠져들었다. 그는 막 잠에서 깨어난 아이 같은 기분이 들었다.

그렇다, 그것은 꿈이 아니었다. 그 평온함, 그 찬란함이란!

## 18

그가 자기 몸의 주변을 살피기도 전에, 심지어 그 모든 것이 꿈인지 아닌지 의심을 품기도 전에, 심지어 여름 한낮의 이 향기로운 목욕에 잠겨 있는 자신의 육체가 기적처럼 승천하는 것을 의심하기도 전에, 그는 프리스카의 달콤한 이름을 떠올렸고, 그러자 즉시 그의 육체는 희열로 넘쳐흘렀고, 공기는 장미향으로 충만해졌다.

오, 기쁨이여!

그 순간, 그 궁전의 대문 앞에서, 지금 다시 한 번, 이 동굴 속 어둠, 이 영원의 무덤 속에서, 군중의 목소리가 완전히 잦아들고 마차의 삐걱거림이 멈춘 순간, 프리스카의 사랑스러운 이름이 그의 영혼 속에 각인되고 그의 콧속으로 장미의 향기를 뿜어내는 순간, 그 평화의 순간, 그 희열의 파도가 이는 잠깐 동안 그의 육체와 마음의 회상, 그를 살짝 스치고 지나간 그 숨결로 인해 그의 마음속에는 공허하고 희미한 행복감이 피어났고, 그의 몸은 멀리서 전해오는 어떤 빛과 열기로 충만해졌다. 하지만 그다음, 다시 모든 것은 정신의 침묵과 시간의 어둠 속으로 회귀해버렸다.

## 19

그는 헛되이 눈을 부릅뜨고 헛되이 자신의 친구 말쿠스를, 헛되이 경건한 목자 요한을, 헛되이 파란 눈의 개 퀴트미르를, 헛되이 자신의 주님을 부르면서 동굴의 어둠 속에 누워 있었다. 어둠은 타르처럼 진득했고,

정적은 영원의 무덤처럼 적막했다. 그의 귀에 들리는 것이라고는, 시간의 물시계 속에서 영원을 분쇄하는 듯한, 아득한 천장에서 뚝뚝 듣는 물방울 소리뿐이었다.

아아, 꿈과 현실, 낮과 밤, 밤과 여명, 기억과 환영을 분별할 수 있는 자가 과연 있을까?

잠과 죽음을 뚜렷하게 구분할 수 있는 자가 과연 누굴까?

오, 주님, 현재, 과거, 미래를 누가 뚜렷이 갈라놓을 수 있단 말입니까?

오, 주님, 누가 사랑의 기쁨과 회상의 슬픔을 분리할 수 있을까요?

오, 주님, 희망을 갖는 자는 행복합니다. 그들의 희망이 이루어질 테니까요.

오, 주님, 낮이 무엇이고 밤이 무엇인지 아는 자는 행복합니다. 그들은 낮이건 밤이건 실컷 먹고 마시며, 밤의 휴식을 찾을 테니까요.

오, 주님, 과거를 살았던 자, 현재를 살고 있는 자, 미래를 살게 될 자는 복된 자입니다. 그들의 생이 물처럼 흐를 테니까요.

오, 주님, 밤에 꿈을 꾸고 그 꾼 꿈을 낮에 기억하는 자는 복된 자입니다. 그들이 기뻐할 테니까요.

오, 주님, 밤사이 어디에 갔었는지를 낮에 아는 자는 복된 자입니다. 그 낮과 밤이 그들의 것이 될 테니까요.

오, 주님, 밤사이의 방황을 낮에 기억하지 못하는 자는 복된 자입니다. 낮의 빛이 그들에게 비추일 테니까요.

## 20

　그들은 켈리우스 산의 어두운 동굴 속에 누워 있었다. 시체의 손 같
은 그들의 손은 기도하는 모양대로 깍지 끼워져 있었다. 디오니시우스,
그의 친구 말쿠스, 그리고 그들에게서 조금 떨어진 곳에 경건한 목자 요
한, 그렇게 셋 모두가 누워 있었다. 마지막으로 요한의 개 퀴트미르가 있
었다.

　그들은 망자의 잠에 빠져 있었다.

　만약 당신이 그들의 그런 모습과 우연히 대면한다면, 당신은 틀림없이 그들
에게서 고개를 돌리고 도망칠 것이다. 두려움에 한껏 짓눌린 채.

# 낯선 세계가 비치는 거울

이 이야기는 '사건의 중간에서in medias res' 불쑥 시작하지 않으며, 숲 속에 땅거미가 내리듯이 점진적으로 시작한다. 그 숲은 떡갈나무 숲, 아주 울창한 숲이었다. 저물어가는 태양빛이 흔들리는 나뭇잎의 변덕에 휘둘려 나무 꼭대기의 군데군데만을 가까스로 통과하여 핏자국처럼 땅 위에 떨어졌다가 즉시 사라져버릴 정도로 그렇게 울창한 숲이었다. 소녀는 그런 사실을 몰랐을 뿐 아니라 날이 저물어가고 어둠이 서서히 찾아오는 것도 알아차리지 못했다. 그녀는 다른 일에 푹 빠져 있었다. 지금 그녀는 다람쥐 한 마리가 아찔하게 도약하는 모습을 눈으로 좇고 있었다. 녀석의 긴 꼬리는 나무줄기 위로 날렵하게 미끄러졌으며, 그래서 마치 움직임은 같으나 속도가 다른, 서로의 뒤를 좇는 두 마리 짐승——첫번째 진짜 다람쥐는 포동포동하고 발그레한 갈색이고, 그 뒤를 바짝 쫓고 있는 두번째 다람쥐는 털이 좀더 길고 옅은 색이다——의 인상을 주었다. 소녀는 생각했다, 어쨌든 두 녀석은 쌍둥이가 아니라, 자매라고. 아버지와 어머니가 같을 거라고. 마치 그들 세 자매, 즉 한나, 미리얌, 베르타(바로 그녀)가

같은 아버지와 같은 어머니를 두었고 서로 닮았지만 그럼에도 다르듯이 말이다. 이를테면 한나와 미리얌은 머리가 검다 못해 타르처럼 새까맣지만, 그녀, 베르타 자신은 머리가 붉은색, 연한 붉은색에다가 약간 다람쥐 꼬리처럼 말려 있었다. 숲 위로 땅거미가 내릴 무렵 젖은 나뭇잎을 밟으며 지나가는 동안 소녀는 그런 생각에 잠겨 있었다. 그다음 꿈을 꾸듯 그녀는 기다란 줄기의 버섯들 몇 개, 그러니까 목이 긴 버섯들의 밭 전체를 우연히 발견했다. 아무도 그녀에게 귀띔해주지 않았지만 그녀는 그것들에 독이 들어 있다는 것을 알고 있었다. 그것들의 험상궂은 생김새만 보아도 빤했다(소녀의 생각은 틀리지 않았다. 소녀의 판단은 정확했다. 그 버섯들은 이티팔루스 임푸디쿠스라는 이름의 독버섯이었다. 그런 학명에 대해서 그녀는 알지 못했고, 또 알 수도 없었을 것이다). 그녀는 화가 난 나머지 검은색 에나멜가죽 구두로 녀석들을 짓밟아 가루로 만들었다. 하지만 여기를 보라, 그녀의 신발에는 진흙 하나 묻어 있지 않다. 그녀는 마치 융단 위를 걸어가듯 나뭇잎 사이를 헤친다. 우리 눈에 보이는 것은 반짝거리는 가죽 표면 위의 얇은 막이다. 당신이 숨을 쉴 때 사과나 거울 위에 살그머니 생겨나는 그 보일 듯 말 듯한 박막 말이다. 이것은 그녀의 아버지가 세게딘 시장의 한 집시한테서 사다 주었던 거울을 떠올리게 했다. 그녀는 그것을 호주머니에서 꺼내 들었다. (한쪽 발을 절고 콧수염을 기른 얼굴에, 입안 전체가 금니로 가득한 그 집시 청년은 놋 주전자를 팔고 있었다. 그에게는 단 한 개의 거울이 있었다. 그는 신사에게 "자비를 베푸는 셈치고" 그 거울을 사달라고 애원했다. 집시 청년은 싸게 팔겠다고 했다. 그날 온종일 아무것도 팔지 못했고 집에서는 병든 아이가 죽어가고 있다는 넋두리였다. "집시의 운명이란 게 늘 그렇지요!")

소녀는 그 손거울을 얼굴 가까이 가져갔지만, 잠시 동안 아무것도 보지 못했다. 그러나 그것은 잠시뿐이었다.

마코까지 이르는(그리고 살짝 방향을 틀기만 하면 북동쪽의 부다페스트까지 갈 수 있는) 서부로 향하는 시골길은 해마다 이때쯤이면 지나다니기가 수월했다. 아직 강물의 범람이 시작되지 않았다. 그러니까, 마로슈 강이 아직 넘치지 않았던 것이다. 그 도로는 아라드 시 외곽에서 곧바로 시작된다. 하지만 도로의 포장된 부분은 벽돌공장에 이르러 갑자기 뚝 끊기며, 어느 틈엔가 맨살이 드러난 시골 흙바닥 길이 나타난다. 여름에는 먼지가 풀풀 날리고, 가을이 되면 완전히 침수되지는 않더라도 웅덩이와 진창이 빼곡히 들어선다. 게다가 비가 잠깐이라도 내리면 먼지 층은 두툼한 누런 버캐로 변하여 마차 바퀴와 바퀴살에 들러붙거나 밀가루 반죽 같은 진흙 속으로 말발굽을 푹 잠기게 했다. 심지어 가벼운 이륜마차 또는 날랜 마부가 모는 검은색의 2인승 사륜마차마저도 진창에 깊은 바퀴 자국을 남기는 마당에, 육중하고 튼튼한 두 필의 말이 끄는 거대한 이 수제 마차는 두말할 필요도 없었다.

지붕이 없는 앞좌석에는 사십대의 신사 한 명이 앉아 있었다. 그는 왕방울만 한 까만 눈에 눈꺼풀은 축 늘어져 있었고, 머리에는 테는 빳빳하지만 전체적으로는 좀 해진 중절모를 쓰고 있었다. 그는 노련한 마부답게 두 줄의 고삐를 모아 사슴 가죽 장갑을 낀 자신의 큼지막한 한쪽 손바닥으로 느슨하게 붙들었고, 다른 손으로는 머리 부분에 놋 장식이 달리고 얇은 가죽이 대나무 손잡이 위에 감긴 우아한 최신 채찍을 들고 있었다. 빨간 방울 술 하나가 달려 있는 그 끄트머리에서 멀리, 땋은 부분이 끝나는 지점에서부터 그것은 독사 같은 휘파람 소리를 내는 단단하고 날카로운 채찍으로 변해간다.

그 채찍의 주인이 그것을 휘두른 적은 여태껏 단 한 번밖에 없었다. 그러니까, 포장도로가 시골길로 변하는 지점인, 아라드에서 나오는 목에 서였다. 사실, 보다 정확히 말하면 두 번 있었다. 첫번째는 어느 가게 앞에서, 시험해보듯 허공을 향하여 휘둘러보았을 때였다. 마치 사냥총을 새로 산 손님이 이리저리 물건을 시험해보듯이 말이다(그가 어깨에 총을 바짝 붙이고, 머리를 숙이고, 왼쪽 눈을 감고, 시계 밖으로 뛰쳐나오는 뻐꾸기를 겨냥하며 '탕—탕' 하고 입으로 총소리를 흉내 낸 다음 어깨에서 개머리판을 떼고 총신을 열어서 그 속을 들여다보고 무늬가 새겨진 개머리판을 요목조목 살펴보고——거기에는 달리다가 갑자기 놀라 멈춰 선 사슴이 조각되어 있다——두 손으로 총의 무게를 가늠해보는 동안, 뻐꾸기는 흡사 두 개의 총신으로부터 거의 동시에 '탕—탕' 하며 뿜어져 나온 산탄에 갈기갈기 찢긴 듯한 모습으로 빨간 장미와 푸른 잎새가 그려져 있는 이중문 뒤로 사라진다. 왜냐하면 사냥꾼은 시곗바늘이 정확히 3시를 가리킬 때 표적이 세 번 울어댄 후 재빨리 장미 덩굴로 덮인 문 뒤로 몸을 숨기기 직전에 총알을 '명중'시켰기 때문이다). 아무튼 아라드 시의 상인 로젠베르크의 가게가 문을 연 후 불과 몇 분 뒤에 오늘 오후의 첫 손님으로 우리의 고객, 아니 잠재적인 고객이 가게 안으로 들어왔다.

그렇게 그는 총을 내려놓고는(그가 그렇게 한 것은 마지못해서였을 거라고 우리는 믿는다) 비슷한 종류의 대여섯 개의 채찍들(그것들 모두는 대나무로 만들어져 있었으며, 길이와 값이 똑같았다)과 나란히 구석에 세워져 있는 채찍 하나를 집어 들었다. 그는 억센 두 손으로 채찍 손잡이를 힘껏 쥔 다음 그것을 구부리기 시작했다. 마른 대나무에서 두둑거리는 소리가 났지만, 그것은 유연하게 휘어졌다. 그런 다음 그는 자신이 신은 장화의 목 부분을 채찍으로 두세 번 내리쳤고, 그것만으로는 성에 차지 않는다고 여겼는지 가게 앞 길목까지 나가서 능숙한 마부가 하듯이 자신의 머리 위 공중으로 채찍을 휘둘렀다. 채찍은 독사와 똑같은 휘파람 소리를 냈다. 한편 이 지점에서 운 좋은 채찍의 소유주는 돌연 채찍의 운동 방향을 바꾸고는, 큰 철갑상어나 농어가 미끼를 무는 순간에 어부가 대나무 낚싯대를 잡아당기거나 혹은 숲 속에서 마차가 달려가는 길 위로 한 마리 곰이나 두어 명의 노상강도가 달려들 때처럼, 혹은 더 나아가, 노상강도 가운데 한 명이 말의 고삐를 잡고 다른 한 명이 마부의 가슴을 엽총 끝으로 쿡 찌르면서 그의 손에서 고삐를 낚아챌 때처럼, 아니 엽총 또는 그것과 같은 위력의 총성이 메아리처럼 되울리는 텅 빈 거리 위로 울려 퍼질 때처럼, 마부가 급작스러운 위험과 마주했을 때 고삐를 잡아당기며 쏟는 것과 똑같은 강도의 힘을 채찍 손잡이에 가했다.

흡족한 표정의 손님이 두번째이자 마지막으로 자신의 채찍을 휘둘렀을 때는, 그가 아라드 시 외곽의 도로를 떠나 바퀴 자국이 가득 찍힌 진창으로 접어들었을 때였다. 이곳에서야 비로소 허공이 아니라 진짜 물체를 대상으로 채찍의 위력을 시험해볼 수 있었다. 그는 딱 한 번, 자기가 모는 말들(그것들의 이름은 각각 발데마르와 크리스티나였다)의 머리 위로 채찍을 휘둘렀고, 녀석들의 귀 바로 위의 공기를 쌩하고 갈라놓았다. 말들은 가사 상태에서 깨어나 몸을 부르르 떨었고, 무겁고 둔중한 몸을 곧추세운 채 진창길 위로 질주하여, 마차 뒷좌석에 앉은 두 소녀가 연신 커다란 환성을 내지르도록 만들었다. 그 소녀들은 비록 그 모든 것들, 그 미친 듯한 질주에 몹시 재미있어하면서도 겁에 질린 듯 서로를 부둥켜안고 빽빽 비명을 질러댔다.

그 신사는 영국산 트위드 양복을 입고 있었고, 역시 영국산 트위드 재질이지만 모양이 다른 외투를 그 위에 걸치고 있었다(우리는 그가 막 새로 구입한 그 채찍에만 신경 쓰느라 그런 옷차림새를 한 것을 잊지 않아야 한다). 그에게서는 어떤 인상, 즉 그런 인상이 허위가 아니라면, 명백히 피로해 보임에도 불구하고 매우 만족해하는 인상이 풍겼다. 그것도 그가 산 채찍 때문만이 아니라(그것은 아주 사소한 일에 불과했다), 명백하게도, 성공적으로 끝마친 일로 인해서 그가 만족해하는 인상이었다. (친애하는 선생!) 사람들이 흔히 말하듯 '좋은 핏줄의 집' 자녀들이 다니는 사립학교에 딸들을 등록시키는 것이 결코 쉬운 일은 아니니까. 그렇다, 일정한 연줄이 필요하고, 그것 말고도 약간의 돈과 조그만 선물이 들어가는 게 현실이니까…… 하지만 하느님께 감사하게도 그런 절차는 이미 잘 넘어갔다. 한나와 미리암(둘 중 언니가 열네 살, 동생이 열세 살이었다)은 아라드 시의 골드버그라는 이름을 가진 여자 집에서 살게 될 참이었다. 그녀는 결혼도 하지 않았을 만큼 대단히 엄격하고 도덕적이었다. 아주 솔직하게 말한다 해도 어느 점잖은 유대인 남자가 그녀를 행복하게 해줄 가능성을 배제해버릴 만큼 그렇게 '볼품없거나', 또 그렇게 가난하지도 않았지만 말이다. 모조 이륜마차의 의자에 앉아 마차 바퀴가 흙 둔덕에 부딪힐 때마다 그것에 맞춰 출렁거리고 있던 브레너 씨(이것이 그의 이름이었다)의 머릿속을 계속 맴돌고 있었던 것은 바로 그런 생각들이었다. 세게딘까지는 아직 갈 길이 멀었다. 적어도 두세 시간은 가야 할 듯했다. 하지만 그는 조금도 서두르지 않았다. 그는 채찍을 더 이상 한 번도 휘두르지 않았고, 고삐를 잡아당기지도 않았다. 똑같은 이 이륜마차(이렇게 부르기로 하자!)를 아라드에서 세게딘으로, 그리고 다시 반대로 자주 몰고 다닌 탓에 말들은 길을 너무나 잘 알고 있었다. 왜냐하면 브레너 씨는 최소한 한 달에 한 번은 장사 때문에 아라드로(또한 마코, 테미슈바르, 케추케메트, 수보티차, 노비사드, 솔노크 심지어는 부다페스트로까지) 마차를 몰았기 때문이다. 그렇듯 그는 마차를 자기 말들의 본능에 맡긴 채 자신은 사념에 빠져들었다. 중부 유럽의 어느 유대인 상인이 자신이 운명하는 날에 무슨 생각을 했는지에 대해서는 추측만이 가능할 뿐이다. 마찬가지로, 한 중부유럽 유대인 상인의 딸들(열세 살과 열네 살)이 그들이 중등학교에 등교한 첫날이자 거대한 바깥세상과 첫 만남을 가진 뒤에——전혀 다른 세상과 만난 뒤에——어떤 생각이나 꿈을 꾸었는지에 대해서도 다만 어슴푸레한 추측만 가능할 따름이다.

두 소녀가 먼 외가 친척뻘인 골드버그 부인을 좋아하지 않았음은 의심의 여지없는 사실이다. 그것은 단지 그녀의 윗입술이 솜털로 덮여 있었기 때문만이 아니라(한나는 동생의 귀에다 대고 '저 수염 좀 봐!'라고 속삭였다), 그녀가 자신이 얼마나 엄격한가를 처음부터 보여줬기 때문이다. 그것도 무분별할 정도로 엄했다. 그날 점심 식사 때에 그녀는 두 소녀에게 빵 한쪽으로 각자의 접시에 남겨진 편두를 "깨끗이 닦아 먹도록" 지시했던 것이다! 그들이 아직도 어린이라고 생각하는 듯 그다음에도 끝없는 잔소리가 이어졌다. 이것은 하고, 저것은 하지 마라! 이것은 '호흐'*이고, 저것은 '호흐'가 아니다! 골드버그 부인이, 아니 좀더 정확히 말하면 골드버그 양이 얼마나 훌륭한 여자인지 침이 마르도록 칭찬했던 그들의 어머니 말을 곧이듣는다면 두 소녀가 정말 아직 아이라는 생각이 들게 될 것이다. 만약 그녀가 그토록 "훌륭한 여자"라면(한나가 자기 여동생에게 귓속말로 속삭였다), 어째서 그녀는 결혼을 하지 못한 건가? 어째서 그녀는 "숄렛"**이 담긴 접시를 깨끗이 핥아 먹고도 남을 놈팡이를 구하지 않은 걸까?! 미리암은 눈을 감았다가 바로 뜨면서 말없이 주억거렸다. 언니가

---

\* '예의바른 태도'라는 뜻의 독일어.
\*\* '콩'이라는 뜻의 헝가리어.

한 말은 모두 지독하리만치 사실이라고. 골드버그 양은 지긋지긋한 노처녀다! 정말이다! 학교에 대해 말하자면…… 글쎄, 그 여교사는 예쁘고 젊고 대단히 친절하다. 그녀는 세게딘에서는 전혀 찾아볼 수 없는—리본과 깃털로 장식된—모자와, 빈은 아니지만 부다페스트에서 주문했음직한 드레스를 걸치고 있었다. 하지만 새 학교에 대해 말하자면, 그들은 자신들이 다소 실망했다는 것을 인정하지 않을 수 없었다. 그렇다, 학교의 외관은 그럭저럭 괜찮았다. 노란색으로 칠해진 널찍한 교사에 지붕이 새로 얹혀 있고 사면이 정원으로 둘러싸여 있었다. 하지만 그 내부의 모습이란……! 교실의 책걸상들(두 소녀는 방금 자신의 교실을 보고 나온 참이었다), 그것들은 세게딘에 있는 것들과 똑같았다. 단지 1, 2인치 정도 더 높을지 모르지만 짙은 암녹색으로 칠해져 있는 것도 똑같았으며, 인명·그림·공식 등 지워지지 않는 온갖 잉크와 낙서로 생채기가 나 있고 얼룩져 있었다. 칠판 역시 똑같은데 다만 (원래의 색인) 암녹색보다 검은색에 가까웠고, 긁힌 자국이 가득했다. 한때 사각형의 테두리를 둘렀던 붉은 선들은 그 *끄트머리*만이 보일 뿐 거의 눈에 띄지 않았다. 교탁에는 그 끝이 압정으로 고정된 한 장의 평범한 푸른색 포장지가 덮여 있었고, 소설 속에서나 볼 수 있는 수도원처럼 높다란 창문들마다 창살이 쳐져 있었다. 엄연히 이곳이 여자 학교인데도 말이다!

동트기 전 바로 그날 아침 일찍 그들이 집을 나섰을 때 울려 퍼졌던 함성과 흥분(인생에서의 큰 전환점을 찍는 순간에 아이의 마음을 채우는 그 기쁨의 표현인)은 온데간데없었다. 남아 있는 것이라고는 소녀들 각자가 마음속에 비밀처럼 묻어둔 어떤 은밀한 슬픔이었다. 기쁨과 흥겨움의 오랜 날들이 지난 뒤에, 흥분으로("그 '대망의 날'이 드디어 찾아왔다!") 심장이 터질 것 같은 기쁨을 느꼈던 그날 아침이 지난 뒤에, 그들은 각자 난

폭하고 돌이킬 수 없는 환멸을 경험했노라고 서로에게 고백하는 것을 부끄러워하는 중이었다. 마차 지붕 아래 따뜻한 담요에 폭 싸인 채 앉아서 그들은 졸고 있는 척했지만, 각자 자기만의 생각에 빠져 있었다. 떡갈나무 가지들이 바람결에 바스락거렸다. 이따금 그들은 가만히 눈을 떠서는 아버지의 어깨너머로, 마치 터널 속을 지나듯 그들이 지나가고 있었던 나무 이파리들이 이루는 아치를 뚫어지게 올려다보았다. 이따금 바람이 그들의 가죽 의자 위에 이파리를 떨어뜨려놓곤 했다. 마치 생쥐가 지나가듯 그 나뭇잎은 느낄 듯 말 듯 할퀴며 사뿐히 내려앉았다.

엄마한테 뭐라고 말할까? 틀림없이 그들은 그것을 생각했을 것이다. 이렇게 갑작스러운 기분의 저하를 어떻게 숨길 수 있을까? 마치 그들을 결혼시켜(또는 혹시 모르지만 죽음으로…… 아니다, 그건 절대로 아니다!) 떠나보내듯이 눈물을 글썽거리면서 그날 아침 그들을 전송했던 그들의 어머니, 그녀를 실망시키지 않으려면 어떻게 해야 할까? 자신들이 학교 칠판을 보고 실망했다고, 교실의 책걸상을 보고 실망했노라고 엄마한테 얘기할 순 없을 것이다. 그것은 바보 같은 짓이 될 것이다. 그것은 엄마한테 상처를 줄 것이다. 하지만 골드버그 양의 문제는 다르다! 그들이 빵으로 접시를 깨끗이 "닦아 먹으면서" 꼬박 1년간의 학교생활을 보내야 한단 말인가? 왜 그래야만 하는가? 좋다, 기숙사의 방은 마음에 꼭 들었다. 침대는 널찍했고 그 위에는 풀을 먹여 빳빳한 침대보와 보드랍고 따뜻한 오리털 이불이 덮여 있었다. 창문은 라일락 수풀이 우거진 화원을 향해 나 있었다. 요컨대 모든 것이 더할 나위 없이 훌륭했다. 하지만 자신들이 사랑하는 상냥한 엄마가 골드버그 양에게 편지를 써서 자기들에게 '예절'을 가르치는 일을 그만두라고 공손하고 깍듯하게 부탁할 순 없을까? 그렇다, 그들의 방 안 테이블 위에는 갓 따 온 붓꽃이 가득 꽂힌 화병이 놓여 있었다. 커튼은 마분지처럼 빳빳하고 눈처럼 하얗다. 모든 것이 완벽했다. 욕실은 분홍색 도자기 타일로 치장돼 있고, 수건마다 한나와 미리암의 머리글자인 'H'와 'M'이 수놓여 있었다…… 아니다, 그들은 엄마한테 속마음을 털어놓을 수 없었다. 왜냐하면 그들은 여섯 달 동안 밤마다 잠들기 전에 아라드로 가는 것에 대해, 등교하는 것에 대해 길고 긴 대화를 나눈 터라, 그 모든 고통을 겪은 터라, 자신들이 사려 깊지 못하고 배은망덕함을 보이는 것은 대단히 불경스럽고 유치해 보일 것이라고 생각했기 때문이다.

비록 해가 저물기 시작했지만 밖은 여전히 환했다. 오직 브레너 씨만이 옥좌 같은 마차의 그 앞좌석에서 그 광경을 볼 수 있었다. 어쩌면 그는 시 한 구절을 떠올렸는지도 모른다(브레너 씨는 시 애독자였다. 생업이 그에게서 미감을 완전히 빼앗지는 못했다). 그것은 단두대에서 굴러떨어지는 피로 함빡 젖은 군주의 머리처럼 지평선 밑으로 내려오는 저무는 태양에 관해 읊은 시였다.

브레너 씨는 생각에 파묻힌 채 안주머니에서 담배를 꺼내 물었다.

바로 그 순간, 바로 같은 시간에, 숲 속에 있던 소녀는 진주모패로 테두리가 장식된 조그맣고 둥근 거울을 주머니에서 꺼내 든 다음 그것을 얼굴 가까이 가져갔다. 제일 먼저 그녀의 시야에 들어왔던 것은 주근깨가 수놓인 그녀의 코였고, 그다음은 그녀의 두 눈과 붉고 다람쥐 꼬리처럼 생긴 머리칼이었다. 그런 다음 그녀의 얼굴이 천천히, 하나 둘씩 사라져 갔다. 처음에는 그녀의 코 위에 난 주근깨가, 그다음에는 코 전체가, 그러고는 두 눈이 사라졌다. 설익은 풋사과를 덮고 있는 얇은 막처럼 그녀의 숨결이 거울 전체로 퍼져 나갔다. 하지만 지금 그녀는 수풀과 흔들리는 떡갈나무 이파리들을 보고 있었기 때문에 얼굴 앞에 계속 거울을 들고 있었다. 새 한 마리가 갑작스럽게, 하지만 소리 없이 덤불에서 뛰쳐 나왔다. 녹슨 쇠 또는 시든 나무 이파리의 색깔을 한 조그만 나비 한 마리가 떡갈나무 줄기를 배경으로 남겨놓고 사라져갔다. 사슴 한 마리가 화들짝 놀란 듯 갑자기 우두커니 멈춰 섰다가 이내 다시 어디론가 사라져버렸다. 죽은 가지가 나무에서 떨어졌다. 핏빛의 태양 광선을 굴절시키는 이슬이 한 방울 맺힌 거미줄이 떨리기 시작했다. 솔방울이 툭 떨어지고, 가지가 재로 만들어진 듯 가만히 부러졌다.

(안경을 쓰는 한나처럼) 소녀는 마치 근시인 듯 거울을 눈앞까지 바짝 가져가서는 계속 그것을 들여다보고 있었다. 그다음 그녀는 바로 뒤를, 아니 거울 뒷면을 돌려 보았다. 왜냐하면 그녀의 등 뒤에는 아무것도 없었기 때문이다. 길, 그러니까 먼지가 풀풀 날리는 시골길도, 그 위를 휙 지나가는 이륜마차도 보이지 않았다. 그녀의 아버지는 마차 앞좌석에 앉아 있었다. 그는 무릎 위에 채찍을 내려놓고는 주머니에서 막 담배를 꺼낸 다음 불을 붙였다. 지금 그의 손에서 떠난 성냥은 진창 위로 떨어지기 전에 커다란 포물선을 그리고 있었다. 그러다가 갑자기 그는 고삐를 세게 잡아당겼다. 그의 눈동자 속에 공포가 서려 있었다…… 두 명의 남자가 마차 속으로 뛰어들었던 것이다.

소녀는 잠결에 비명을 지른 다음, 자기가 지금까지 베개 아래에서 땀이 밴 손으로 쥐고 있었던 작은 진주모패 거울을 여전히 단단히 움켜쥔 채로 침대에 바로 앉았다. 그날 밤 아이에게 자기와 함께 같은 방에서 자도록 허락했던(보통 그 세 명의 소녀들은 옆의 아동용 침실에서 잠들었다) 브레너 부인은 화들짝 놀라며 깨어나서는, 반수면 상태에서 양초를 찾으려 더듬거렸다. 소녀는 실성한 사람처럼 울부짖었다. 그것은 인간의 목소리가 아닌 짐승의 울음소리, 피를 서늘하게 만드는 울부짖음이었다. 브레너 부인은 촛대를 쳐 쓰러뜨리면서 아이한테로 달려가서 그녀를 가슴팍에 꼬옥 끌어안았다. 하지만 그녀는 단 한 마디도 꺼내지 못했다. 그녀는 목소리가 제대로 나오지 않았다. 그녀는 무슨 일이 벌어지고 있는지 알지 못했다. 혹시 누가 그 아이의 목을 조르거나 베려고 한 것일까? 그런 다음 딸의 울부짖음과 종잡을 수 없는 비명 속에서, 그녀는 불분명하지만 끔찍한 어떤 조합을 분간해냈다. 그녀는 다른 두 딸의 이름과 끔찍한 비명 소리("안 돼, 안 돼, 안—돼!")를 알아들었다.

마침내 엄마는 테이블 옆에서 촛대를 발견했고, 조금도 그녀에게 복종하지 않는 두 손으로 성냥불을 켰다. 소녀는 여전히 울고 있었고 핏발 선 눈으로 두 손에 꼭 붙들고 있는 거울을 들여다보고 있었다. 브레너 부인은 아이의 손에서 거울을 빼앗으려고 애써보았지만, 소녀는 사력을 다하여, 사후경직과 같은 악력으로 거울을 꼭 붙들고 있었다. 브레너 부인은 깜박거리는 촛불을 높이 들어 올린 채 침대에 앉았다. 어스레한 불빛 속에서 막내딸의 흠칫 놀란 눈동자가 잠깐 동안, 아주 잠시 동안 보였다 (마치 그 아이 자신의 눈이 아닌 것 같았다). 그다음 브레너 부인은 옷 방으로 달려갔다. 가볍고 맑은 유리의 딸랑거림이 들려왔고, 그다음에는 유리 깨지는 소리가 들렸다.

브레너 부인은 조그만 병을 든 채 침대로 돌아왔다. 식초, 향수, 어쩌면 후자극제가 그 안에 들어 있었는지도 모르겠다. 소녀는 일어나서 침대 위에 앉아 있었지만 몸은 경련으로 떨리고 있었고, 두 눈은 허공을 향해 있었다. 그녀의 곁, 바닥 위에 깨진 거울 조각들이 널려 있었다. 소녀는 태어나서 처음 보는 듯이 자기 엄마를 뚫어지게 쳐다보았다.

"'그들'은 모두 죽었어요." 아이는 실성한 사람의 목소리로 그렇게 읊조렸다.

지역 읍장인 마르틴 베네데크 씨는 침대 옆 탁자 위의 촛불을 켠 다음 시계를 쳐다보았다. 11시가 지나 있었다. 마당에서 개가 사납게 짖고 있었다. 그는 개가 무리하게 사슬을 잡아당기는 소리와 그 사슬이 팽팽한 개줄 위로 미끄러지는 소리를 들을 수 있었다. 누군가가 주먹으로 사정없이 문을 두드리고 있었다. 베네데크 씨는 실내복을 걸치고는 한쪽 귀 위로 미끄러져 내려온 방울 술이 달린 나이트캡을 벗지도 않은 채 현관으로 나갔다. 그는 문 앞에서 브레너 부인이 촛불을 높이 든 채로 막내딸을 두 팔에 꼬옥 안아 들고 서 있는 것을 보았다. 아이는 애써 흐느낌을 억누르면서 부들부들 떨고 있었다. 브레너 부인이 한마디도 꺼내지 못하는 것을 보고서 시장은 마뜩잖은 표정을 짓고 그녀를 현관으로 들였다.

어린아이의 여린 흐느낌보다는 노인네의 애곡과 더 비슷하게, 소름끼치는 동물의 탄식을 자아내면서 개는 계속 낑낑거렸다. 여전히 아이(짐승의 울음소리 같은 소녀의 흐느낌은 전혀 줄어들지 않았다)를 안고 있는, 시체처럼 안색이 창백한 브레너 부인은 비록 눈앞이 아찔했지만 시장에게 자신이 찾아온 이유를 설명하려고 애썼다.

"우리 아이가 어떤 상태인지 직접 확인하실 수 있으시겠죠?" 브레너 부인이 들릴 듯 말 듯한 목소리로 말했다.

"그럼요. 보고 있고말고요." 읍장이 말문을 열었다. "하지만 죄송하게도, 전혀 영문을 모르겠군요."

바로 그 순간 아이가 고개를 돌리고는 읍장이 여태껏 한 번도 보지 못한 표정으로 그를 쏘아보았다. "'그들'이 모두 죽었다고요." 소녀가 입을 열었다가 다시 흐느끼기 시작했다. 아이의 몸은 경련으로 씰룩거렸다.

베네데크 씨는 캐묻듯이 아이의 엄마를 훑어보았다.

"아이 말로는 거울 속에서 '그들'을 봤다는군요. 그러니까 '그들'이 모두 살해당했다더군요. 이 아이의 상태를 직접 확인할 수 있으시죠?"

"거울이라뇨?" 읍장이 물었다.

장황한 설명이 이어졌다. 경험이 풍부한 (꼬박 스무 해는 아니더라도 족히 15년은 경험한) 베네데크 씨는 기적을 믿지 않았다. 그는 과학을 믿었다. 소녀가 히스테리 발작 또는 간질을 겪었을 거라고 그는 혼잣속으로 생각했다(하지만 그런 생각을 밖으로 드러내지는 않았다). 그가 했던 말은 고작해야 날이 밝는 대로 맨 먼저 의사에게로 데려가야 한다는 것이었다. 아이가 변비에 걸렸는지도 모른다는 얘기였다. 게다가 지금은 자정이 가까워오고 있으니 집에 가보는 게 좋겠다고 했다. 모든 일이 잘 풀릴 거라는 얘기였다. 또 아이가 잠시 '악몽'을 꾼 것 같으며(그는 자신의 추측이 더욱 설득력 있게 들리도록 하려고 라틴어로 표기되는 병명들처럼 프랑스어 억양을 섞어 '코슈마르Chauchemar'*를 크게 발음했다), 아이한테 사리염**이 꼭 필요할 것이라고 했다. ("자, 이것을 가져가시오, 병째로 가져가도록 해요.") 하지만 브레너 부인, 확실히 해두려고 하는데, 어린아이가 꾼 악몽, 그것도 '심하게 아프지' 않고 단순히 미열만 있을 뿐인 아이의 악몽이 진실인지 거짓인지 확인하기 위해 내가 이 한밤중에 부하들을 이끌고 숲속을 뒤적거릴 거라고 기대하지는 마시오. 혹시 아이가 이하선염을 앓았던 적이 있나요? 있다고요? 쌕쌕거리는 기침은 뭔가요? 그렇죠, 보셨죠……? 아마도 천식일지 모릅니다. 저게 바로 초기 증상이지요. 신체를 격동시키고 과도하게 흥분시키지요. 탈진을 동반하기도 하고요. 몸이 아

---

 * 프랑스어로 '악몽'이라는 뜻.
** 설사약 용도로 쓰이는 황산마그네슘을 가리킨다.

프면 영혼 또한…… 그런 식으로 베네데크 씨는 정신적 현상과 신체적 현상의 상호 연관에 대한 나름의 이론을 늘어놓기 시작했다. 그 이론은 그가 다른 곳에서, 바이스 박사와 카드놀이를 하면서 주워들었던 것임에 틀림없었다. 어쩌면 어떤 책에서 읽었거나, 지역 신문 『아라디 나플루』에서 알게 됐는지도 모르겠다. ("걱정 마요. 모든 일이 다 잘 풀릴 테니까.")

이 이야기의 결말을 위하여 브레너 씨가 목재, 가죽, 곡물 가격뿐 아니라 인근 지역의 결혼 소식, 부고, 산불, 범죄에 대한 정보를 얻기 위해 즐겨 읽었던 것처럼 베네데크 씨 또한 매일 읽었던 그『아라디 나플루』의 1858년 발행본을 인용하는 것이 필요하겠다(공식적인 소식 외에도 이 신문은 전원시, 농업에 대한 교육논문, 법률자문, 부다페스트의 마상경기, 그리스에서 발생한 폭동, 세르비아에서 일어난 무혈 쿠데타 등에 대한 보도를 게재했다). 프란츠 요제프 치세 초기에 발간된 그 신문의 한 호에서 우리는 베네데크 읍장 본인의 법정 진술을 찾을 수 있다. 그 자신의 설명에 의하면, 미신과 무관하고 '실증주의' 성향을 지닌 인간의 진술이라는 점에서 그것은 더욱더 가치가 있다.

"참으로 소름끼치는 광경이었지요(『아라디 나플루』지가 인용하고 있는 베네데크 씨의 말은 그렇다). 독자 제위를 생각해서 그 희생자들의 사체가 발견됐던 당시의 끔찍한 상태에 대해서는 표현을 자제하겠습니다. 브레너 씨는 말 그대로 칼 혹은 도끼로 목이 잘려 있었고, 그의 여식들은……" 거기에는 그 소녀들 역시 살해되었다는, 하지만 그 두 명의 괴한에게 유린을 당한 뒤에 죽었다는 은밀한 암시가 뒤따르고 있다.

(『아라디 나플루』지를 다시 인용해보면) 이 끔찍한 범죄를 저지른 범인을 찾아내는 것은 어려운 일이 아니었다. 왜냐하면 그 소녀가 거울 속

에서 살인자들의 얼굴을 똑똑히 볼 수 있었기 때문이다. 첫번째 범인은 푹스라는 이름의 스물여덟 살 먹은 가게 점원이었고, 두번째 범인은 메사로슈라는 이름의 건달이었다. 두 사내 모두는 그 사건이 일어나기 1년 전 브레너 씨 밑에서 일했던 직원이었다. 그들은 피로 물든 지폐 뭉치와 함께 푹스의 가게에서 발각됐다. "증거물을 들이대자 그들은 범행을 전부 시인했다. 또한 그들은 자신들의 범행이 그렇게 빨리 밝혀졌다는 것에서 신의 개입을 깨닫게 됐다고 말했고, 참회를 위해 신부와의 대면을 요청했다."

유럽의 다른 신문들도 각각 이 기이한 사건을 독자들에게 보도했다. 이따금 그들은 불건전한 회의론을 표명했는데, 그것은 진보적인 부르주아 계층 내에서 점점 더 세력을 넓혀가던 실증주의의 여파 때문이었다. 심령주의 계열의 신문들은 이 사건을 인간의 자기력(磁氣力)이 존재함을 입증하는 명백한 증거로 보도했다(아울러 이들 신문의 영향력은 막강했다). 이 분야에 관한 한 명백한 권위자이자 암흑의 세력과 결탁했다고 알려진 그 유명한 카르데크 역시 이 문제에 관해 유사한 견해를 펼친 바 있다.

# 스승과 제자의 이야기

  다음에 소개되는 이야기는 19세기 말 '불가사의의 도시' 프라하에서
일어났던 사건이다. 그 사건—만일 그것을 그렇게 부를 수 있다면—은
많은 작자들에 의해 자잘한 변형과 수정을 거쳐서 묘사됐던 바, 필자는
하임 프란켈이 제공한 각편을 따를 것이다. 왜냐하면 그의 글은 '스승'에
대해 진술한 다른 사도들의 견해를 자신의 글 속에서 요약하여 소개하는
강점이 있어서다. 일단 믿음, 도덕, 하시디즘에 대해서 거기에 쓰인 투박
한 논설, 즉 탈무드에서 자주 인용된 구절들과 프란켈 자신의 첨언으로
점철된 독설을 걷어내고 나면, 그 전체적인 이야기는 대략 다음과 같이
정리된다.
  벤 하스(태명은 오스카 레이브)라는 한 학자가 열네 살의 나이에 히브
리어로 시를 쓰기 시작했다. 1890년경 그는 어떤 성지순례에 다녀왔고
프라하에 정착하여 그곳에서 『하윰』이라는 잡지를 창간하고 같은 생각을
지닌 소장학자들을 끌어모았다. 이 잡지는 그곳에 모이는 사도들의 수만
큼 필사됐다. 벤 하스는 도덕과 문학을 가르쳤다. 여러 논문과 기사의 형

태로 게재되고, (그 하임 프란켈의 수고에 힘입어서) 최근에야 부분적으로 발표된 그의 가르침은 플라톤에까지 거슬러 올라가는 어떤 도덕적 딜레마에 근거해 있었고 이렇게 요약될 수 있다. 즉, 예술과 도덕은 상이한 두 전제에 근거하고 있고, 그것들 자체로는 서로 양립할 수 없다는 것이다. 우리는 심지어 프란켈의 견해에 동조하여 철학적인 동시에 시적인 벤 하스의 저술 전체가 이런 입장을 증명하고 그 모순을 극복하려는 시도를 표현하고 있다고 주장할 수 있다. 비록 그가 사상사에서 가져온 사례들——주로 문학적 사례들——이 그 딜레마는 사실상 극복될 수 없음을 드러내고 있지만 그는 키르케고르의 "이것이냐 저것이냐"의 경직성을 완화시키려고 애쓴다. "예술은 허영의 작업이며, 도덕은 허영의 부재다"라고 그는 다윗 왕에서 유다 하레비와 솔로몬 이븐 가비롤에 이르기까지 위인들의 전기를 해석하면서 여러 곳에서 반복해서 주장한 바 있다. 벤 하스가 이끌었던 서클(어떤 이들은 그 회원의 수가 다섯 명이라고 말하며, 다른 이들은 일곱 명이라고 말한다)은 언행을 통하여 그런 딜레마를 논파하는 것을 목표로 삼았다. 다시 말해, "시적 유혹의 도가니에서" 엄격한 도덕적 율법에 귀의하는 것이 목표였다. 또한 프란켈이 지적하고 있는 바, 그들이 말하는 도덕적 율법이란 유대 기독교 전통, 탈무드의 덕목, 칸트, 스피노자, 키르케고르에 근거하고 있었으며, 다른 한편으로 일정한 "무정부주의적인 요소" 또한 결여하고 있지 않았다. 하지만 우리가 프란켈을 정확하게 이해한다면, 그 "엄격한 도덕적 정언명령"(벤 하스가 지칭했던 것처럼)은 그 본래의 율법에서 쾌락주의적인 원리를 전혀 배제하지 않았음을 알 수 있다. 즉 온갖 예상과 달리, 보드카, 인도산 대마, 육체적 향락이 독서, 여행, 순례와 같은 위치에 놓였던 것이다. 프란켈이 여기서 보고 있는 것—— 또한 나는 그의 견해가 진리에서 멀지 않다고 생각한다——은 예술과 도덕의 두 힘이 교차하는 최하부 지점, 즉, 이 두 세력이 "선과 악을 동시에 초월하여" 가장 원초적인 형태대로 충돌하는 지점이다. 진정한 도덕적 딜레마는 허영의 문제에서 시작하여 허영의 문제로 끝나며, 그 밖의 모든 것들은 도덕의 영역 밖에 놓여 있다는 주장이 그것이다. 이 지점에서의 일정한 유사성, 즉, 프란켈이 불교 교리 및 승려의 수행과 관련하여 이끌어내고 있는 유사성은 동양적 지혜의 직접적인 영향이라기보다는 벤 하스 개인의 사색의 결과에 더 가깝다고 말할 수 있을 것이다. 그 유사성이란, 육체의 쾌락은 '도(道)'라 불리는 절대지를 향하는 도정에서의 장애물이 아니라는 관점이었다. 따라서 벤 하스가 서른 살이 되던 해에 그 추잡한 프라하의 유곽에서 눈에 띄었다는 사실은 그가 쓴 『여름과 사막』에 피력된 원리들과 어긋나는 수치스러운 모순으로 간주될 수 없을 것이다. "예술은 지식이다, 예술은 무성적(無性的)이다"라고 프란켈은 하스의 기본 주장들 중 하나를 인용한다. "무성적, 다시 말해 초(超)도덕적이다." 바꿔 말하면, 시인인 동시에 도덕주의자이며, 모순된 그 두 업(業)을 자기 내부에서 결합한 그 높은 학식의 벤 하스는, 생의 모든 체험을 대단히 중시하는 예술에 대한 무성적 지식과 그 자신의 윤리적 원칙(그는 이것이 약화되는 것을 거부했다)을 화해시키려고 시도했다. "만일 우리가 어떤 이의 말을 곧이곧대로 맹신한다면, 비록 그것이 제아무리 신성한 말씀이라고 할지라도, 우리는 어떤 도덕적 타락의 위험을 감수해야 한다. 그런 맹신적 태도의 위험성은 그 말씀이 부과하는 금기의 위반보다 훨씬 더 파괴적인 것이다." 하스의 초기 저작에서 인용한 이 짤막한 문구는, 수년 뒤 무겁고 비비 꼬인, 좀처럼 이해할 수 없는 철학적 원리를 무수히 낳게 될 그의 근본 사상들 중 하나에 대한 더없이 간명한 설명이다(그는 의미를 포착하기 힘든 다수의 개념과 신조어들로 묵직한 어떤 카발라적 은어로써 그런 자신의 철학적 원리를 설명했다). 하지만 우리는 벤 하스의 후기 학설이 노정하는 이런 애매함이 단순히 심적 동요의 징후, '성숙기'의 결실이라고 말했던 프란켈의 주장에 전적으로 동의할 수 없다(벤 하스 전집의 결정판을 출간하는 데에는 많은 난관이 따르는 바, 그 첫번째 장애물은 그 저술에 대한 고증과 출판을 맡은 위원회 내부의 랍비와 도덕주의자들이다).

비록 여기서 우리의 관심 대상이며 우리가 짤막하게 논하게 될 사건은 벤 하스의 철학적 원리와 그 어떤 직접적인 연관도 없지만, 또 그 자체로는 별로 중요하게 보이지 않지만, 그 사건은 그의 학설의 그물망에서 비롯되었음은 물론이고, 동시에 하나의 복잡한 가치 체계 전체를 회의하도록 만든다. 어떤 의미에서 그 사건은 일종의 교훈이라고 불려도 무방할 것이다.

*

1892년, 프라하의 그 추잡한 지역에서, 그 무렵부터 이미 '스승'이라고 불렸던 벤 하스는 그와의 면담을 요청하는 한 청년을 만났다. 윤리적 원리와 시적 원리(전자는 '스승'에게 그 청년을 받아들이지 말라고 속삭였고, 후자는 그를 받아들이라고 속삭였다) 사이에서 분열돼 있었던 '스승'은 어느 더럽고 누추한 선술집에서 그 청년과 마주 앉아, 통과의례인 듯 유월절을 기념하는 보드카 두 잔을 주문했다. 예슈아 크로칼(그 젊은이는 그런 이름으로 불렸다)은 '스승'에게, 체험은 "무성적이며, 따라서 초도덕적"이라고 설파하는 내용이 담긴 그가 쓴 글 중 하나를 집어 들고 읽기 시작한 이후로 자신이 이 구역을 자주 들락거리기 시작했으며, 그러나 '스승'이 그의 책 『여름과 사막』에서 설교한 정신적 평형을 자기로서는 찾을 수 없었다고 털어놓았다. '스승'은 자신의 가르침이 도덕에 근거한 모든 원리와 마찬가지로 미숙한 자의 손에 놓일 경우 선을 끼칠 뿐 아니라 해로움도 끼칠 수 있다고 속으로 되새기면서 고뇌와 양심의 가책에 사로잡혔다(왜냐하면 플라톤이 지적했듯이, 스승은 자기 제자를 선택할 수 있지만, 책은 자신의 독자를 선택할 수 없기 때문이다). 지옥처럼 치근치근한 충동에 쫓긴 나머지, 아니 어쩌면 보드카 취기가 발동했기 때문이었는지(프란켈이 훗날 주장했던 것처럼 그것이 단순히 피그말리온을 패러디하기를 무의식적으로 소망했기 때문이 아니라면) 어쨌든 벤 하스는 한 시시한 피조물(그 '제자'는 '스승'의 애매한 질문에 단 한 번도 제대로 대답하지 못했기 때문이다)을 하시드 교도(이 낱말은 '입문자' '먹물을 먹은 자' '온유한 자'라는 의미로 쓰였다)로 바꿔보겠다고 결심했다. 청년은 『여름과 사막』이 자기에게 유곽을 드나들 도덕적 힘을 주었다고 고백했다. 왜냐하면 그는 그 과정을 무엇보다 "체험의 행위"로 간주했기 때문이라는 것이었다(비록 크로칼 자신은 그 "체험의 행위"가 만약 창작 행위를 뒷받침하지 못한다면 아무 짝에도 쓸모없다는 것을 잘 알고 있었지만). 벤 하스는 예슈아 크로칼이 쓰고 있다는 책의 제목을 듣는 순간 테이블 위에 자신의 보드카 잔을 갑자기 내려놓았다. 그것은 바로 "가나안으로 가는 길"이었다. 하지만 그 저녁 시간 내내 '스승'이라고 불리는 사내는, 만일 자신의 이성(理性)의 목소리에 귀 기울였다면 자신의 가르침 아래로 크로칼을 받아들이는 것을 틀림없이 거절하게 했을 어떤 특징을 미래의 제자가 두루 갖추었음을 똑똑히 보았다. 왜냐하면 공명심과 결합한 어리석음은 단순한 광기보다 훨씬 위험하기 때문이다. 그럼에도 불구하고 '스승'은 석 달 뒤에 같은 선술집에서 다시 만나기로 약속하고, 가나안에서의 기적과 구원의 주제를 기록한 스물일곱 권의 책 목록을 쥐여준 채 청년 곁을 떠났다. 8월 말, 예슈아 크로칼은 자신이 쓴 『가나안으로 가는 길』의 초고를 들고 약속한 장소에 나타났다. 120쪽쯤 되는 그 원고 뭉치를 '스승'은 한 번은 빠른 눈으로 훑었고, 그다음에는 **만사에 통달한** 눈으로 정독했다. 원고에 쓰인 장식 서체의 이면에서 그는 몇 개의 오자를 무작위로 골라냈다. 그런 다음 그는 같은 곳에서 석 달 후 다시 만나기로 기약한 다음, 히브리어 정서법 편람이 포함된 도서 목록을 받아쓰게 한 뒤 예슈아를 보냈다.

그들이 세번째로 만났던 1893년 2월, '스승'은 갈퀴처럼 생긴 자신의 손가락으로 원고를 대충 넘긴 다음, 자신의 의심이 더없이 옳았다는 것을 확인하고는 공포에 사로잡혔다. 72쪽의 오자는 수정됐지만, 원고의 다른 부분은 손 한 번 대지 않았음이 역력했기 때문이다. '스승'은 급작스러운 회한의 감정, 혹은 어쩌면 동정의 감정에 이끌린 채(왜냐하면 그는 자신이 직접 불행한 한 평신도를 보다 불행한 하시드 교도로 바꾸어놓았고, 여기에는 어떤 치료약이나 번복도 존재하지 않는다는 것을 깨달았거나, 최소한 짐작했기 때문이다), 책상 위에 놓인 원고를 집어 들고 급히 사라졌다. 그는 『가나안으로 가는 길』을 찬찬히 살펴보느라 그날 밤을 꼬박 새웠다. 그 글의 시시함과 공허함은 그에게 자신이 저지른 실수를 기억나게 해주었다. 즉, 아홉 달 전쯤인 그날 밤 만일 그가 자신의 시적 원리 대신에 자신의 윤리적 원리를 따랐다고 한다면(비록 그 두 원리를 나누는 정확한 경계선이 어떤 것인지는 그 자신도 분명히 알지 못했지만!), 그는 그 한 명의 무익한 실존에 대해 양심의 가책을 느끼지 않았을지도 모른다. 결국 그는 지금 그 무익한 실존이 위태롭게 서 있는 심연의 절벽으로부터 그것을 구해내라고 외치는 도덕규범에 부대끼고 있는 것이었다. 또한 그의 가르침이 아무리 잘못 해석되고 오해됐다고 할지라도 한때 건강했던 그 청년이 그의 가르침에 감염되지 않았더라면, 오늘 밤 그는 그 크고 멋들어진 글자로 쓰인 부조리한 문장들, 즉 존재의 부조리함 또는 부조리함의 징후를 어떤 창작 행위로, 별의별 창작 행위로 포장하기 위한 헛된 욕망밖에는 느껴지지 않는 글을 놓고 이렇게 밤을 지새우지는 않았을 것이다. 섬광 같은 계시를 통해 벤 하스는 이 모든 위기로 치닫게 한 원인이 자신의 허영심이었다는 것을 깨닫게 됐다. 다시 말해 허세에 다름 아닌 시적 괴벽, 논쟁에 대한 열정이었음을 알게 됐다. 말하자면 피그말리온의 이야기에 신화의 도덕적 위력이 결여되어 있고, 그것이 신화의 허울을 쓴 평범하기 짝이 없는 수치스러운 이야기에 불과하다는 것을 자신의 제자들에게 입증하고픈 욕망이 주된 원인이었음을 깨달았던 것이다.

『가나안으로 가는 길』을 완전히 버리지 않고, 또 그럼으로써 서른셋의 나이에 이른 그 불행한 예슈아 크로칼을 위험한 곤경에 내버려두지 않으려고(벤 하스에게 영향을 끼친 카발라 상징 체계의 흔적을 이 암호문 속에서 짚어낸 프란켈은 옳았다), '스승'이라 불리는 남자는 그 원고로부터 그 저자의 형상과 관련된 것은 모조리 씻어냈다. 무엇보다 그의 깨질 듯 연약한 존재 전체를 붙들고 있는 유일한 특징인 그 허세와 관련된 요소를 씻어냈다. 마치 썩은 물웅덩이의 표면처럼 예슈아 크로칼의 곰보 자국투성이 얼굴, 그의 눈 밑에 움푹 들어간 시퍼런 원과 그의 게을러빠진 몸을 바로 연상시키는 그 덧없는 자국들 전부를 원고에서 잘라냈다. 뾰족한 펜 끝으로 '스승'은 동시대의 사건에 대한 심술궂은 암시와, 롯의 아내에 관한 이야기 등 성서에서 인용된 여담을 원고에서 삭제했다. 특히 롯의 아내에 관한 일화에서 '스승'은 '코로나' 주막에서 만났던 붉은 머리를 한 독일인 여성의 모습을 알아보았다(그 붉은 머리의 독일인 여자와 롯의 아내를 잇는 유일하게 불가사의한 연관은, 그녀의 겨드랑이를 동그랗게 적셔놓은 크고 흰 땀자국과, 크로칼이 직접 고백했듯이, 그가 그녀를 "겁탈했다"는 사실이다).

『가나안으로 가는 길』의 120쪽 중에서 벤 하스는 신비로운 알레고리의 맹아, 즉 '충만함의 허상'을 만들어내는 맹아, '본질'이 '표상'으로 변형될 수 있는 기미가 숨어 있는 부분들을 추려서 달랑 3분의 1만을 남겨놓았다. 이튿날 제대로 자지 못해 뚱한 기분으로 벤 하스는 자신의 카프탄*주머니에 『가나안으로 가는 길』의 원고를 쑤셔 넣은 채 코로나 주막을 찾았다. 그는 예슈아 크로칼이 의기소침해 있음을 보았다. 청년은 자신이 품고 있는 의혹을 그에게 털어놓았다. 말하자면 그는 자기 선택의 '경솔함과 불가피함'을 동시에 깨우치게 됐다는 것이다. 만일 『가나안으로 가는 길』이 "적절한 형상화의 은총"을 얻을 수 없을 것이라고 스승이 생각한다면, 자기가 할 수 있는 일은 "물러나는 것"밖에 도리가 없다는 것이었다. 그는 몹시 모호한 태도로, 그 낱말들이 『여름과 사막』에서 지녔던 의미와는 다른, 보다 치명적인 의미를 각인시키려는 의도로 그 낱말들을 발음했다〔"만일 당신이 모순적인 힘들의 치명적인 접점 위에, 즉 도덕성과 시성(詩性)이라는 두 힘의 접점 위에 서 있을 수 없다면, 당장 물러나십시오. 당신의 정원에 배추를 기를 것이며, 장미는 묘지에서만 기르십시오. 왜냐하면 장미는 영혼에 해롭기 때문이지요"〕. 그러자 '스승'이라 불리는 자는 자신의 실크로 된 카프탄의 안쪽 주머니에서 여기저기 고친 자국투성이의 원고를 꺼낸 다음 그것을 청년 앞에 펼쳐놓았다.

"만일 저의 판단이 정확하다면" 주눅 든 목소리로 예슈아가 입을 열었다. "여기에는 한 글자도 남아 있지 않겠군요."

"천만의 말씀!" 벤 하스가 대꾸했다. "'본질의 표상'을 부여받을 수

---

* 치렁하고 소매가 긴 터키식 복장.

있는 것이 남아 있지 않은가. 뿐만 아니라 '본질의 표상'과 '본질'의 차이
는 아주 얇아서 매우 지혜로운 자만이 그 차이를 느낄 수 있지. 하지만 지
혜로운 자의 수는 아주 희소하기 때문에——어떤 견해에 의하면 전 세계를
통틀어 서른여섯 명밖에는 안 된다고 하네——그런 차이를 지각할 수 있는
사람은 극소수일걸세. 대다수 사람들은 '표상'을 '본질'과 같은 것으로 취
급하기 때문이지."

　　예슈아 크로칼의 표정은 밝아졌다. 왜냐하면 그 자신의 은밀한 생각,
그를 지배해온 어떤 관념을 '스승'의 말속에서 발견했다는 생각이 들었던
것이다. 즉, 이 세상의 모든 사태는 그릇된 허식의 가면을 쓴 채, '본질'
과 '본질의 표상'을 나눠놓는 가늘고 모호한 차이의 경계선 위에서 발생한
다는 것, 하지만, 어떤 사람도 전자와 후자를 정확하게 분별할 수는 없기
때문에('스승'과 그의 견해차가 근본적으로 대두하는 지점은 바로 여기였
다), 윤리적이든 시적이든 아무튼 모든 가치는 단지 속임수와 요행에 좌
우되는 문제라는 것, 다시 말해 그 모든 것이 공허한 형식에 불과하다는
생각이었다. 벤 하스는 자기 제자의 은밀한 생각을 간파하고는——왜냐하
면 '스승'으로 불리는 자는 진실과 거짓을 분별할 수 있었기 때문이다——
실체와 환영을 가르는 경계선을 드러내 보이기로 결심했다. 그날 '스승'
은 제자를 집으로 데려가서는, 원고(아니, 원고에서 살아남은 일부)를 놓
고서 단순하지만 교육적인 사례들을 통하여, 어떻게 하나의 관념, 아니
관념의 그림자, 아니 하나의 이미지가 (언어의 마술에 힘입어서, 또는 언어
로 표현될 수 없는 것의 주문에 빠져서) "적절한 형상화의 은총"으로 이를
수 있는가를 설명하려고 밤새도록 혼신의 힘을 기울였다.

　　예슈아 크로칼이 '스승'의 방에서 나간 것은 동틀 무렵이었다〔방 안에
서는 가죽으로 제본된 책들의 독한 냄새가, '스승'이 순례 여행에서 사온 민

예품인 황동의 메노라* 위에서 불경스럽게 타들어가고 있는 백단향목의 취하게 하는 방향(芳香)에 의해 누그러져 있었다]. 그는 '코로나' 주막에 잠시 들러 굴라시**와 맥주 한 잔을 주문한 다음 그 원고를 베껴 쓰기 시작했다. 정오쯤 "가나안으로 가는 길"이라는 제목이 붙여진 성서적 우화의 완성본, 즉 그 자신의 큼지막한 장식 서체로 말끔히 정서된 필사본이 그의 앞에 놓였다. 그는 '스승'이 교정 부호를 써 넣은 원본을 집어 든 다음, 천국과 지옥으로 이르는 문이 달려 있는 예배당처럼 생긴 큼직한 타일 난로 속으로 힘껏 던져 넣었다. 마침내 장작불 같은 화염이 '스승'의 손의 흔적과, 궁극적으로는 '스승'의 영혼이 남긴 모든 흔적을 파괴하고 나자, 예슈아 크로칼은 자신의 원고를 접어 외투 안주머니 속으로 구겨 넣은 다음, 그 전까지 밖으로 드러내놓지 않았던 열정에 불타올라 또 한 잔의 맥주를 시켰다. 카롤리나가 테이블 끄트머리에 맥주를 내려놓기가 무섭게 예슈아는 자리에서 펄쩍 뛰어올라 그녀의 둥글고 커다란 젖가슴 중 한쪽을 움켜쥐었다. 카롤리나는 "소금 기둥으로 변한 롯의 아내처럼" 잠시 우두커니 서 있다가 바르르 몸을 떨더니 팔을 추켜올렸다. 발그레하고 육중한 그녀의 손이 그의 코를 살짝 스치고 지나갔다.

"바로 저것***이 '본질의 표상'이다"라고 예슈아가 점잔을 부리며 말했다. 손바닥은 동그랗게 오므리고 손가락은 편 채로 그는 이렇게 덧붙였다. "그리고 이것이 바로 '본질'이었다."

『가나안으로 가는 길』은 1894년 말 잡지 『하욤』에 처음 히브리어로 실렸고, 그 후 이듬해 초에 독일어로 번역되어 단행본으로 출간됐다. 그

---

* 유대교 전통 예식에 쓰이는, 여러 갈래로 나뉜 촛대.
** 헝가리의 전통 수프.
*** 카롤리나의 가슴을 가리킨다.

책은 만장일치로 주석가들의 환호를 받았다. 프란켈이 전한 바에 따르면, 그들 모두는 그 책이 '본질'을 담고 있음을 발견했다고 한다. (훗날 하임나만이라고 알려질) 청년 비알리크만이 그 작품을 꼼꼼히 뜯어본 다음, "그 작품에서 풍기는 공허로부터 그 우화를 구해내려고 애쓰는" '스승'의 필적을 찾아냈다. 이와 같은 비알리크의 비평은 다음과 같은 결과를 낳았다. 『가나안으로 가는 길』의 새 판본에 붙이는 후기에서 크로칼은 비알리크를 매독 환자라고 비방하고 벤 하스를 사기꾼이자 "영혼의 독살자"라고 매도하면서 그의 가르침을 공개적으로 비난했다. 그는 자신의 공격적 입장에 충실하고자, '스승'을 비난하는 세력들과 제휴했고, 새로이 창간된 『카디마』라는 잡지에서 "그 자신이 재능이 전혀 없지는 않음을 보여주는 기교로 가십과 비방을 동원하여" '스승'과 무자비하고 지난한 싸움을 치렀다. "스승과 제자의 이야기"라는 제목이 붙은 벤 하스의 글 중에서 발견된 한 편의 미완성 우화는 불완전하며 어떤 교훈도 담겨 있지 않다. 아마도 이런 교훈 하나를 제외한다면 말이다. 즉, '본질'과, '본질의 표상'을 도덕적 측면에서 명확하게 구분하는 것은 힘들다는 것이다. 프란켈은 이렇게 말한다. "'스승'이라고 불렸던 자 역시 그것에 항상 성공하지는 못했다. 심연을 들여다보는 순간, 그조차도 그 심연을 '의미'로 채우고자 하면서 생기는 부질없는 쾌감을 떨쳐버리지 못했다." 이로부터 우리는, 우물 바닥을 내려다볼 때처럼 그 위에 비친 자신의 얼굴을 보고자 하는 허황된 욕망에 사로잡혀 타인의 공허를 들여다보는 것이 위험천만한 일임을 한 편의 속담처럼 교훈적으로 설파하는 또 하나의 새로운 도덕을 끄집어 올릴 수 있다. 왜냐하면 그것 또한 허영, 아니 허영 중의 허영, 허영의 극한이기 때문이다.

# 영예롭도다, 조국을 위한 죽음이여

　그 4월의 동틀 녘(그날은 황제의 칙령에 의해 그의 처형일로 정해진 날
이었다), 교도관들이 그의 감방 안으로 들이닥쳤을 때, 젊은 백작 에스테
르하지는 기도를 올리던 중이었는지 두 손을 단단히 깍지 긴 채 바닥 위
에 무릎을 꿇고 있었다. 그의 머리는 낮게 수그려지고, 밝은 빛깔의 그의
머리칼은 깃 없는 무명 셔츠 아래로 사라져버린 울퉁불퉁한 등골과 가늘
고 긴 목을 드러내면서 한쪽 옆으로 흘러내려와 있었다. 교도관들은 백작
이 하느님과 대화를 나누는 모습을 보면서, 그것이 잠시나마 스페인 예식
고유의 엄격한 규정을 따르지 않아도 되는 구실이 되기에 충분하다고 판
단하고는 잠시 동작을 멈추었다. 사제 역시 기도하기 위해 모은 두 손을
조용히 움켜쥐면서 뒤로 물러섰다. 땀투성이였던 백작의 손바닥은 가톨릭
기도서의 상앗빛 표지에 반역자의 자국을 남겨놓았다. 올리브만큼이나 큰
그의 로사리오 묵주가 가만히 흔들거렸다. 교도관 중 한 명이 쥐고 있고
리듬감 없이 두세 번 철커덕거렸던 커다란 열쇠 뭉치의 울림이 유일하게
들리는 소리였다.

"아멘." 젊은이는 자신의 아침 기도를 끝맺으면서 속삭였다. 그런 다음 그는 큰 소리로 덧붙였다. "아버지여, 저를 용서하소서."

그 순간, 마치 명령을 따르듯, 폭우처럼 불길하고 단조로운 북소리가 울리기 시작했다.

불그스름한 얼굴에 콧수염이 곤두선 기병 사관 한 명이 크로아티아 출신 창기병 두 명이 각각 양쪽에서 받쳐 든 장총에 둘러싸여 판결문을 읽어 내려가기 시작했다. 그의 잠긴 목소리는 감방 안에서 웅숭깊게 메아리쳤다. 판결은 엄하고 무자비했다. 교수형이었다. 손에 무기를 들고 대중 봉기에 가담했다는 죄목이었다. 난폭하고 필사적인 그런 유혈 봉기들, 불시에, 아무도 예상치 못한 때에 터져 이따금 제국을 뒤흔들다가 결국에는 처음처럼 갑작스럽게, 잔인하게, 그리고 절망적으로 진압되어버리곤 하는 그런 봉기들 중 하나였다. 그의 출생과 그의 혈통의 고귀함은 그의 죄를 더욱 무겁게 하는 배경이자 군주정뿐 아니라 또한 그 자신의 계급에 대한 배신으로 법정에서 해석되었다. 일벌백계를 보이기 위해 그런 처벌을 내린 것이었다.

사형수는 헤아릴 수 없이 울리는 북소리처럼 그의 귓전에서 고동치는 단조로운 음절들의 덩어리 속에서 단 한마디도 알아듣지 못했다. 시간이 멈춰 서버렸다. 과거, 현재, 미래가 뒤섞였고, 북소리가 계속 울렸다. 광란하는 맥박처럼, 그리고 그 옛날 '그'의 죽음이 아니라 다른 이의 죽음을 알렸던 검은 천에 싸인 다른 북들의 울림처럼 그의 관자놀이에서는 승리에 찬 전투, 개선 행렬과 공격의 아득한 소리가 탕탕 울려 퍼졌다. 그는 젊었지만(그는 성숙한 청년이라기보다는 그의 나이에 비해 지나치게 조숙한 소년처럼 보였다) 이미 피 흘림을 목격하고, 이번처럼 아주 가까이에서는 아니지만 죽음을 대면한 경험이 있었다. 죽음의 근접성 자체, 그의 맨목

살 위에 죽음이 내뿜는 숨에 대한 느낌은, 마치 난시인 사람에게 물체의 가까움이 오히려 그것을 더 일그러져 보이도록 할 뿐이듯이, 그의 의식 속에서 현실에 대한 이미지를 왜곡시켰다. 지금 그에게 유일하게 중요한 것은 이런 순간마다 에스테르하지 가문 사람에게 요구되는 자존심을 지키는 일이었다. 왜냐하면 명예로운 삶 외에 그의 세계가 가장 가치 있게 여겼던 것이 있다면, 그것은 명예로운 죽음이었기 때문이다.

그는 온밤을 뜬눈으로 지새웠지만, 눈은 꼭 감은 채 깊은 한숨조차 짓지 않았다. 그 결과 감시용 구멍에 눈을 딱 붙이고 있었던 교도관은, 감방 안의 사형수가 처형대가 아니라 결혼식 제단에 오를 사람처럼 곤히 잠들었다고 증언했을 정도였다. 또한 시간의 기이한 역전 속에서 그는 그 교도관이 장교용 카지노에서 담소를 나누는 소리를 '벌써' 들을 수 있었다. "여러분, 그 청년 에스테르하지는 한숨을 짓지도 않고 마치 처형장이 아니라 결혼 예식에 가는 새신랑처럼 그날 밤 아주 곤히 자더군요. 장교의 명예를 걸고 맹세하겠소! 자, 여러분, 고인에게 경의를 표합시다!" 그 다음에 유리잔들이 '쨍'하고 부딪치는 소리가 들렸다(그는 그 소리를 '들었다'). "자, 건배!"

그 죽음의 아슬아슬함, 자기 절제의 승리가 아침 내내 그를 떠나지 않았다. 그는 기도를 올림으로써 침착함을 유지했고, 이를 악물면서 그의 의지와 결정을 거스르는 '변절자들'인 자신의 내장과 명치의 비겁한 반응에 저항했다. 그는 가문의 전설에 의지함으로써 자신의 남성성을 다졌다. 따라서 동정적인 조서 덕분에 그에게 마지막 청원이 허용됐을 때조차, 비록 그의 속은 불에 타는 듯 이글거렸음에도 그가 물 한 컵도 요구하지 않을 수 있었던 것은 이런 까닭에서였다. 대신에 그는, 오래전 옛날, 담배를 청해서는 질겅질겅 씹은 다음 그것을 형리의 얼굴에 뱉었던 자신의 어느 조상처럼 담배를 좀 요청했다.

장교는 구두 굽을 딸각거린 다음 그에게 자신의 은제 담뱃갑을 건넸다("여러분, 장교로서 맹세하겠소. 그의 손은 지금 이 물컵을 잡고 있는 내 손보다도 떨리지 않았소. 자, 건배! 건배!"). 오래된 성화에 나오는 수도사들의 독방처럼 감방 안을 대각선으로 갈라놓고 있는 첫 아침 햇살 속에서, 담배 연기는 새벽의 어스름처럼 자줏빛으로 피어올랐다. 사형수는 한 줄기의 연기, 번쩍거리는 환영 하나가 순간적으로 그의 힘을 억누르고 그를 꺾어놓는 듯한 기분을 느꼈다. 먼 평원 위로 피리 소리가 은은히 퍼져나가는 광경이 눈앞에 선했다. 그는 재빨리 담배꽁초를 바닥에 내동댕이치고 나서, 박차를 제거한 자신의 기병용 장화로 그것을 짓이겼다.

"여러분, 나는 준비됐소!"

명령처럼 간결하고 칼집에서 뽑아낸 칼처럼 노골적이며 얼음장만큼이나 차갑도록, 군인 특유의 단호함을 보여주기 위해 선택된 그 구절은, 질펀한 술잔치가 끝난 뒤에 '여러분, 안녕!'이라고 말하는 것처럼 아무런 감정도 없이, 일종의 암호처럼 발음될 참이었다. 하지만 지금 그는 그런 자신의 말이 역사에 기록되기에는 터무니없이 부족하다는 것을 깨달았다. 그의 목소리는 깨끗하고 낭랑했고, 음절은 분명했고, 문장은 간명했지만 어딘지 힘이 없고 여기저기 갈라져 있었다.

모친이 그를 면회한 날 이후로 그는, 어떤 거친 소망, 거칠고 은밀한 소망에도 아랑곳하지 않고 차후로 그의 인생은 신처럼 강력한 인간들의 손으로 빚어지는 비극적 소극이 될 것임을 직감했다.

그의 어머니는 덤덤하고 강하게, 베일로 얼굴을 가린 채, 그의 면전에 서 있었다. 그녀는 자신의 존재, 자신의 인격과 성품, 자신이 쓰고 다니는 깃털이 달린 큰 모자, (비록 그녀는 잠시도 움직이지 않았지만) 바스락거리는 주름치마 등으로 감방 안을 가득 채웠다. 그녀는 창기병들이 내미는 투박한 면회용 삼각대 의자(그럼으로써 그들은 어느 수감자한테도 베푼 적이 없는 커다란 배려를 한 셈이었다)마저도 거절했다. 그녀는 그 투박한 나무 의자, 소름끼칠 만큼 투박한 그것을 그녀의 실크 주름치마 옆에, 그녀의 몸 곁에 그들이 놓는 것을 보지 못한 척했다. 그녀는 면회시간 내내 그렇게 서 있었다. 그녀는 아들에게 프랑스어로 말했는데, 이 말은 황제 직속 감옥을 찾은 도도한 귀족 부인에게 주의나 위협을 주기 위해서라기보다는, 귀족 면회자(황제의 지위만큼이나 오랫동안 귀족 신분을 유지해 온)에 대한 의장병의 예우의 표시로 검을 빼어 왼쪽 어깨 위에 얹은 채 적당한 거리를 두고 한쪽 구석에 서 있던 경비병 사관마저 놀래주고 말았다.

"황제의 발아래 이 어미가 몸을 던지마." 그녀가 속삭였다.

"나는 죽을 각오가 돼 있어요, 어머니." 그가 대꾸했다.

그녀는 단호한, 아마 지나치게 단호하게 들렸을 말 한마디로 아들의 말을 가로막았다. "몽 필, 르프르네 쿠라주!"*

그런 다음 그녀는 처음으로 간수 쪽으로 고개를 살짝 돌렸다. 여전히 속삭임보다 크지 않은 그녀의 목소리가 그녀가 입은 실크 주름치마의 사각거림과 뒤섞였다. 들릴 듯 말 듯한 소리로 그녀가 말했다. "난 발코니에서 지켜볼 테다. 만일 내가 흰옷을 입고 있으면, 그 일에 성공했다는 뜻으로 알거라……"

"만약 실패한다면, 어머니는 검은 옷을 입으시겠군요." 그가 대꾸했다.

지금 다시 울리기 시작한 북소리가 그를 기면(嗜眠) 상태에서 떼어놓았다. 이제는 더 가까이 들리는 것 같았다. 지금까지 무한히 침묵하면서

---

* 'Mon fils, reprenez courage!' 프랑스어로 "내 아들아, 용기를 내라!"라는 뜻이다.

그의 눈앞에 정지해 있었던 풍경이 갑자기 꿈틀거리기 시작하자, 그때에야 그는 판결문의 낭독이 끝났다는 것을 알게 됐다. 사관은 두루마리를 도로 말았다. 신부는 그에게 몸을 기울인 다음 십자가 성호로 그를 축복했다. 교도관들이 그의 팔을 붙들었다. 그는 두 창기병이 자기를 일으켜 세우도록 몸을 맡기지 않았고, 그들의 부축을 거의 받지 않고 가볍게 일어났다. 그런 다음, 그는 자신의 발이 독방 문턱을 넘기도 전에 어떤 급작스러운 확신의 감정(그것은 처음에는 그의 가슴에서 솟구쳤고, 그다음 그의 온몸으로 퍼져나갔다)을 체험했다. 인생의 논리가 요구하는 바대로 이 모든 상황이 끝나리라는 인식이었다. 지금 모든 것이 죽음에 저항하며 이 악몽에서 아직 삶의 문고리를 붙잡고 있었다. 그의 젊음, 그의 출생, 그의 출중한 가문, 그의 모친의 사랑, 황제의 자비, 그리고 그가 마차 안으로 오르는 동안 그의 몸 위로 쏟아져 내리는 햇살, 또 여느 흉악한 잡범과 다를 바 없이 등 뒤로 돌려 묶인 그의 두 팔.

하지만 그런 상태는 오래가지 않았다. 제국의 전역에서 몰려든 난폭한 군중이 선 채로 그를 기다리고 있는 대로에 마차가 당도하기 전까지만 그랬다. 아까보다는 수그러든 북의 트레몰로 사이로 군중의 소란스러움과 위협적인 중얼거림이 그의 귀에 들려왔다. 증오심에 복받쳐 공중에 치켜든 주먹들도 눈에 띄었다. 군중은 언제나 승자 편이기 때문에 황제의 정의에 갈채를 보내고 있었다. 그런 깨달음이 그의 마음을 찢어놓았다. 그의 머리는 가슴 위로 약간 수그러져 있었고, 두 어깨는 마치 날아오는 주먹을 피하려는 듯(한두 개의 돌멩이가 그를 향해 날아왔기 때문이다) 가볍게 움츠러들었으며, 등은 조금 더 구부러졌다. 하지만 그의 자세의 변화는 그에게서 용기가 사라졌으며 그의 자존심이 산산이 깨졌다는 것을 거기 모인 천민들이 알아차리고도 남을 만큼 도드라졌다. 그의 변화는 환호 어린 탄성을 유도해냈다(왜냐하면 군중은 자존심이 세고 용감한 자가 무너지는 모습을 보고 싶어 하기 때문이다).

귀족들의 저택이 시작되고 군중이 조금 줄어든 대로의 어귀에 이르렀을 때 그는 눈을 치켜들었다. 아침 햇살을 맞으며 그는 발코니 위에서 눈을 부시게 하는 흰 점을 발견했다. 그 철제 울타리에 기댄 채 순백색의 모습으로 그의 모친이 서 있었고, 그녀의 등 뒤로는——흡사 그녀가 입은 백합처럼 흰 드레스의 눈부심을 돋보이게 하려는 듯——큼지막한 암녹색 담쟁이 이파리가 그려져 있었다(그는 그 드레스를 잘 알고 있었다. 그것은 집안 대대로 내려오는 보물로, 그의 조모들 가운데 한 명이 황제의 결혼식에 입고 나간 옷이었다).

즉시, 거의 무례하게 보일 만큼 그는 몸을 곧게 폈다. 그는 에스테르하지 가문의 어떤 사람도 고작 그런 식으로 죽을 순 없다고, 여느 노상강도가 처형당하듯 그렇게 최후를 맞을 순 없다고 위협적인 군중에게 당당히 외치고 싶었다.

그리고 그렇게 그는 교수대 아래 서 있었다. 심지어 형리가 그의 발아래 의자를 치웠을 때조차도 그는 기적을 기대했다. 잠시 후 로프 끝에 매달린 그의 몸이 버둥거렸고, 마치 지금 막 무섭고 끔찍한 광경을 본 사람처럼 그의 눈알이 눈구멍에서 불룩 튀어나왔다.

"여러분, 나는 그로부터 불과 두 발짝 떨어진 곳에 서 있었소." 콧수염이 곤두서 있는 기병사관이 그날 저녁 회식 자리에서 동료 장교들에게 말했다. "로프가 그의 목에 감겨지는 순간, 그는 마치 형리가 그의 목에 예쁜 목도리를 감아주기라도 하듯이 형리의 손을 차분히 바라보았소…… 장교의 명예를 걸고 맹세하겠소. 여러분!"

이 이야기에는 두 개의 결말이 존재한다. 그 귀족 청년이 자신의 죽음이 기정사실임을 또렷이 인지하여 머리를 꼿꼿이 들고 용감하고 위엄 있게 죽었다는 주장이 그 하나이고, 다른 하나는 이 사건 전체가 그의 자존심 강한 모친이 꾸며내고 배후에서 조종한 연극이었다는 주장이다. 첫번째 유형의 이야기의 영웅적 결말은 상퀼로트*와 자코뱅 당원들이 지지하고 퍼뜨렸던(구전으로, 그다음에는 연대기 등의 글을 통해서) 내용이다. 청년이 마지막 순간까지 어떤 기적적인 반전을 기대했다고 주장하는 두번째 유형의 결말은, 신화적 영웅이 탄생하는 것을 막기 위해 막강한 합스부르크 왕조의 공식 사가들이 기록해놓은 이야기의 형태이다. 역사는 승자의 손으로 쓰이고, 신화는 평민 대중의 입으로 창조된다. 작가는 몽상이 없다. 확실한 것은 오직 죽음뿐이다.

* 프랑스혁명 당시의 과격 공화파를 부르던 별명.

# 왕들의 서(書) 또는 광대들의 서(書)

## 1

그 끔찍한 범죄! 40년쯤 뒤 일어나지 말았어야 할 그 범죄가 일찍이 예견됐던 것은 1906년 8월 페테르부르크의 한 일간지에서였다. 신문의 주필인 크루셰반이라는 어떤 남자의 서명과 함께 그 기사는 연재 형태로 실렸다. A. P. 크 루셰반, 키시너우* 유대인 학살을 교사한 그는 맹세컨 대 족히 50건은 될 법한 학살사건의 피의자였다(어두컴컴한 방 여기저기에 손발이 잘려나간 시신들이 피 웅덩이에 잠긴 채 너부러져 있고, 강간당한 소녀들은 갈기갈기 찢긴 무거운 커튼 뒤에서 넋이 나간 눈으로 허공을 보고 있다. 이 장면은 더없이 사실적이다. 그것은 시체만큼이나 사실적이다. 이 악몽 같은 배경에서 유일하게 인공적인 것이 있다면 그것은 바로 눈[雪]이다. "가구의 파편들, 깨진 거울과 램프, 아마포, 옷, 침대보, 잘린 이불 조각이 거리 위에 나뒹굴고 있다. 거리는 모조리 눈구덩이에 푹 잠겨 있다. 이불 속에 들어 있던 깃털은 빠져나와 사방에 흩어져 있다. 나무들 위에도 깃털이 덮

* 키시너우Chişinău는 러시아 남서부 지역의 도시로 오늘날에는 몰도바 공화국의 수도이다. 1903년 이후 반유대주의적 폭동과 학살이 연속적으로 일어났던 곳이다.

여 있을 정도였다"). 그리하여 크루셰반은 기독교, 차르, 세계 질서를 파괴하려는 전 세계적 음모가 실재한다는 것을 입증하는 문건을 최초로 발간할 주인공이 될 계획이었다. 그러나 그는 그 문서가 '프랑스 내 모처에서' 쓰였다고 퉁명스럽게 대꾸했을 뿐 그 자신에 대한 비방의 근거가 돼온 그 신비로운 문서의 '기원'에 대해서는 일절 밝히지 않았다. 한 익명의 번역자가 그 문건에 붙여놓은 제목은 "음모 또는 유럽 사회 해체의 기원"이었다.

크루셰반은 『음모』 증보판을 제국 검열관들에게 제출했고, 1년 후 제국 근위대의 후원을 받아 그 문건은 완성된 한 권의 책으로 처음 세상에 나타났다. 페테르부르크 농아협회가 간행인으로 되어 있었다. (그런 선택이 어떤 상징적 의미를 나타내기 위한 것인지는 확인할 길이 없다!)

숱한 열정과 숱한 당혹감의 원인을 제공했던 크루셰반의 문건은 마침내 좋은 땅 위에 떨어져 열매를 맺었다. 즉, 한 괴승의 재빠른 귀에 도달한 것이었다. 그자는 차르스코예 셀로에 은둔하여 하늘에서 어떤 계시를 기다리면서 자신의 신비적 계시에 대한 보고서를 작성하느라 분주해 있었다. 그는 '세르게이 신부'라고 불렸으며, 『음모』를 자신이 품어왔던 의혹의 확증이자, 믿음과 관습의 총체적 붕괴의 증표로 간주했다. 그런 까닭에 그는 그 '귀중한' 문건을, 두 영혼을 동시에 밝혀준 불가분적 계시의 일부로 생각하면서 자신의 책 『적그리스도』 안에 삽입했다. 그는 또한 그것을 천국 군대가 아직 소멸되지 않은 증거라고 여겼다.

차르스코예 셀로에 있는 적십자 지국은 그의 책을 자원해서 출판했다. 금박으로 돋을새김한 일본산 종이 위에 호화롭게 인쇄되어 나온 그 책은, 악으로부터의 피난처이자 새로운 정신적 혼란의 원천이 될 수 있는 인간적 기예를 독자들에게 상기시켰다. 한 부는 지엄한 니콜라이 2세에게 바치기 위해 따로 보관됐다(차르는 이 책 말고도 신비주의적인 책들을 닥치는 대로 읽었는데, 그것은 교육과 술수의 결합을 통해서만 지옥을 피할 수 있다고 믿었기 때문이다). 그 신비로운 책이 계시한 '거대한 비밀' 속으로 입문하는 특권을 누렸던 사람들은 경악을 금치 못했다. 프랑스혁명 이후 유럽 역사의 메커니즘 전체가 그들 앞에 펼쳐졌던 것이다. 과거에 우연과 천국의 책동, 숭고한 원리와 운명의 투쟁의 결과로 여겨졌던 모든 것, 그것——올림포스 산의 신들만큼이나 변덕스러운 이 의혹투성이의 역사——전부는 지금 대낮처럼 분명해졌다. 그 아래 이 지상에서 누군가가 배후 조종하고 있다는 것이었다. 여기에는 적그리스도가 실재한다는 것(그런 주장에 대해서는 아무도 의심하지 않았다)뿐 아니라 그 악마가 지상에 자신의 심복을 거느리고 있다는 증거도 있었다. 신성한 러시아를 침략하는 적그리스도의 군대를 상상하는 동안 자신의 눈을 가리는 비늘이 떨어지는 환상을 보았던 전(全) 러시아 교회의 대주교는, 308곳에 달하는 모든 지교회로 하여금 미사를 올리는 대신에 그 책의 일부 대목을 낭독하라고 지시하기까지 했다.

따라서 정의와 가혹한 형벌을 설교하는 성서의 준엄한 율법에 이제는 불가사의한『음모』가 섞여들었다.『음모』는 성서에 담겨 있는 모든 것을 담고 있었다. 아니 최소한, 담고 있는 것처럼 보였다. 율법과 그것을 어긴 자들에게 가해지는 처벌들. 아울러『음모』의 기원은 성서의 기원만큼이나 신비로웠다. 겸손한 편찬자인 닐루스는 논평가와 편집인의 자격으로만 참여했다. 마치 주석자와 같았다. 유일한 차이점이라면『음모』는 그 모호한 기원에도 불구하고 어디까지나 인간의 창작물이었다는 점이다. 그 사실은 그 책을 유혹적이고 의심스럽고 범죄적인 것으로 만들었다.

이제 우리는 그 책의 기원을 살펴보고, (자신의 비양심적인 행위에 신적인 익명성을 부여하면서) 그것을 만들어낸 장본인들을 잠시 조명해볼 것이다. 또 궁극적으로는 그 책이 초래한 음산한 결과를 추적할 것이다.

2

『적그리스도』의 지은이인 세르게이 알렉산드로비치 닐루스, 신자들에게 '세르게이 신부'로 통하는 그는, 러시아 봉건주의의 암흑시대로부터 나와서 곧장 역사의 장으로 진입했다. 성직자의 지위를 박탈당한 뒤에는 여러 수도원으로 순례를 다니기 시작했고, 이후 그곳에서 그는 죄 많은 영혼들의 안식을 위하여 기다란 노란 양초에 불을 켜고 차가운 지하실 돌바닥에 머리를 부딪치며 살아갈 참이었다. 가는 곳마다 그는 성인들과 유로지브이*의 생애를 연구했으며, 그들의 삶 속에서 그 자신의 영적 생활과 비슷한 면모를 발견했다. 마침내 그는 자신의 편력의 역사—무정부주의와 무신론에서 출발하여 진정한 신앙으로 이르기까지의 대장정—를 집필하고 자신이 받은 계시를 세상에 선포하겠다는 결심을 했다. 즉, 현대문명은 붕괴 직전에 있다, 적그리스도가 사악한 봉인을 은밀한 곳에—여자들의 젖가슴과 남자들의 샅에—숨겨둔 채 이미 문 앞에 와 있다는 내용이었다.

크루셰반의 기사가 게재됐던 것은 닐루스가 자서전을 막 탈고했을 무렵이었다. "씨앗이 좋은 밭으로 떨어졌다."

1921년 5월 뒤셀라라는 이름의 한 프랑스 관광객이 고인에 대한 관

---

* '바보성자'라는 뜻으로, 러시아 정교회에서 정식으로 임명한 정식 성직자는 아니지만 민간에서는 기적을 일으키는 영험한 능력을 갖고 있다고 믿었고 성직자와 동일시되었다.

례적인 존경의 표시로 닐루스를 추앙하는 기사를 발표했다(혁명이 과거의 죄인들을 지상에서 싹 쓸어버렸다는 믿음에서였다). "흉금을 털어놓기 전에, 그는 자기 책에서 일부를, 자신이 수집한 원자료 가운데 일부를 나에게 읽어주었다. 필라레트 대주교의 해몽서, 교황 피우스 10세가 보낸 회칙, 사로프의 성 세라핌의 예언서들, 또 그것들과 더불어 입센, 솔로비요프, 메레주콥스키의 글에서 가져온 조각 모음들…… 그런 다음 그는 성궤를 열었다. 그 속에는 착탈식 옷깃, 은수저, 여러 기술학교의 배지, 황후 알렉산드르 표도로브나의 모노그램,* 레종도뇌르 십자가 등이 끔찍하리만치 무질서하게 널려 있었다. 그의 뜨거운 병적 상상력은, 리가 시(市)의 트레우골니크** 공장에서 제작된 고무덧신, 황후의 모노그램 장식들, 레종도뇌르 십자가를 이루는 다섯 개의 문장(紋章) 등 어느 것 하나 가릴 것 없이 모든 사물에서 '적그리스도의 봉인'을 판독해낼 수 있을 만큼 강력했다."

계몽주의 정신으로 교육받은 뒤셀라 씨는 이 모든 사태를 의심과 의혹으로 지켜보았다. 그는 '실물적 증거'를 요구했다. "적그리스도의 왕국에 관한 헌장"은, 얼마 전 가톨릭계 전체를 속인 에두아르 드뤼몽*** 혹은 레오 탁실이 벌인 것과 똑같은 사기행각임이 분명했다. 실증주의를 신봉하는 의심 많은 사도가 자신의 의심을 낱낱이 설명하는 동안 세르게이 신부는 자리를 박차고 일어나서 맨손가락으로 촛불을 껐다. 땅거미가 졌지만 방 안은 여전히 밝았다. 바깥에 내린 눈이 하얗게 빛나고 사모바르****

---

* 이름 첫 글자를 도안화하여 짜 맞춘 글자들.
** 러시아어로 '삼각모'라는 뜻이다.
*** 에두아르 드뤼몽(Edouard Drumont, 1844~1917)은 반유대주의 언론인으로, 자신이 편집자로 있던 신문 『리브르 파롤』에서 드레퓌스를 프랑스 유대인의 전형으로 비난했고, 또 그의 주저 『유대적 프랑스』에서는 유대인의 열등성과 위험성을 지적했다.

가 중국 등불처럼 반짝거렸기 때문이다. 닐루스는 자신을 찾아온 손님에게 창가로 가라고 손짓했다. 수도원으로 걸어가는 한 남자의 실루엣이 흰 눈을 배경으로 선명하게 드러났고, 그의 발밑에서 눈이 바삭거리는 소리가 들려왔다. "저자가 누군지 아시오?" 발자국 소리가 잦아든 뒤에 세르게이 신부가 물었다. 그의 두 눈은 편집증적인 광기로 번뜩였다. "약제사 다비드 코젤스크, 또는 코젤스키라는 자요(그에 대해서는 아는 사람이 한 명도 없었지요). 저자는 선착장—그것은 수도원 영지 뒤편에 있지요—으로 가는 지름길을 찾고 있다고 둘러대면서 '이 물건'을 손에 넣으려고 예배당 주변을 기웃거렸지요." 그런 다음 그는 검은 상자에 담겨 아직까지도 탁자 위에 놓여 있는 그 책을 자신의 큼지막한 농부의 손으로 덮었다. 어스름 속에서조차 그 책의 전면에 붙은 천사장 미카엘의 금도금한 작은 이콘을 선명하게 알아볼 수 있었다. 세르게이 신부는 일용할 빵을 축복하듯이 그 위로 성호를 그어댔다.

3

과거에 부투를리나 백작 부인이라고 불렸던 마리야 드미트리예브나 카슈키나는 30여 년이 흐른 뒤 세르게이 신부에 대해 이렇게 회고할 참이었다. "닐루스는 원래 이혼녀였던 첫번째 부인과 그랬듯이 오제로바라는 성(姓)을 가진 아내와 함께 수도원이 딸린 저택에서 살았지요. 또한 열두 살 먹은 딸과 항상 동행하는 병약한 또 다른 여자가 가끔씩 찾아와 그들

---

**** 러시아 가정에서 물을 끓이던 주전자. '자기 스스로 끓는 용기'라는 뜻이 있다.

과 함께 지냈지요. 소문으로는 닐루스가 그 소녀의 생부라고 했어요(그 소녀는 닐루스의 친구들이 마련한 강신술 모임에서 영매로 이용됐지요). 나는 그들이 함께 거니는 것을 자주 보았어요. 닐루스는 길고 흰 턱수염과 밝은색의 농민 상의, 수도사복의 허리에 두른 밧줄을 뽐내듯 무리의 한가운데서 걷고 있었지요. 그의 양옆에서 걷고 있는 두 여인은 그의 한마디 한마디에 집중하고 있었고, 소녀는 그녀의 생모와 함께 그의 뒤를 졸졸 따라다녔어요. 숲에 이르면 그들은 곧잘 나무 그늘 아래서 잠시 쉬어갔지요. 오제로바는 수채화를 그리기 시작했고, 다른 여인은 뜨개질감을 꺼내 들었지요. 닐루스는 그들 옆에서 기지개를 켜고 한마디 말도 없이 하늘을 올려다보곤 했어요.”

이어지는 문단에서 좀 전의 카슈키나는, 『음모』가 비옥한 밭을 만난 듯 서서히 효과를 나타내기 시작했던 그 미친 세계, 미신과 심란한 신비주의와 오컬트가 종교적 광신 및 음란함과 결합하는 광기 어린 세계를 살며시 감추고 있는 베일의 한쪽 자락을 걷어 올려 그 안을 보여준다. “닐루스는 수도원의 한 수도사와 교분이 있었지요. 그 수도사는 도덕 관념에 상당한 문제가 있었지만 화가로서의 재능은 없지 않았어요. 그는 닐루스의 청을 받아들여 황제 가족이 구름을 탄 채 하늘 위를 날고 있고 암흑의 무저갱에서 나온 뿔 달린 악마들이 쇠스랑을 휘두르며 어린 황태자를 향해 위협하듯이 자신들의 갈라진 혀를 쑥 내밀고 있는 한 폭의 그림을 그려주었지요. 악마들은 인근의 수도사인 미치아 칼라이다의 손에 붙들려 있었어요. ‘맨발의 미치아’라고도 불렸던 그는 사탄의 숙주를 무찌르고 황태자를 구출하려고 달려온 것이었지요. 결혼 전에 오제로바라고 불렸던 아내의 도움으로 닐루스는 그 그림을 상트페테르부르크 황실에 바치고자 했어요. 곧 미치아가 초대를 받고 도착했지요. 그와 함께 황실에 동행한 닐루스는 정신이 오락가락하는 수도사의 뜻 모를 중얼거림을 '속세의 언어'로 통역했어요."

4

　1936년 노비사드에서 발간된 닐루스의 전기는 세르게이 알렉산드로비치 닐루스를 하느님의 사람이자 의인으로 묘사하고 있으며, 불가사의한 『음모』의 문건을, 영매의 입을 통해서 직접 말하는 악마의 목소리를 들을 수 있는 믿을 만한 채널로 인정하고 있다. N. D. 제바호프 공작(콘스탄티노플을 거쳐서 노비사드로 왔으며, 그곳 프루슈카고라*의 하늘 아래서 자신의 유년시절의 풍경—초록의 파도처럼 평원이 잔잔하게 경사진 언덕으로 바뀌어가는—과 비슷한 모습을 발견했던)은 『음모』에 쓰여 있는 주장의 진위를 한시도 의심해본 적이 없었다. 그것은 "악마에게 직접 사주를 받아 쓰인 한 무신론자의 저작이다. 악마는 기독교 왕국들을 파괴하고 세계 정복을 이룰 수 있는 묘책을 그에게 계시했다." (제바호프 공작과 관련하여, 필자 또한 가톨릭 교회 마당 옆의 한 노비사드 찻집에서 1965년 겨울 어느 추운 날에 그와 한 번 만난 적이 있는 것 같다. 그는 코안경과 시커멓게 닳은 재킷과 기름때로 번들거리는 검은 넥타이를 맸고 후리후리하고 말랐으며 약간 구부정한 남자였다. 바꿔 말하면 그는 동시대인들의 그에 대한 평가에 딱 들어맞았다. 그가 말하는 러시아어는 억양이 강했다. 그는 재킷의 접힌 앞깃에 박음질된 성 니콜라이 교단의 문장을 자랑스럽게 드러냈다. 그는 한

---

* 세르비아 공화국 제2의 도시 노비사드 인근의 산악지대이며 보양지로도 유명하다.

테이블 앞에 서서 책장을 넘기듯이 니코틴으로 얼룩진 가는 손가락으로 부렉*
의 속을 이리저리 헤집고 있었다.)

　제바호프의 전기를 통해서 우리는 놀랍게도, 세르게이 알렉산드로비
치 닐루스가 혁명 후 몇 년 동안 러시아 남부 모처에서 오제로바라는 본
명의 아내와 함께 지냈다는 것을 알게 된다(다른 두 여인의 행방은 혁명의
소란 속에서 묘연하지만, 그 열두 살짜리 영매가 경찰의 밀정이 됐다는 암시
가 드문드문 발견된다). 닐루스는 세라핌이라 불리는 한 은둔 수도사와 같
은 방을 썼고, 인근의 작은 예배당에서 설교를 했다. 공포, 기근, 유혈,
그 모든 것들이 『음모』에서 이미 예언된 것과 꼭 같이 적그리스도의 통치
가 임박했다는 더없이 명백한 증거였다. 예전에 신비로운 암호의 외관을
하고 있었던 삼각형들은, 이제 군복 상의와 군모 위 단추에 새겨진 채 풍
뎅이들처럼 노골적으로 모여들고 있었다(이 대목에서 세르게이 신부는 자
기 승복의 깊숙한 주머니에서 철제 단추를 한 움큼 꺼내놓은 다음 그것들을
"악마의 몸corpus diabolici"이라고 불렀다).

　한 통의 편지〔오란, 마르세유, 콘스탄티노플, 파리, 스렘스카 미트로비
차, 노비사드의 소인이 찍힌 채 그것은 천국에서 보내온 신서(信書)처럼 제바
호프 공작에게 당도했다〕를 통해서, 우리는 그 끔찍한 1921년에 적위군
부대에 소속된 한 파견 부대가 두 의인이 머무르고 있던 저택을 습격했
고, 군인들이 그 둘을 막 죽이려는 순간 한 수도사가 하늘로 손을 번쩍
치켜든 채 그들 앞을 가로막았다는 사실을 알게 된다. 세 명의 군인들 중
선임자인 병사는(그는 그 지역에서 유명한 강도로, 그의 이마 위 군모에는
갓 생긴 상처 자국처럼 삼각형 모표가 번쩍거렸다) 마치 벼락을 맞은 듯이

---

* 발칸의 토속 음식으로 고기나 야채, 치즈로 속을 채운 페이스트리.

말 위에서 갑자기 경련을 일으키다가 땅으로 떨어졌다. 그가 탔던 말은 빙그르르 돌다가 달아나버렸고, 말을 탄 다른 두 명의 군인이 그 뒤를 따라 사라졌다. 은자 세라핌과 세르게이 신부가 봉변에서 자기들의 목숨을 구해준 것에 대해 감사를 표하려고 그 정체불명의 '수호자' 수사를 향해 뒤를 돌아봤을 때, 조금 전 수사가 두 팔을 하늘로 치켜든 채 서 있던 자리에는 한 줌의 아지랑이가 공중으로 피어오르고 있었고, 눌린 자국이 있지만 푸른 용수철처럼 다시 제자리로 되돌아가는 풀 한 포기만이 발견됐을 뿐이다.

하지만 궁극적인 승리는 악마한테로 돌아갔다. 어느 날 늦은 밤중에 엔카베데* 요원들이 수도원 사택 문을 두드렸다. 그들의 손에 들린 회중전등의 불빛이 한쪽으로는 아내에게 바짝 붙어 있고 다른 쪽으로는 열기가 채 가시지 않은 난로에 기대어 있던 세르게이 신부를 비췄다. 비밀경찰요원들은 그의 턱수염을 움켜쥔 채 그를 침대에서 끌어냈다. 먼젓번 습격에서 세르게이 신부를 구해주었던 정의의 수호자가 이번에는 다시 나타나지 않았다. 세르게이 알렉산드로비치 닐루스는 자기가 지은 『적그리스도』가 얼마 안 있어 눈사태처럼 불러일으킬 그 범죄에 대해 예상하지 못한 채 1930년 신년 축일, 강제노동수용소에서 심장 발작으로 운명했다 (한때 궁궐의 귀족이었던 그의 아내 오제로바는 남편이 죽은 뒤 7년 후에 북극 연안의 강제노동수용소에서 생을 마감했다).

---

* '내무인민위원회'라는 뜻의 '엔카베데NKVD'는 소련 초기 비밀경찰의 약자로, 소련 내무부의 전신이다.

미쳐가는 군중들과 멀리 떨어져 세르게이 신부가 악마의 징표를 수집하느라 분주해 있을 동안, 그의 책 한 권이 옛 황후의 손으로 굴러들어갔다. 그녀는 황실 문중의 나머지 식구들과 더불어 예카테린부르크 시에 있는 이파티예프가(家)의 영지에 유폐되어 세월을 보내고 있었다. 황제의 가족을 구하기 위해 능란한 백위군 기병대대가 마침내 도시를 장악하는 데 성공했지만 애석하게도 너무 늦게 당도했다. 황실 가문의 생존자들 모두가 뼈 무더기로 변해 있었던 것이다. 당시 브이코프라는 이름의 한 기자는 그 사건을 이렇게 묘사했다. "새벽 2시경 이파티예프가의 영지 저택에서 한 발의 총성이 울렸다. 살려달라고 아우성치는 겁에 질린 목소리가 들리더니, 그다음 아이들 중 한 명을 해친 듯한 몇 차례 총성이 단발적으로 울렸다. 그런 다음 시베리아 밤의 무거운 정적이 내려앉았다. 아직 온기가 남아 있는 시신들은 극도의 비밀에 부쳐진 채 인근 숲으로 옮겨지고, 거기서 여러 토막으로 잘리고 황산에 절여진 다음 그 위에 뿌려진 휘발유와 함께 불태워질 참이었다. 완전히 타지 않은 짓이겨진 유해와 숯처럼 그을린 뼛조각과, 고름이 피어난 살결 위로 반짝거리는 보석들이 뒤범벅된 그 소름끼치는 무더기는 폐광 속으로 급히 던져졌다."

황실 가문이 남긴 유품 목록(상아제 손잡이가 달린 툴라제 사모바르, 태피스트리, 도자기로 된 프랑스산 침실 요강, 18세기 거장들의 미술 작품 몇 점, 마지막으로 구름 자락에 올라 천국으로 날아가는 황실 가족——그들의 얼굴에서는 눈알이 빠져 있었다——을 그린 어느 무명화가의 그림)을 작성하기 위해 이파티예프의 저택에 설치된 혁명위원회는, 가구와 고가의 성상화 더미 아래에서 황후의 개인 장서인 듯 보이는 책 무더기를 발견했다. 소장된 책들의 대부분은 독일어, 프랑스어, 러시아어로 쓰인 예배서나 신비주의적인 내용이 담긴 글이었다. 그 책들 중에서 세 권〔러시아어판 성경, 『전쟁과 평화』 중 제1권, 닐루스의 『음모』(1917년에 발간된 제3판)〕은 황후가 보던 것들이 틀림없었다. 황후는 자신이 피하지 못할 끔찍한 죽음을 예견했던 것 같다. 그 책들 한 권 한 권마다 신의 은총과 행복의 상징인 하켄크로이츠*가 그려져 있었던 것이다.


6


황후의 은총 입은 손으로 하켄크로이츠 십자가가 손수 그려진 『음모』가 우연히 발견된 것은 많은 사람들에게 일종의 계시처럼 각인되었다. 제니킨 부대**에 배속됐던 영국군 장교들의 진술에 의하면, 『음모』에는 "글을 아는 모든 병사들을 위해" 제작된 출판본이 따로 있었다고 한다. 그것은 동요하는 부대원들의 사기를 진작시키기 위해서뿐 아니라 장엄한 순교자인 황후 알렉산드라 표도로브나를 추모하기 위해서 제작된 것이었다고 한다. 병사들은 화롯가에 모여 앉아, 자신들의 선임 장교들이 목쉰 소리로 닐루스의 예언서와 『음모』의 몇 도막을 낭독하는 소리에 주목했다. 낮

---

* 나치스의 상징인 갈고리 십자가 문양.
** 러시아혁명 직후 A. E. 제니킨 백위군 장군(1872~1947)이 이끌었던 선두 부대로 1918년부터 1920년까지 키예프 등지에서 유대인 대학살을 자행했다. 작품 본문에서 키슈가 묘사한 포그롬 장면 중 일부는, 같은 유대계 작가였던 오시프 만델스탐의 부인 나제주다 만델스탐 여사의 『회고록』에서 똑같이 묘사된 바 있다.

말과 낱말 사이에 엄습하는 침묵은 커다란 눈송이의 속삭임과, 아주 멀리
서 들려오는 듯한 카자크 군마의 간헐적인 울부짖음에 의해서만 이따금
중단됐다.

"만일 모든 국가마다 두 종류의 적을 상대해야 한다면" 지휘관의 낭
랑한 목소리가 울려 퍼졌다. "만일 외부의 적을 향해 야간의 급습이나 막
강한 수적 우위의 군대로 공격하는 등 무제한적인 폭력의 행사가 허용된
다면, 그보다 더 위험한 내부의 적, 즉 사실상 현존하는 사회질서와 번영
을 완전히 파괴할 수 있는 도당에게 그런 조치를 취하는 것을 감히 부당
하다거나 용납할 수 없다고 말할 수 있을까?"

장교는 집게손가락으로 그 대목을 짚으면서 잠시 책을 옆에 내려놓았
다. "제군들, '그들'이 설교하고자 하는 도덕이 바로 이것이다." (전령은
그 틈을 이용해서 장교의 머리 위 천막 지붕에 어느새 소복이 쌓인 눈을 털어
냈다.)

"'자유'라는 낱말은" 그는 그 글자 위에 방점이라도 찍힌 듯이 힘을
주어 발음했다. "인간 사회로 하여금 온갖 무력과, 온갖 권력과, '심지어
는 온갖 신성과' 싸우도록 선동한다. 그런 까닭에 '우리'가 세계를 지배하
게 되면……" (이 대목에서 다시 한 번 그는 두 지면 사이에 손가락을 끼운
채 책을 내려놓았다.) "제군들, 여기서 알쏭달쏭한 '우리'가 누구인지를
굳이 내가 설명해줄 필요는 없다고 생각하네…… 여기서 '우리'란 바로
'그들'을 가리키지."

그런 다음 그는 자신이 세운 그 공식이 매우 적절하다고 여기는 듯
흡족해하면서 급히 그 책을 도로 집어 들었다. "그러므로 '우리'가—그
러니까 '그들'이—세계를 정복하게 되면, '우리'에겐 인류의 어휘 목록에
서 그 낱말—그러니까 '자유'—을 지우는 것이 필살의 의무로 간주될

것이다. 왜냐하면 '자유'란 피 끓는 활기의 구현이며, 군중을 잔혹한 야수로 변하게 하는 힘을 가지고 있기 때문이다. 물론 짐승들이 모두 그렇듯 피를 한껏 빨고 나면 포만감에 곯아떨어진 상태에서 그들을 더 쉽게 포박할 수 있긴 하지만."

가뜩이나 광신적이었던 그의 부대는 이제 새 지식으로 무장한 채 가벼운 마음으로 사정없이 포그롬*을 밀어붙일 태세를 갖추게 되었다. 아니나 다를까, 이 '살인자 책'이 초래한 최초의 집단적 희생자의 수는 이미 수만 명에 달했다. 한 백과사전(많은 이들이, 특히 『음모』의 열독자들이 그 객관성을 의심한 바 있는)에 의하면, 1918년에서 1920년까지 학살당한 희생자들의 수는 우크라이나 한 곳에서만 약 6만 명에 이르는 것으로 추산된다.


## 7


백위군 장교들(연합국 소속 함선을 타고 조국을 떠나고 있는)의 짐 보따리 속에는, 페이지마다 손톱 자국이 수두룩한 『적그리스도』의 사본이 신약성경과 달**의 사전과 모노그램이 찍힌 수건들 사이에 꽂혀 있는 경우가 흔했다. 그렇게 이 책의 프랑스어, 독일어, 영어판 번역본들이 곧 쏟아져 나왔다. 이 작업에서 자신의 소중한 언어학적 도움을 제공했던 해외 망명 러시아인들에게 크게 힘입은 결과였다.

---

 * 유대인 등에 대한 조직적인 학살을 의미하는 러시아어.
 ** 블라디미르 이바노비치 달(Vladimir Ivanovich Dal, 1801~1872)은 저명한 러시아어 연구자이자 사전편찬자이다.

전문가들은 그 원고의 '출생'의 비밀을 밝혀내려고 온갖 노력을 기울여왔다. 더없이 뒤죽박죽이고 모순적인 진술들로 가득 차 있는 그들의 주해를 토대로 '모든 정황을 고려하여tout compte fait' 결론을 내려보면, 『음모』의 창작적 근간이 되는 원자료를 입수하기 위해서는 엄청난 위험을 감수하지 않을 수 없다는 것이다. 또한 원고의 원본이 소장되어 있는 문서보관소는 지옥으로 이르는 대기실과 같아서, 일곱 개의 미스테리의 봉인으로 밀폐된 그 문을 두 번 통과하기는 불가능하다고 했다. 실제로 그 안에 들어가는 것에 성공한 사람도, 여우의 교활함과 고양이의 기민함과 수달의 성실함을 두루 갖추었던 사람도 단 한 명뿐이며, 그것도 단 한 번뿐이었다는 것이다. 프랑스 측 해석자들은, 알자스(또는 어떤 주장에 따르면 니스)에서 한 여자가 자기 애인이 '의인의 숙면'*에 빠져든 사이에(그 사내는 자신이 품고 있는 세계 정복에 대한 은밀한 야망이, 장님이자 귀머거리인 인류에게 조만간 공개되리라는 것을 전혀 예상하지 못했다고 한다) 그 원고를 훔친 것이라고 주장했다. 전(前) 모스크바 공의회 판사이자 황실고문관을 지낸 표트르 페트로비치 스체파노프의 주장에 의하면, 그러니까 1927년 4월 17일 스타리 푸토크에서 선서 아래 한 진술에 의하면, 앞서 언급한 스체파노프는 19세기 말까지만 해도 그 원고를 수중에 지니고 있었다고 한다. 그는 발행연도 혹은 발행지 표기도 없이, 지은이나 간행자에 대한 아무 표시도 없이, "단지 개인적 용도를 위해서" 러시아어 번역본을 자비로 출간했다는 것이다. 그는 그 원고를 어느 여성 지인의 힘을 빌려 파리에서 전달 받았다고 했다. 게다가 마담 시슈마료바는 아셰르 긴

---

* 성서에서는 의인에게 곤한 휴식이 선물로 주어진다고 말한다. 여기서는 깊은 잠에 빠진 것을 은유하는 듯하다. 동시에 작가는 인간의 잠이 갖고 있는 신비한 능력을 믿고 있는 듯하다. 이 책의 작가 후기 중 한 대목에서 같은 문구를 쓰고 있음에 주목하라.

즈베르크라고 불리는 마이모니데스* 추종자가 그 책의 원저자가 틀림없다고 주장한 바 있다. 그녀의 진술에 의하면 원본은 히브리어로 되어 있었고, 오데사 모처에서 그의 손으로 쓰였으며, 이후 무수한 번역물들의 저본으로 사용됐다는 것이다. 마이모니데스 문하생의 병든 마음에서 싹을 틔운 세계 정복에 대한 그 계획은 1897년 브뤼셀에서 열린 비밀회의에서 그의 동료 음모자들에 의해 승인될 예정이었다고 시슈마료바는 주장한다. 러시아인 망명자들은 (『음모』와 합본 형태인) 『적그리스도』 번역본의 타이핑한 사본을 증정함으로써 명망 높은 지지자들에게 답례를 표했다고 한다. 또한 1923년 파리에서 열린 어느 가장무도회에서 『적그리스도』가 구운 오리, 캐비어 통조림과 나란히 경품으로 제공됐다고도 전해진다. 또한, 저 불운한 망명객인 프로이센의 요아힘 알브레히트가 닐루스의 책 사본들을 웨이터와 택시 운전사, 그리고 승강기 시종들에게 나눠주었다는 것이다! "신사들이라면 누구나 해볼 일이 있는데 그것은 그 책을 첫 장부터 끝 장까지 읽는 것이다. 그러면 나 자신의 망명의 이유뿐 아니라 사상유례없는 인플레이션의 원인, 그리고 호텔 서비스가 추악할 정도로 하락하게 된 이유까지 모든 것이 분명해질 것이다." 작고한 호엔촐레른의 고딕 활자체 서명이 들어 있는 한 사본은(이 책은 파리에 있는 한 유명 레스토랑의 주방장에게 증정됐다. 비록 그의 자격 미달 상속자가 나중에 그 책을 경매시장에 내놓았지만 말이다), 그 악명 높은 『아우프 포르포스텐』**을 발간한 같은 독일인 민족주의 엘리트가 주선하여 1920년 출판된 독일어

---

* 모세스 마이모니데스(Moses Maimonides, 1135~1204)는 스페인에서 태어난 유대인 철학자로 종교적 교리와 철학의 융합을 주장했다.
** 베를린에서 발행된 일간지로, '최전선에서'라는 의미를 지니고 있다. 제1차 세계대전 후인 1919년 4월 『시온의정서』에 쓰인, 유대인에 의한 세계 정복 음모의 내용을 실으면서 독일을 비롯한 중동부 유럽 국가들에게 경각심을 일깨웠다.

초판본이 그 공작에게 있었음을 시사한다. "인쇄술의 발명 이후 혹은 알파벳의 창조 이후, 그 어떤 책도 민족주의적 열정의 불꽃을 이보다 더 강렬하게 지핀 적은 없었다"라고 우렁차고 과장된 논조로 그 신문이 보도했다. 이 논설은 묵시적인 결론으로 끝맺고 있다. "만일 이 책에서 자신의 은밀한 계획을 드러내고 있는 공동의 적*에 대해 유럽 민족들이 분연히 맞서기를 거부한다면, 2천 년 전 고대 그리스 사회를 멸망시켰던 그 소요와 쇠락이 또다시 우리의 문명을 허물어뜨리고 말 것이다."

이 책이 눈 깜짝할 새에 5판 증쇄를 기록했다는 사실은 이 책이 구가한 명백한 인기를 방증한다.

이 책의 진본성 또한 누구도 의심하지 않는다. 모든 번역본의 저본인 닐루스의 『적그리스도』는 두말할 필요도 없이 대영박물관의 지하에 보존되어 있다. 대다수 사람들이 어떤 활자화된 글자든지 성서의 말씀처럼 떠받드는 경향이 있기 때문에, 많은 이들은 이성적인 신중함이 없이 그 책 자체를 완전한 증거로 인정해왔고, 그 점에 대해서는 더 이상 의심하지 않았다. 그런 까닭에, 『타임스』지의 한 편집자는 겁에 질린 목소리로 이렇게 질문했다. "역사상 어느 범죄 도당이 그런 계획에 성공한 적이 있단 말인가? 지금도 그 계획을 실현시키고 기뻐할 자가 있을까?" 충분한 증거가 보존되어 있는 그 도서관 지하서고의 먼지 낀 서가들 사이에는 많은 비밀이 숨겨져 있다. 우연, 운명, 시간이 완벽한 조건에서 서로 조우하는 날, 그들의 교차된 힘은 다시 한 번 대영박물관의 컴컴한 지하실을 반드시 뚫고 나가리라.

---

* 유대인을 가리킨다.

# 8

이 복잡한 서사의 한 가닥은 지금 어떤 광장 근처에 있는 삼류 호텔로 우리를 데려가고 있다. 전방에는 성당 혹은 회교사원인 듯한 종교 건축물 하나가 보인다. 우편엽서 위에 붙은 빛바랜 녹색 우표로 판단해보건대 그것은 하기야 소피아 사원일 것이다. 그 위에는 1921년도 소인이 찍혀 있다. 호텔에는 러시아인 망명객이 한 명 투숙해 있었다. 그의 이름은 아르카지 이폴리토비치 벨로고르체프이며, 전시에는 기병대 지휘관이었고, 민간인 신분으로 돌아온 뒤로는 삼림감독관으로 근무했다. 그의 과거에 대해 우리는 아는 것이 거의 없다. 그는 자기의 이력에 대해 얘기하기를 꺼려 한다(그의 편지는 주로 계절, 하느님 그리고 동양의 풍습 따위를 묘사하고 있다). 한때 그가 차르의 비밀경찰 오흐라나에 바쳤던 헌신은 지금의 망명생활 속에서 빛을 바랬다. 그가 주장하는 바에 의하면, 그가 러시아를 떠나게 된 가장 큰 이유는 차르를 향한 충성의 서약을 지켜야 한다는 의무감 때문이었다. (장교는 한번 내뱉은 선서를 번복해서는 안 되기 때문이다!) 그를 대영제국의 선박에 올라 콘스탄티노플로 이르게 한 것은 바로 이 '정언명령'이었다(그것은 그가 속한 융케르* 계급이 공유했던 명예의 코드였다). 거기에서 그는 닻을 내렸다. 불결한 호텔방, 바퀴벌레, 향수병. 아르카지 이폴리토비치 벨로고르체프는 고개를 꼿꼿이 들고 사는 것이 점점 더 힘들어짐을 느꼈다. 그래서 맨 처음 그는 차르의 머리글자가 새겨지고 금줄이 달린 은시계(그의 부친에게서 선물로 받은)를 전당포

---

* 귀족 출신의 군인 또는 육군사관학교 생도를 뜻하는 러시아어.

에 맡겼고, 그다음에는 자신이 애장하고 있던 블라디미르 달의 『러시아어 사전』을 팔았으며(두 개의 검이 엇갈려 있고 가운데에 십자가가 그려져 있는 자신의 고유한 장서표를 지운 뒤에), 예식용 사브르, 은제 코담뱃갑, 도장이 달린 반지, 사슴가죽 장갑, 호박으로 된 담배 파이프를, 그리고 마지막으로 고무로 된 덧신을 팔았다.

그 후 어느 날, 그의 자주색 여행가방 속에 든 나머지 책들을 몽땅 팔지 않으면 안 되는 순간이 찾아왔다(향수병에 시달렸던 백위군 장교들은 끔찍한 망중한의 시간에 정신위생의 한 방편으로, 혹은 정치적 열정에 대한 대체물로 시를 이용했다. 러시아 시인들의 작품집들은 카드 패처럼 헌책방을 통해 이 손 저 손을 옮겨 다니며 돌고 돌았다). 그때 아르카지 이폴리토비치 벨로고르체프는 한 줌의 특별한 지혜에서 유일한 위안거리를 찾았다(즉, 사람은 성숙기에 이르면 책에서 뽑아낼 수 있는 전부, 즉 환영과 의혹을 뽑아내게 된다는 것이었다). 또한 달팽이처럼 서재 전체를 등에 짊어진 채 언제까지나 돌아다닐 수만은 없었다. 한 개인의 서재는 그의 기억 속에 남아 있는 것—즉 본질 혹은 앙금, 그것뿐이다(그에게 '블라디미르 달'이라는 이름은 어떤 시구의 제목처럼 들렸다). 그렇다면 그에게 남아 있는 '본질'이란 무엇일까? 그는 『예브게니 오네긴』을 유창하게 욀 수 있었고, 「루슬란과 루드밀라」는 더듬거리며 외는 수준이었다. 면도하면서 벤 상처에 명반을 문지르면서 그는 레르몬토프의 시를 읊었고("가슴에 납 탄환을 맞은 나는……"), 가끔씩은 블로크, 안넨스키, 구밀료프를 그리고 다른 시인들의 시구 몇 토막을 낭송했다. 그렇다면 그의 내부에 가라앉은 '앙금'은 또 무엇이었을까? 그것은 페트, 바이런, 뮈세의 시 가운데 몇 개의 연이었다(스토아 철학자들에게는 실례되는 말이지만, 배고픔은 기억에 전혀 도움이 되지 않는다!). 베를렌의 시, 「밀담」, 라마르틴, 그리고 전체 문맥에서 분리된 채 뜬금없이 떠오르는 잡다한 파편들과 조각들이 그것이었다. 라신 혹은 코르네유가 지은 시구——"그대는 버려진 해안에서 숨졌도다"——도 그중 하나였다.

"그런데 제군들, 개인 서재를 갖는다는 게 그리 중요할까? 기껏해야 그것은 '비망록'에 지나지 않지. 잠시 시 얘기 따위는 접어두고……" 가문의 유산이었던 서재의 전(前) 소유주는 계속 말을 이었다. "'진지한 문제'로 옮겨가보자(시를 단지 미망 또는 정치 선전쯤으로 여기는 볼셰비키의 태도가 어쩌면 옳을지도 모르지). 우리는 지금 숲 속에 있다. 아나톨리아 혹은 세르비아의 어디쯤이 될 것이다. (때마침 우리 모두는 지금 세르비아로 가고 있잖은가!) 지금 내 옆에는 우리의 고귀하신 여제"——그는 그녀에게로 다가가서 손을 붙잡고 같이 숲길 위를 걷는 흉내를 냈다——"예카테리나 알렉세예브나*께서 와 계신다…… 참 은은한 달빛이로다. 헤르메스 트리스메기스투스**를 흉내 내자면, 나는 스스로 있는 자이다(I am who I am). 다시 말해 나로 말하면 전역한 뒤 삼림관리인을 맡고 있는 아르카지 이폴리토비치 벨로고르체프란 말이다(제군들, 이 낱말, '삼림관리인'이라는 이 낱말에 각별히 주목하게). 돌연 예카테리나 알렉세예브나께서 까다로운 질문을 던지시지. '이 꽃이 대체 무슨 꽃인지 말해줘요, 제발.' 나는 정직한 사람이라서 꾸며내는 법을 모른다네. '친애하는 여왕 폐하…… 이 몸이 무식쟁이라는 것을 실토할 수밖에 없군요. 하지만,' 나는 당장 덧붙여 말하지. '집으로 냉큼 달려가서 소생의 '꾀죄죄한' 서재에서 그 꽃의 이름을 찾아봅지요'라고 말이야."

---

* 표트르 1세의 뒤를 이은 러시아 계몽군주 예카테리나 2세의 이름과 부칭.
** '세 배나 위대한 헤르메스'라는 뜻, 그는 반신(半神)적인 존재로 비밀스러운 계시를 담은 연금술과 마법에 관한 외경서를 남겼다고 한다.

그들은 모두 한바탕 실컷 웃었다. 하지만 그들은 아르카지 이폴리토비치가 취했든 맨정신이든 그렇게 익살을 떠는 한 가지 이유가 자신이 애지중지했던 서재를 팔아치운 것에 대한 슬픔 때문임을 또한 잘 알고 있었다. 그가 가죽 가방에 담아 달팽이처럼 뭍과 바다를 오가면서도 짊어지고 다녔던 그 책들을 팔아버렸기 때문임을.

그 모든 사태로부터 "일정한 거리"를 두고 있다가, 운 좋게 그 책들을 사들이게 된 X 씨는 불편함을 감추지 못했다. 그는 모든 이의 시선이 자기에게 쏠려 있으며, 그 눈들이 책망으로 그득하다는 것을 똑똑히 느꼈다.

9

이튿날, 잠이 덜 깬 눈으로 X 씨는 그 책들을 일일이 살펴보기 시작했다. 그는 아직 그것들을 찬찬히 뜯어본 적이 없었다. (물론, 정서적 가치를 제외한다면) 그 책들의 가격이 적힌 명세서는 지금 그와는 상관없는 것처럼 여겨졌다. 그 책 무더기 중에서 그의 흥미를 끄는 유일한 책은 『한 러시아 장교의 야전 기록』이었는데, 그래서 만일 자신의 행동이 모욕을 주는 행동처럼 생각되지만 않았더라도 그는 아르카지 이폴리토비치에게 그 책을 돌려줬을지 모른다. 훗날 그가 밝힌 바에 의하면, 자신은 그 책들 전부를 '통째로en bloc' 사들였는데, 그 첫번째 이유는 "차르 정부의 장교이자 자신의 친구이기도 한 인사의 도덕적 타락"을 막기 위해서였다고 한다. 그러나 그가 '로얄' 호텔(시내 중심에 있는 '로얄'이 아니라, 마치 조소하듯 찌그러진 간판이 내걸린 다른 '로얄'을 말한다)에 있는 그 자신의 누추한 방에서 등을 구부린 채 가죽 여행가방을 내려다보며 앉았을 때 그

『야전 기록』(이 책에는 이반 라제치니코프의 자필 서명이 있었다)에 홍미를, 진심 어린 홍미를 갖게 됐다는 것은 부인할 수 없는 사실이다. "제군들, 결국 우리가 가진 것들 중에서 무엇이 남겠는가?" 그가 혼잣말하듯 낮은 목소리로 뇌까렸다. "그건 바로 연애편지겠지!" 그 말에 그의 동료가 무심히 덧붙였다. "그리고 값을 치르지 못한 호텔 요금 청구서도!"

책들의 목록은 그다지 길지 않았다. 드 라 카스, 『세인트헬레나 섬의 추억』(이 책은 출간일 표기가 누락돼 있다. 첫 장이 날아가버린 듯하다), 『황제 알렉산드르 1세 폐하에 대한 인상기와 일화 모음』(모스크바, 1826), 『란스카 부인에게 쓴 M. A. 볼코바의 서한집』(모스크바, 1874), P. M. 브이코프, 『차르 정부의 마지막 나날들』(런던, 역시 출간일이 누락돼 있음), 『대수도원장 모리에게 고백한 나폴레옹 보나파르트의 참회』(모스크바, 1859; 불역본), E. P. 스코발표프, 『친구들에게 보내는 선물 또는 러시아 장교들의 왕복서한집』(상트페테르부르크, 1833), 마몽, 『1772~1841년의 회상록』(파리, 1857; 첫 세 권에는 "마몽, 라구스의 공작 겸 원수(元帥)"라는 자필 서명이 적혀 있음), 드니 다비도프, 『현대전 사료모음집』(출간일과 발행처 표기가 누락됨), 브래던 부인(메리 엘리자베스 브래던), 『오로라 플로이드』(상트페테르부르크, 1870), F. V. 라스토프친 백작, 『수기』(모스크바, 1889), D. S. 메레주콥스키, 『톨스토이와 도스토옙스키』(상트페테르부르크, 1903; V. M. 슈키나라는 한 여인에게 바치는 헌사와 함께 지은이의 자필 서명이 적혀 있음), A. S. 푸시킨, 『작품 선집』(러시아제국 과학아카데미 펴냄, 상트페테르부르크, 1911; V. E. 사이토프가 책임 편집한 총 세 권의 판본), 크누트 함순, 『작품 전집』(상트페테르부르크, 1910; 네 권으로 된 초판본), 『러시아 유대인 학살의 역사에 관한 자료집』(페트로그라드, 1919), A. S. 푸시킨, 『1815~1837년의 서한집』(상트페테르부르크,

1906), L. N. 톨스토이, 『전쟁과 평화』 제3판(모스크바, 1873), L. N. 톨스토이, 『세바스토폴 전투의 수기』(모스크바, 1913), 리처드 윌턴, 『로마노프 왕조의 마지막 나날들』(런던, 1920), 『러시아어로 기록된 러시아 역사에 관한 수기, 일기, 회상록, 서한, 여행담에 관한 고찰』 전3권(노브고로드, 1912), 엘리 드 시옹, 『현대 러시아』(모스크바, 1892: 이 가명의 진짜 주인이 R. J. 라치콥스키라는 일부분 근거가 있는 주장이 존재함), 윌리엄 메이크피스 새커리, 『허영의 시장: 주인공 없는 소설』(라이프치히, 출간일 표기 누락: 타우슈니츠 판본), N. E. 그레치, 『나의 생애의 기록』(상트페테르부르크, 출간일 표기 누락: 알렉세이 수로빈 간행), 위젠멜키오르 드 보귀에, 『러시아문학의 위대한 거장들』 55, 56, 64권(파리, 1884), 『한 러시아 장교의 야전 기록』(모스크바, 1836: 이반 라제치니코프 간행), 『러시아 국내 농업 발전을 위한 자유경제협의회 의사록』(상트페테르부르크, 1814), 『N. V. 고골의 서한집』(모스크바, 출간일 표기 누락: 셴로크 편집본), D. E. 자발리신, 『12월 당원의 수기』(상트페테르부르크, 1906: 이 책에는 지은이인 자발리신이 이폴리트 니콜라예비치 벨로고르체프*에게 증정한다는 서명이 들어 있음). 그리고 마지막으로, 표지가 사라진 싸구려 가죽 제본서 한 권이 있다. 〔나는 독자 제위가 위 목록에서 어떤 책이 가문 대대로 내려오는 유산의 일부인지를 쉽게 식별할 수 있으리라고 믿는다. (그것은 가죽으로 장정된 책들이다!) 또한 보다 최근에 입수된 책들로서, 따라서 그 소유자였던, 다른 정보는 알려져 있지 않은 전(前) 오흐라나 소속 장교의 지적 이력에 대한 통찰을 제공해줄 것 같은 책이 어떤 것들인지를 가려낼 수 있으리라고 믿는다.〕

---

* 아르카지 이폴리토비치 벨로고르체프의 부친을 가리킴.

# 10

X 씨는 모든 책들을 일일이 훑어본 뒤에, 그러나 호기심과 어떤 형이상학적 전율을 동시에 느끼면서("제군들, 결국 우리가 가진 것들 중에서 무엇이 남겠는가? 그건 바로 연애편지겠지!" "그리고 값을 치르지 못한 호텔 요금 청구서도!"), 새 장화의 냄새와 라벤더 향기가 풍기는 여행가방 속으로 그 책들을 도로 집어넣고는 표지가 날아간 또 다른 책을 집어 들었다(나는 그가 여행가방 옆에 쪼그려 앉아서 그 책을 램프 가까이에 가져가는 광경을 상상할 수 있다). 그는 한참이나 책을 이리저리 펼쳐본 다음, 그것을 코 밑으로 가져갔다(그는 오래된 책의 냄새를 좋아했다). 책등에서 그는 조그만 글자로 인쇄된 낱말 하나를 발견했다. 처음에 그는 그것이 어떤 소설책의 제목이라고 생각했다. 아홉번째 페이지에서 그는 호기심을 일깨우는 마키아벨리의 진술, 아니 마키아벨리의 것이라고 여겨지는 진술과 맞닥뜨렸다. "국가에는 두 종류의 적이 있다. 내부의 적과 외부의 적. 외부의 적과 싸울 때 어떤 무기가 사용되는가? 교전 중인 두 국가의 지휘관들이 상대국의 자기방어를 독려하기 위해 작전 지침을 교환하는 것을 본 적 있는가? 그들이 야간기습, 계략, 매복, 수적 강세인 전투를 자진 포기하는 것을 본 적 있는가? 또 당신 같으면 그들이 쓰는 술책, 덫과 함정, 그들의 불가피한 전시 전략을 거부하겠는가? 당신 같으면 내부의 적, 법과 질서의 파괴자들에게 그런 무기들을 사용하는 것을 거부하겠는가?"

그 순간 갑자기 X 씨는 눈송이들의 소용돌이를 보았다. 그의 마음은 호텔방에서 떠나 먼 곳을 떠돌아다니고 있었다.

"민족 주권의 원리는"——이제 그의 호기심은 점점 더 거세졌다——

"질서를 가장하는 온갖 거짓을 해체한다. 그것은 혁명을 일으킬 수 있는 사회의 권리를 정당화하며, 권력과 교권에 대한 공개적인 항전 속으로 사회를 내던진다. 민족 주권의 원리는 권능의 체현이다. 그것은 군중을 피에 굶주린 짐승으로 변형시킨다. 한껏 피를 들이켠 뒤에는 포만감에 곤히 잠들어 쉽게 포획될 수 있는 그런 짐승으로."

X 씨는 창문 밖 따사로운 지중해의 밤하늘에서 거대한 눈송이가 빙글빙글 돌며 지나가는 광경을 보았다. 고즈넉한 이스탄불의 밤공기 사이로 그는 카자크* 부대 군마들의 울음소리를 들었다. 그다음에 그는 한 장교가 책장 사이를 집게손가락으로 짚으면서 잠시 책을 옆에 내려놓는 환영을 보았다. ("제군들, '그들'이 설교하고자 하는 도덕이 바로 이것이다.") 이어지는 정적 속에서 장교의 전령이 직접 손으로 천막 지붕에서 눈을 털어냈다. X 씨에게는 자신의 외투 소매 안으로 눈발이 미끄러져 들어오는 것이 느껴졌다. 그는 갑자기 숙취가 가셨다. 이제 그 장면은 오래된 과거의 일부처럼 그에게 멀게 느껴졌다. 카르파티아 산맥 서부 계곡 어디에서 피어오른 모닥불 주위로 옹기종기 모인 병사들은 러시아, 차르, 정부에 대한 전복 음모에 관해 그들의 지휘관이 읽어주는 내용에 귀를 쫑긋 세우고 있었다. 문제의 장교는 세르게이 니콜라예비치 드라고미로프라는 이름의 포병대 대령이었다. 그날 드라고미로프가 자기 부하들에게 읽어주었던 책은 그가 영광스러운 최후(예카테린부르크 포위 당시)를 맞은 뒤 지금 X 씨의 수중으로 들어오게 된 것이었다.

불현듯 어떤 의혹에 휩싸인 X 씨는 세르게이 니콜라예비치 드라고미로프가 그에게 유품으로 남긴 책을 찾기 위해 자신의 서재를 뒤적거렸다.

---

* '모험가' '자유인'을 뜻하는 터키어 'qazaq'에서 유래한 러시아어로, '카자크인'은 러시아 제국 국경과 변방에 산포하는 유민 출신의 군인들을 총칭한다.

(독자 제위가 이미 알아챘듯이) 그 책은 닐루스의 『적그리스도』였다. 마치 성서를 믿듯이, 드라고미로프는 그 책을 깊이 신뢰했다. (X 씨는 러시아, 하느님, 혁명, 죽음, 여자, 군마와 포병대 등에 대해 수다를 떨면서 그와 꽤 많은 밤을 보냈다——오, 그의 영혼이 평안히 안식하게 하소서!——) 비록 수없이 배낭에 넣어져 돌아다니며 읽히고 또 읽혔지만 그 책에는 원래의 호화판 장정의 광채가 여전히 남아 있었다. 그 누렇게 변한 지면 위에는 그전 소유자가 남긴 유일한 지상의 흔적임이 틀림없는 그의 손톱자국과 지문의 자취가 남아 있었다.

X 씨는 두 책을 대조해보았다. 익명으로 쓰인 책의 글머리에서부터 그는 어딘지 모르게 낯익어 보이는 단락을 또 한 번 발견했다. "서로를 잡아먹는, 인간이라고 불리는 짐승들을 옴짝달싹 못하게 하는 것은 무엇인가?" 그는 계속 읽었다. "사회질서가 아직 자리 잡히지 않았을 당시에 그것은 무제한적이고 야비한 무력이었다. 그것이 나중에는 법으로 바뀌었다. 하지만 법은 재판 문구로써 통제되는 힘에 불과하다. 힘은 언제나 정의를 앞선다."

또 다른 책, 닐루스의 『적그리스도』 중 "음모"라는 제목이 붙은 부록에서는 페이지 가장자리에 손톱자국이 나 있는 아래의 문단이 눈에 띈다. (그의 귀에는 고 드라고미로프 대령의 낭랑한 목소리가 들리기까지 했다) "유사 이래 인간이라 불리는 잔인한 짐승들을 다스려왔던 것은 무엇인가? 오늘날까지 그들을 이끌어왔던 것은 무엇인가? 사회질서가 아직 자리 잡히지 못했던 시절에 인간들은 야비하고 몰지각한 힘에 기대어 살았다. 그들이 법에 복종했던 것은 나중에 이르러서였다. 하지만 법은 실체를 위장하고 있을 뿐 그것 또한 무력에 다름 아니다. 따라서 권리는 무력에 의해서만 보장될 뿐이며, 그것이 자연의 이치라고 나는 결론을 내리는 바이다." ("제군들, '그들'이 설교하고자 하는 도덕이 바로 이것이다.")

그레이브스 또한 인정한 바 있는 X 씨의 선천적인 겸손함에도 불구하고, 필자는 X 씨(품위를 떨어뜨리는 이 익명성의 기호는 지나친 신중함에 의한 표현일 뿐이다)가 자기가 발견한 대상의 진정한 무게를 알고 있었으리라고 말하고 싶다. 그는 글쓴이가 명확하게 표시되지 않은 책 속에서, 벌써 20년 동안이나 사람들의 마음을 자극하고 의혹과 증오와 죽음의 씨를 뿌려온 『음모』의 비밀스러운 출전을 발견했던 것이다. 하지만 보다 중요한 사실은, 그 책이 '공모자들'로 낙인찍은 무리에 대해 드리워진 끔찍한 협박을 제거한 장본인이 바로 X 씨였다는 점이다. 〔오데사 어디쯤인가 한 어린 소녀의 멍한 눈초리가 그의 눈앞에서 번쩍였던 것은 바로 이 대목에서였다. 소녀는 경첩에서 떼어져 나온 옷장 문에 머리를 기댄 채—소녀는 옷장 속에 숨으려 했던 것이다—비록 숨은 붙어 있었지만 그곳에 돌덩어리처럼 너부러져 있었다. (서두의 인용문에서 이미 보았듯이) 거울 속에서도, 손발이 잘린 시신들, 흩어진 가구 파편들, 깨진 거울들, 사모바르, 조각난 램프, 속옷과 옷가지들, 매트리스, 갈기갈기 찢긴 이불이 보였다. 도로는 눈 속에 깊이 파묻혀 있었다. 이불 속에 있던 깃털이 사방에 흩어져 널려 있었다—심지어 나무 위에도 깃털이 덮여 있을 정도였다〕. 다른 한편으로—그리고 이것은 오직 X 씨에게만, 그의 영혼에만 중요했다—마침내 X 씨는 포병대 대령 드라고미로프의 주장을 반박할 수 있고, 어떤 비밀스러운 국제적 음모의 존재설에 대한 자신의 반박을 뒷받침할 수 있는 최종적이고 명백한 증거(두말할 필요도 없이 뒤늦은 증거)를 확보하는 데 성공했다. "이미 오래전부터 전혀 비밀이 아니었던 볼셰비키의 음모 외에…… 덧붙여 말하면, 제군들은 제니킨 장군의 명령으로 귀관이 닐루스가 묘사한 것과 같은 비밀스러운 음모 조직이 러시아 내에 존재하는지 아닌지를 규명하려고 조사를 벌였던 일을 잘 알고 있을 것이다. 그렇다, 제군들, 우리가 밝혀낸 유일한 비밀 단체는 로마노프 왕조를 다시 권좌로 불러들이는 것을 기도했던 조직뿐이었다……! 제발, 어떤 이견도 달지 말게. 증인들의 진술을 포함해서 그것에 대한 공식적인 보고서도 갖고 있다네…… 그렇다네. 로마노프 왕조의 복권 말일세…… 제군들, 어느 날 나는 '음모가들'이 처형당한 직후 현장에 도착했지. 그 참혹한 광경은 내 기억 속에 도덕적 상처로 남아 있다네……" "대령님, 방금 말씀하신 '음모가들'이 그 소녀와 같은 무리를 지칭하는 것이라면……" "대령님이 말씀을 끝내실 때까지 들어보자!" "제군들, 조금만 더 들어보게!" "…… 그리고 그것이 러시아가 기필코 치러야 할 희생이라면……" 남자들의 거친 목소리, 분노에 찬 고함 소리의 아득한 화성이 대령의 말과 회상을 방해하고 있었다. ("제군들, 이제 자야 할 시간이네. 내일 힘겨운 일전을 앞두고 있으니까…… 제군들, 벌써 날이 밝아오고 있다는 것을 주지하게.")

X 씨가 이제는 수없이 그어진 밑줄과 가장자리의 낙서로 무거워진 책을 덮을 때쯤, 태양이 막 고개를 내밀고 있었다. 비록 녹초가 되어 있었지만 그는 잠이 오지 않았다. 그는 10시까지 기다리다가 『타임스』지 현지특파원인 그레이브스에게 전화를 걸었다.


11


1921년 8월 런던의 『타임스』지──그때는 '모순의 지혜'를 가진 그 신문이 『음모』가 "어떻게 이 모든 사건을 예견할 만큼 그렇게 대단한 예언의 능력을 가질 수 있단 말인가" 하고 놀람을 표시한 지 1년도 채 흐르지 않은 시점이었다──는 자사의 콘스탄티노플 주재 통신원인 필립 그레이 브스가 쓴 한 편의 기사를 보도했다. 그레이브스는 익명으로 남기를 원하는 자기 정보원의 바람을 존중해주었다(그리하여, 앞서 우리가 언급했듯, 그 사건에서 우연하지만 그럼에도 누구 못지않게 중요한 인물 중 한 명의 이름이 영원히 'X 씨'라고 표기되게 된 것이다). 그레이브스가 밝혀낸 정보는, 러시아 정교 신자, 입헌군주제 지지자, 볼셰비키 반대자, 내전 당시에는 포병대 대령 드라고미로프의 전령 등 고작해야 그 사내의 사회적 출신 배경뿐이었다. 그레이브스는 중요하지 않은 통화 내용의 첫머리를 건너뛰면서 호텔 '로얄'(시내의 중심가에 있는)의 바에서 그 사내와 자기가 나누었던 대화의 내용을 독자를 위해서 요약해주고 있다. 그 대화는 오후 5시부터 밤 10시까지 계속되었다고 한다.

"전직 오흐라나* 소속 장교였다가 지금은 콘스탄티노플의 망명객이 된 한 러시아인이 얼마 전까지 소장하고 있던 희귀본 도서 전체를 팔아야 하는 지경에 내몰리게 됐다. 그 매물에는, 9센티미터×14센티미터 크기에 프랑스어로 쓰였고 표지가 날아간 어떤 싸구려 가죽 장정본도 포함되어 있었다. '졸리'라는 라틴어 낱말 한 개만이 책등에 인쇄되어 있고, 서문 혹은 '간략한 아베르티스망**'에는 '1864년 10월 15일 제네바에서 출간됨'이라고 찍혀져 있다. 종이와 활자체 모두 그 시대(1860~1880)의 것임이 틀림없다. 필자가 그런 세부 정황을 굳이 언급하는 이유는 그것이 해당 문건의 제목을 밝혀내는 데 도움을 줄 것이라고 확신하기 때문이다…… 전직 오흐라나 장교였던 그 책의 소유주는 어떻게 해서 그 책이 자기 수중에 들어오게 됐는지 기억하지 못했고, 마찬가지로 그 책에 어떤

---

　* 제정 러시아 시대의 비밀경찰.
** 프랑스어로 '일러두기'라는 뜻이다.

특별한 중요성도 덧붙이지 않았다고 한다. 새 주인이 된 X 씨는 그것이 극히 희귀한 책이라고 확신하고 있었다. 어느 날 그 책을 넘기던 중, 그는 우연히 책 속에서 눈여겨본 어떤 문단과, 그 악명 높은 『음모』의 몇몇 반복적 표현들 간의 유사성을 발견하고는 충격을 받았다. 그는 좀더 넓은 범위에서 두 책을 비교한 뒤에 전체적으로 『음모』가 제네바에서 발행된 원본 책자의 모작에 불과하다는 결론에 곧 도달하게 됐다.”

## 12

그 두 권의 책, 즉 광신도들 무리를 모집하는 데 쓰였고 가장 극악한 희생을 강요했던 닐루스의 책과, 그 자체로 희생 제물이며 익명으로 쓰인 책들 사이에서 일종의 고아와 같은 다른 한 권의 책은, 서로 비슷하면서 서로 다른, 인간 정신의 두 개의 모순된 산물처럼 알파벳 네 글자의 카발라*적 거리('카발라적'이라는 낱말을 쓰면서 나는 떨고 있다)에 의해서 약 60년간 서로 분리되어 있었다. 첫번째 책이 길고 어두운 서가의 대열을 곧 떠날 운명이었던 데 반해(이 책의 유해한 호흡은 독자들의 호흡과 한데 섞였으며, 그 책의 가장자리에는 그들의 만남과 계시의 흔적이 남겨져 있었다─한 독자는 다른 독자의 생각 속에서 자신의 의심, 자신의 비밀한 생각의 반영을 발견했으리라), 두번째 책은 그때까지 먼지에 뒤덮여 있었다. 즉, 사유와 정신으로서 거기에 놓여 있는 게 아니라, 죽어버린, 있으나 마나 한 사물로서, 단순히 한 권의 '책'으로서 놓여 있었다. 그것을 마주

---

* 카발라는 유대교의 신비주의적 교파, 혹은 그 가르침을 적은 책을 말한다. '전승된 지혜와 믿음'이라는 뜻의 히브리어에서 파생되었다.

한 독자로 하여금 과연 누가 자기보다 먼저 펼쳐보았을까, 이 세상이 존재하는 동안 과연 누가 차후에 그것을 다시 집어 들 것인가 하고 의심하게 만드는 그런 책으로서 놓여 있었다. 그 책은 단순히 우연히, 실수로 어떤 독자의 따스한 손에 이르게 된(그가 서가 번호를 잘못 썼거나, 사서가 숫자를 잘못 읽었거나 하여), 그러면서 그로 하여금 그 자신의 노력을 비롯하여 모든 인간의 노력의 공허함에 대해서 곱씹게 하는 그런 상징물로서 놓여 있었다. 우연히 독자가 된 그는 시나 소설, 로마법 또는 어류 도감 등 아무튼 정확하지는 않지만 다른 책을 찾고 있었다. 즉, 곰팡이 냄새가 풍기는, 다년간의 불쾌하고 축축한 공기에 다른 책들에 비해 훨씬 많이 노출되어 지면이 누렇게 변한 먼지 낀 이 책(왜냐하면 그것은 차라리 먼지가 아니라, 유해, 망각의 재, 죽어버린 생각의 무덤이기 때문이었다)보다 최소한 그 순간만큼은 더 활기차고 덜 시시해 보이는 어떤 책을 찾고 있었다.

탕자와 같은 독자는 그런 명상에 잠겼다.

우연, 운명, 시간이 유리한 조건에서 만나는 순간, 그 힘들의 교차점이 그 책 위에 떨어지고, 한낮의 햇빛처럼 '강한 빛으로' 그 책을 비추고, 그 책을 망각에서 구해낼 참이었다.


13


어느 날, 형사처럼 두 눈 위까지 중절모를 푹 눌러 쓰고 한쪽 주머니에 그레이브스에게서 받은 편지 한 통을 구겨 넣은 두 명의 기자가 대영박물관을 방문했다. 그들은 '졸리'라는 저자명을 검색하여 자신들이 찾고 있는 책을 쉽게 발견할 수 있었다. 그리하여 『음모』(시슈마료바 부인의 견해에 의하면 아셰르 긴즈베르크의 손에 의해 히브리어로 쓰였다고 하며, 제바호프 공작의 견해에 의하면 악마의 속삭임에 의해 한 자 한 자 구술되었다고 하는)의 불가사의한 원전은 아주 오랜 세월이 지난 뒤에야 빛을 보기 시작했다.

델레프스키의 평가에 의하면 "후안무치한 흉포한 욕심쟁이"가 자신의 비열한 계획을 위해서 사용했다고 하는 그 책——『몽테스키외와 마키아벨리가 지옥에서 나눈 대화』 또는 『동시대인이 기록한 19세기에 출현한 마키아벨리의 정치학』——은 롤랭의 주장에 의하면, 현대의 통치자 또는 그렇게 되기를 바라는 자를 위하여 쓰인 최고의 정치 교범 중 하나임에 틀림없다. 또한 노먼 콘에 의하면 그 책은 20세기에 출현하게 될 전체주의의 온갖 형태를 무자비하리만치 명쾌하게 예고하고 있다고 한다. "하지만 결국 그것은 서글픈 불멸이다." 콘은 그렇게 덧붙였다.


14


인간의 지상의 유해가 완전히 먼지로 돌아가는 데 걸리는 시간(플로베르의 말을 믿는다면, 그것은 순전히 문학적인 이유로 인해 그를 사로잡았던 주제였다)에 대해서는 짧게는 열다섯 달에서 길게는 40년까지 의견이 분분하다. 아무튼 그레이브스가 모리스 졸리의 책을 발견하고 그것을 죽은 자들에게서 되살렸을 때, 그 책을 지은 저자의 뼈는 벌써 탄화(炭火)되어 흙, 진흙과 뒤섞여 있는 상태였다. 그가 죽은 지 45년 가까이 흘러 있었으니 말이다.

한 군(郡) 의원과 플로렌티나 코르바라라는 이름의 이탈리아 여자 사이에서 태어난 남자 모리스 졸리가 변호사 사무실을 개업한 때는 1859년이었다. 그는 한 짧은 자전적 묘사에서 『대화』의 창작 배경에 대해서 이렇게 쓰고 있다. "1년간 나는 제국이 다스리는 모든 땅에서 제국의 법이 머리부터 발끝까지 정치적 자유를 파괴하고, 그로 인해 속속들이 파급된 그 끔찍한 광란을 묘사하게 될 한 권의 책을 찬찬히 뜯어보았다. 나는 프랑스인들이 그렇게 딱딱한 형식으로 쓰인 책을 읽지는 않을 것이라고 결론을 내렸다. 그래서 나는, 제국의 출범 이후 신랄한 공격을 감추지 않을 수 없었던 우리의 냉소적인 심적 성향에 잘 어울리는 어떤 틀에 맞춰 글을 변형시키는 방법을 찾아보기로 했다…… 불현듯 나는 오직 소수의 감정가들만이 알 뿐인 책 한 권이 내게 준 인상에 대해 되새겨보았다. 바로 페르디난도 갈리아니*가 쓴 『밀 무역에 관한 대화록』이라는 책이었다. 이 책은 살아 있는 자들과 죽은 자들 간에 벌어지는 대화, 그것도 현대 정치를 주제로 하는 그런 대화를 구상하게 했다. 어느 날 저녁, 퐁루아얄** 부근에서 강 물살을 따라 걷고 있던 중 한 가지 생각이 퍼뜩 떠올랐다. 그러니까, 내가 표현하고자 했던 생각 중 하나를 쉽게 그려낼 수 있는 인물로서 몽테스키외의 이름이 불쑥 떠오른 것이다. 한데 그에게 걸맞은 논객은 누구였을까? 그 대답은 내게 섬광처럼 나타났다. 마키아벨리! 몽테스키외가 법치를 표상하는 한편, 마키아벨리가 나폴레옹 3세를 대리하고 그의 몹시 가증스러운 정치를 풍자하는 그런 형식!"

『마키아벨리와 몽테스키외가 지옥에서 나눈 대화』는 농부용 건초 마

---

* 페르디난도 갈리아니(Ferdinando Galiani, 1728~1787)는 이탈리아 철학자, 외교관, 경제학자로 중농주의와 자유무역을 비판했다.
** '황제 다리'라는 뜻으로 파리 중심가의 다리이다.

차에 실려서 프랑스로 반입됐다(마차의 운반을 맡았던 농부 출신 밀수업자는 자신이 나르고 있는 마분지 상자 속에 든 물건이 밀반입된 담배일 거라 여겼다). 폭정을 혐오했던 자들의 손을 통해 전국에 그 책이 배포될 계획이었다. 하지만 인간은 변화의 불확실성보다는 복종의 확실성을 더 선호하기 때문에 그 책을 펼쳐본 최초의 목격자(아마도 그는 우체국 말단 직원 또는 '생디칼리스트 열성분자'*였을 것이다)는 그림자의 왕국(지옥)에서 펼쳐지는 대화를 '염탐한 뒤에' 이승의 통치자를 지칭하는 암유를 발견하고는 "공포와 역겨움에 가득 차서" 최대한 멀리 그 책을 내던져버렸다. 그는 자신의 진급을 희망하면서 경찰에 그 사건을 고발해버렸다. 경찰이 들이닥쳐 책이 든 상자를 뜯자, 담배 밀수업자는 놀라 두 눈이 휘둥그레지고 발을 동동 구르면서 이 못된 장난을 벌인 자에게 단단히 보복하겠다고 저주를 퍼부었다. 검찰관이 조사한 결과, 책은 단 한 권도 사라지지 않았다고 했다. 과거 중세의 모 단체들 때문에 분서 행위가 혐오스럽고 심지어 야만적이기까지 한 관습으로 인식됐던 까닭에, 그 책들은 시 외곽의 센 강변까지 실어 날라진 다음 거기서 염산에 푹 절여졌다.

1865년 4월 15일 모리스 졸리는 재판을 받게 됐다. 봄날의 폭우 때문에, 그리고 언론의 침묵 때문에 우연히 들른 호사가들 몇 명만이 공판 현장에 와 있었다. 법원의 명령에 의해서 그 책은 금서로 지정되고 몰수됐으며, 졸리는——"황제와 위대한 제국의 통치를 증오하고 경멸하도록 선동한 혐의로"——2백 프랑의 벌금(이 금액은 염산 값과 인부들 삯이었다)과 15개월의 징역에 처해졌다. 졸리는 무정부주의자로 낙인찍히고 자신의 친구들에게 버림받았지만 뜻을 굽히지 않았다. 하지만 그는 세계가 책

---

* 무정부주의적인 노동조합 지상주의에 대한 열렬한 신봉자.

따위로 바뀌지는 않을 것이라고 확신하고는 1877년 7월의 어느 꼭두새벽
에 자신의 머리에 총을 쏘았다. 노먼 콘은 이렇게 평하고 있다. "그는 보
다 나은 삶을 살았어야 했다. 그는 자신의 사후에 점점 세력을 넓히면서
금세기의 정치적 격변을 초래하게 될 힘들을 예견했던, 예사롭지 않게 날
카로운 직관을 지닌 인물이었다."


# 15


어떤(델렙스키의 표현을 그대로 따라하면) "가증스러운 조작"에 힘입
어, 독재자이자 어설픈 폭군이었던 나폴레옹 3세를 비방하는 전단은 세계
정복을 획책하는 비밀 계획, 그러니까 『음모』로 뒤바뀌고 말았다. 냉소적
인 위조자들은 경찰 측 보고서를 철석같이 믿고서, 졸리가 쓴 책의 사본
들이 (기기묘묘한 방법으로 그들이 입수하는 데 성공한 한 권의 사본만을 제
외하고는) 남김없이 황산에 녹았을 것이라고 추측했다. 몇 개의 낱말을
바꾸고, 그리스도교인들에 대한 한두 군데의 경멸적 표현을 끼워 넣고,
졸리의 공상(책 본문에서 마키아벨리의 것으로 표현되어 있는)에 담긴 악의
적이리만치 아이러니한 독설을 찾아서 그것을 역사적 맥락에서 떼어내보
라, 그러면 그 악명 높은 『음모』가 나타날 테니!
두 책자를 대조해보면 『음모』가 위작이라는 것, 또한 마찬가지로,
"다수의 골치 아픈 수수께끼를 푸는 열쇠를 손에 쥐고 있는 불가사의하고
어둡고 위험한 세력"이 만들어낸 강령 따위의 것은 없다고 분명하게 확신
할 수 있다. 따라서, 논리적으로라면 "『음모』의 종착역"이라는 제목으로
『타임스』지에 실린 획기적인 발굴 기사에 힘입어, 많은 사람들의 정신을

이미 피폐하게 하고 많은 사람들의 생명을 앗아간 몹시 고통스럽고 지루한 이 싸움은 조기에 끝났어야 옳을 것이다.

그 범죄 행위의 주범들과, 그들로 하여금 그런 행위를 하도록 유도한 동기들에 대한 조사는 그 사건 후 스무 해가량이 지나서야 시작됐다. 그 무렵 대다수 가담자들은 사망한 상태였고, 러시아는 국제사회로부터 격리되어 있었다. 닐루스(그러니까 세르게이 신부)는 수도원 안의 문서보관소에서 정밀한 조사를 진행했다.*

『음모』의 원래 출전에 대한 탐색은 어떤 매혹적이고 복잡한 소설의 특별한 한 장과 맞먹을 것이다(여기서 '소설'이라는 낱말은 두번째로 등장하며 그 본래적 의미와 무게에 관해 완전한 자각을 드러내며 사용되고 있다. 무수한 주인공들과 수백만 구의 시체들이 어떤 끔찍한 풍경을 뒤로한 채 대거 등장하는 이 이야기는 광활한 유럽 대륙을 끝없이 가로질러 우랄과 그 너머까지, 또 두 아메리카 대륙에까지 무제한적 공간 위에서 플롯이 전개될 수 있을 만큼 엄청난 크기의 소설로 발전할 수 있다). 이 장은 (위대한 고전을 기본 줄거리 분량으로 축약해놓는 잡지 속의 요약문처럼) 다음과 같이 애처로울 만치 도식적이고 살풍경한 줄거리로 압축될 수 있을 것이다.

---

* 제바호프에 의하면, 닐루스는 사후 세계를 탁월한 리얼리즘 기법으로 묘사한 한 은자의 비망록을 찾고 있었다고 한다. "그 일기의 저자는 먼 과거의 사건을 조명하고 지상에서 미래의 사건을 예언하는 일에만 자기 임무를 한정하지 않았다. 그는 또한 그의 직관에 대해서뿐 아니라 신에게서 직접 받은 그의 개인적인 계시에 대해서도 방증하는 리얼리즘을 통하여 내세의 풍경을 자기 독자들에게 그려 보였다. 나는, 생모에게 저주를 당한 뒤에 불가사의한 힘('네베도마야 실라')에 사로잡히고 지상에서 진공 속으로 내팽개쳐져 거기서 40일 동안 영혼들의 삶을 체험하고 그들에게로 돌아가서 그곳을 지배하는 법을 충실히 따랐던 어느 청년에 대해 그가 이야기했던 게 생각난다. 창작 또는 공상의 모든 가능성을 완전히 배제해야 할 만큼 기기묘묘한 진술을 담고 있는 이 이야기는, 사후 세계와 영혼들의 삶이 실재한다는 또 다른 증거를 제시하고 있다." N. D. 제바호프 공작, 『세르게이 알렉산드로비치 닐루스, 그의 생애와 활동에 관한 간략한 스케치』, 노비사드, 1936(원주).

『음모』혹은『유럽 사회 해체의 기원』은, (최초에 크루셰반이 정당하게 주장했던 대로) 프랑스를 두 진영으로 대립 분열시켰던 드레퓌스 사건이 정점이었던 19세기 마지막 몇 년에 프랑스 모처에서 퍼져 나왔다. 슬라브어 문헌의 전형적인 오기, 오식과 서투른 문체가 수두룩한 본문("적그리스도의 피의 봉인"과 모양이 비슷한 큼지막한 잉크 자국이 첫 장에 찍혀 있는 그 유명한 문건!)은 그 위작의 저자가 러시아인이었음을 방증한다. 부르체프는 모든 길이 로마로 통하듯이『음모』초판본(졸리의 책을 뻔뻔스럽게 표절하는 동시에 무가치하게 만들어놓았던)의 기원과 관련한 모든 증언은 라치콥스키라는 인물("재능은 있으나 불운하기 짝이 없는 라치콥스키"), 즉 파리 주재 러시아 비밀경찰의 총수에게로 모인다고 주장한다. 닐루스의 주장에 따르면, 라치콥스키라는 이 사내는 사탄의 사주를 받은 지상의 모든 조직들과 싸운 무사무욕적인 십자군이었으며, "적그리스도의 사나운 발톱을 뽑는 데에 큰 공적을 쌓은 인물"이었다고 한다. 우연히 그를 가까이에서 알게 된 파푸스라는 이름의 한 사나이는 대문자의 사용을 위시하여 상징주의자들의 작시법을 연상시키는 수법으로 라치콥스키를 그려내고 있다. "만일 당신이 언젠가 '세상'에서 그를 만난다면 그에 대해서 일말의 경계심도 품지 않을 것이라고 확신합니다. 왜냐하면 그의 '행동'에는 불가사의한 태도가 조금도 드러나 있지 않기 때문입니다. 그는 몸집이 크고 정력적이고 언제나 입가에 미소를 띠며 편자 모양으로 구부러진 턱수염과 생기 넘치는 눈빛을 발하고 있었지요. 그는 '러시아계 코린트인'이라기보다는 대단한 어릿광대에 더 가까워 보였지요. '아담한 체구의 파리 아가씨들'이라면 사족을 못 쓸 만큼 여자를 무척 밝혔지만, 그는 유럽의 수도 열 곳을 통틀어서 가장 기술이 뛰어난 조직 활동가임에 틀림없었지요."(『파리의 메아리』, 1901년 11월 21일) 타우베 남작 역시 그와 안면을 익힐 기회를 가졌었다[타우베 남작은 제정 러시아의 붕괴 원인을 (그 누구보다 스스로에게) 해명하려는 시도로서, 또 그 일련의 사건들 속에서 비밀경찰이 맡은 주된 역할을 기록하려는 시도로서, "러시아 정치"라는 제목이 붙은 책 한 권을 집필했다]. "조심스럽게 발톱을 숨기고 있는 거대한 수고양이를 연상시키는, 사근사근한 말투를 비롯하여 무척이나 과장되게 굽실거리는 그의 태도는, 명민한 지성과 불굴의 의지와 러시아 전제 정부에 대해 깊은 헌신을 가진 인간이라는, 그에 대해 내가 품어왔던 기본 이미지를 아주 잠시 지우게 되었다."

이 불굴의 의지를 지닌 사나이의 전기는 일정 부분 도식적인 하나의 운명을 우리에게 보여준다. 즉, 인간 성장의 변증법에 어떤 불변항도 있을 수 없다는 주장을 확증해주듯이, 이데올로기 스펙트럼을 따라서 좌에서 우로, 우에서 좌로 진동하는 것이 오늘날 유럽 지식인들의 삶에서 목격되는 일상적인 풍경이다. 청년 시절 라치콥스키는 막연한 미래("우리의 유일한 강령은 혁명의 낭만주의"이다)의 불빛을 쬐면서 숨죽인 목소리로 금서와 선언문을 읽고, 비밀 대화를 주고받고, 은밀한 연애 행각을 벌였던 비밀 학생단체에 가담해 있었다. 이마 위까지 맵시 있게 보이는 각도로 모자를 내려 쓴 채 그는 비밀 통로를 지나, 인쇄기 잉크 냄새가 풍겨오는, 진한 붉은색 전단과 온갖 가짜 이름들로 가득 차 있는 위조된 신분증을 도맡아서 찍어내는 어두컴컴한 지하의 방들로 찾아들곤 했다. 그것은 함정, 위험, 열정으로 가득한 삶이었다. 그때는 텁수룩한 수염의 낯선 사내들, 머프 속에 전혀 숙녀답지 않은 권총을 숨기고 다니는 명문가 소녀들이 암호 하나를 판 대가로 하룻밤 묵을 숙소를 얻을 수 있던 시절이었다. 1879년의 겨울 어느 날, 그 어둠 속에서 담배를 피우며 뜬눈으로 밤을 보내고 있던 텁수룩한 턱수염과 이글거리는 눈동자의 사내들 중 한 명이

"어느 교구 교회 안에 폭탄을 설치하라는 지령에 회의를 품게 된 뒤" 자신의 동료 음모가들을 밀고했다. 드렌텔 장군의 암살자들 중 한 명이 이틀 전에 자신의 침대에서 잤다는 사실을 이 우유부단한 동료에게 누설했던 라치콥스키는 곧 제3부*의 손에 붙잡혔다. 그 결과는 가히 도스토옙스키의 운명을 연상시키고도 남았다. 정부 측 검사는 피고의 됨됨이를 따져본 뒤에 즉시 다음과 같은 협상을 제시했다. 즉, 라치콥스키 씨는 경찰과 협력하는 데 동의하거나("어쨌든, 갈룹치크 트이 모이 밀르이,** 혁명가들 못지않게 경찰 역시 러시아라는 대의명분에 헌신적이라네.") 그게 아니면 이렇게 저렇게 처리될 것이라는 내용이었다. 라치콥스키가 자신의 진로를 결정하는 데에는 많은 시간이 걸리지 않았다. 그는 시베리아 유형과〔"나의 시베리아, 아구르치크 트이 모이,*** 심지어 도스토옙스키조차 시베리아를 낭만적으로 그려놓지 않았느냔 말이다. 그렇지? 하지만 따뜻한 깃털 이불 아래서 그런 묘사를 읽는 것은──이런 표현이 실례가 된다면 용서해주게── 시베리아를 약간은 너무 무기력하고 (이렇게 표현할 수 있다면) 아늑한 공간으로 오해하도록 만들지."〕 파리 출장("시각의 변화가 있을걸세, 두센카 마야.****") 사이에서 결정을 내려야 했고, 그는 후자를 택했다. 그의 동시대인들 중 어떤 이가 지적했듯이, 라치콥스키의 웅변술, 그의 "사근사근한 말투"는 그가 검사의 제안을 받아들였던 1879년 2월의 그날에 탄생한 것이었다. "검사의 말투에 대한 이런 모방, 그 아연실색케 하는 흉내 내기, 이것이 그의 최초의 위작이었다."

---

열차의 창틀로 비치는 중간역*은 지금 속력을 내며 뒤로 지나가고 있었다. 그가 체포된 지 (그리고 거짓으로 감옥에 한 번 투옥된 지) 4년이 채 못 돼서 라치콥스키는 국가보안국 페테르부르크 지부의 끄나풀이 됐고, 바로 이듬해 그는 파리에 본부를 둔 전(前) 러시아 비밀정보국의 총수로 임명됐다. 그가 유럽 전역에 퍼뜨린 첩보망은 처음에는 혼란스러웠지만 차츰 건축학적인 설계의 완벽성을 유감없이 드러냈다. 파리-제네바-런던-베를린. 정보국 연락망의 한 지부(그의 방에 걸린 지도 위에 세심하게 회로가 그려져 있는)는, 어느 향수병에 걸린 동시대인이 지적했듯이, "사태의 심장부에 이르는 대동맥처럼" 우랄 산맥을 넘어서 모스크바와 페테르부르크에 이르기까지 샅샅이 뻗어 있었다.

1890년대 말, 아첨, 뇌물, 도청, 두뇌공작("샴페인이 물처럼 흐르고 손님들이 까치처럼 수다를 떨어대는 만찬 외에도")에 힘입어서, 라치콥스키는 파리 근교에 있는 어느 철물점에서 폭탄을 만들고 있던 비밀 혁명 단체를 적발해냈다. 그 폭탄들은 러시아 국내의 테러 분자들에게 전달될 예정이었다. 따라서 라치콥스키는 63명의 암살단원으로 추정되는 인물들을 차르 경찰 소속 제3부로 넘겨 시베리아로 압송되도록 조치했다. 스무 해 이상이 지나고 나서야 (그때까지 시베리아로 온 죄수들은 이미 한 명씩 차례로 죽어나가고 있었다) 그 사건을 조사하던 부르체프는 그것이 모두 조작된 것임을 깨달았다. 그 폭탄들은 라치콥스키의 수하 공작원들의 손으로 만들어진 것들이며, 그 철물점은 그의 프랑스인 공모자들 중 한 명의 이름으로 등록되어 있었던 것이다.

노먼 콘이 말한 것처럼, 그 시절은 무정부주의자들과 니힐리스트들의

___

* 주요 기차역 중간에 있는 작은 역으로, 일반적으로 급행열차는 여기서 정차하지 않는다.

황금기였고, 사제폭탄이 유럽과 러시아 모두에서 맹위를 떨쳤던 때였다. 오늘날 우리는 여러 암살 시도(국회에서 터진 못이 가득 든 폭탄이나, 왕궁에서 일어난 더 끔찍한 폭발사건)의 배후에 있는 "숨겨진 신"이 우리의 "어릿광대" 라치콥스키에 다름 아니라는 것을 분명하게 알고 있다. 라치콥스키는 유럽 사회에 의심의 바람을 불어넣고, 그럼으로써 유럽을 러시아에 보다 가깝게 끌어당기려는 계획에 열중해 있었다. "비밀 경찰 총수로서의 자신의 직책에 만족하지 못한 채, 이 불성실한 러시아인은 국제 정세의 흐름에 영향력을 행사하려고 애썼다. 음란에 가까울 정도로 과도했던 라치콥스키의 야망과 유일하게 일치했던 것은 그에게 망설임이라곤 없었다는 점이다."

16

실수를 범하지 않는 차가운 지성으로, 라치콥스키는 폭탄 투척의 위력이 결코 절대적이지 않다는 사실을 즉시 간파했다. 즉, 무분별한 살인 혹은 동기가 뚜렷하지 않을 경우, 마치 강한 번갯불에 놀란 나머지 그런 충격을 최대한 빨리 잊으려고 작정하듯 대중은 눈을 질끈 감는다는 사실이었다. 정치적 술수가 어떤 폭탄보다도 강한 파괴력의 폭발을 일으킬 수 있다는 것을, 그는 경험을 통해서 깨우치게 되었다. 또 민중은 자신들의 귀에 들리는 대로 믿으려 한다는 것을, 특히 도덕적으로 고결해 보이는 사람일수록 교묘한 술수에 더 쉽게 걸려든다는 것도 알게 됐다(비도덕적인 사람들은 자기들과 다른 부류의 사람이 존재한다는 것을 상상조차 하지 못한다. 그들은 자신의 본색을 숨기는 데 능숙한 사람들만을 상상할 수 있을 뿐이다). "두셴카 마야, 어떤 비난이 잘못됐다는 것을 입증하려면, 센 강다리 밑으로 수많은 물을 흘려보내야 하네." 라치콥스키의 전기 저술가들은 그 타고난 술수꾼이 중등학교에 다닐 때부터 취미 삼아 익명의 편지를 쓰기 시작했고, 그 편지들을 교사, 친구, 부모, 또 자기 자신에게 보냈다고 주장한다. 새로운 능력을 갖추게 된 지금 그는 그 옛날 청소년기의 소일거리가 초래했던 치명적인 효과를 다시 떠올렸고, 수중의 돈과 인쇄기를 십분 활용하여 옛 혁명가들의 "고백"——미몽의 각성에 이르는 그들의 행로——을 팸플릿 형태로 출판하기 시작했으며, 다른 이의 가명을 쓰면서 그 문건들에 직접 답을 다는 작업에 착수했다. 그가 그런 식으로 일으킨 혼란은 가히 악마적이었다.

'P. 이바노프'라고 서명된 팸플릿을 출간한 뒤 라치콥스키는 흑색선전의 작동 원리와 그것의 위력에 대한 평가를 어떤 가상의 공모자에게 조언했다. "그대가 몸의 전방을 데우는 동안, 갈룹치크,* 그대의 몸 후방은 싸늘해진다. 마치 모닥불 앞에 앉아 있을 때처럼 말이다. 말하자면 당신의 한쪽 구석은 항상 무방비 상태로 노출되어 있다. 지금 그대 자신을 방어하는 방법은 두 가지가 있으며(세번째 방법에 대해서는 아직 그 누구도 생각하지 못했다!), 그 둘 모두 효과가 없다. 그대가 입을 굳게 다문 채로 자신에 대한 흑색선전을 아무도 진지하게 고려하지 않을 것이라고(심지어 그런 거짓된 비난이 인쇄되어 나돌더라도) 위안을 삼든지, 아니면 몹시 분개하여 그런 비방에 대해서 반격을 하든지 모두 마찬가지다. 전자를 택할 경우에 사람들은 이렇게 말할 것이다. '저자는 자신을 변호할 말이 전혀 없으므로 입을 다물고 있다.' 또 후자를 택할 경우에는 이렇게 말할 것이

---

* 러시아어로 '사랑하는 이여'라는 뜻이다.

다. '저자는 죄의식을 느끼기 때문에 자신을 변호하고 있다. 만일 그의 양심이 깨끗하다면 저렇게 발악하지는 않을 것이다.' 아구르치크 모이 밀르이,* 흑색선전은 매독처럼 급속도로 퍼져나간다네." (실제로 매독은 그 당시에 창궐하고 있었다.)


17


"라치콥스키의 스튜디오"에서 생산된 졸리의 『지옥에서 나눈 대화』에 대한 위조본은 놀라운 속도로 빠르게 닐루스의 수중에 들어갔다. "이 비슷한 두 마음, 이 두 광신도의 만남은 필연적이었으니"라고 한 동시대인이 지적한 바 있다. "그들 간의 유일한 차이라면 닐루스가 성자전(聖者傳)을 믿듯이 『음모』의 진본성을 맹신했을 만큼 미쳤고 신비적이었다는 점이다." 그 원고는 파리에서 심령술사로 활동하면서 망명한 러시아 테러리스트를 감시했던 J. M. 글린카 부인의 손을 거쳐서 간접적으로 그에게 들어갔다. 훗날 그녀는 한 신문기자에게 자신이 맡았던 영광스러운 역할에 대해서 고백했으나, 그녀가 또한 자신이 내세와 연줄을 맺고 있고 죽은 차르 가족과 직접적으로 교통하고 있다고 주장했기 때문에 그 기자는 그녀의 주장에 대해서 대단히 회의적인 태도를 보였다. 하지만 글린카 부인이야말로 원고의 사본을 크루셰반에게 전달했던 장본인이라는 것은 사실이다. 크루셰반은, 우리가 이미 살펴보았듯이, 원고가 닐루스의 손에 입수된 뒤 그것을 자신의 신문에 최초로 게재하게 될 인물이다.

---

* 러시아어로 '나의 사랑이여'라는 뜻이다.

이 "흑색선전의 걸작"이 발동시킨 소문은 가히 악의에 찬 풍설과 매독에 필적하는 속도로, 유럽 대륙을 넘어 영연방으로, 그다음에는 미국으로, 심지어 회항하는 길에는 '떠오르는 태양의 나라'에 이르기까지 세계 곳곳으로 퍼져나갔다. 『음모』는 그 불가사의한 기원에 힘입어, 또 신이 떠나버린 이 세상에서 역사적 흐름에 의미를 불어넣기를 소망하는 사람들의 욕구 때문에 얼마 지나지 않아 성서와 동등한 위치에 오르게 됐다. 이 책은 역사상의 온갖 패배 이면에 "불가사의하고 어둡고 위험한 힘", 세계의 운명을 손에 쥐고 있고 은밀한 권력의 원천에 기대며 전쟁과 폭동과 혁명과 독재정치를 일으키는 힘, 즉 "모든 악의 원천"이 도사리고 있다고 가르친다. 프랑스혁명, 파나마운하, 국제연맹, 베르사유 조약, 바이마르 공화국, 파리 지하철, 그 모든 것들이 그런 악한 힘의 소행이라는 것이다 (또한, 지하철의 진짜 정체는 도시의 장벽 아래 있는 갱도, 즉, 유럽의 수도들을 공중으로 날려버리기 위한 수단이라는 것이다). 악이 조종하는 "무책임한 밀교적 조직"의 어두운 금고로부터, 볼테르, 루소, 톨스토이, 윌슨, 루베, 클레망소, 에두아르드 샴,* 레프 다비도비치 브론슈테인** 등 법과 신앙의 적대자들을 지원하는 자금줄이 나온다는 것이다. 그런 악의 책동에 제물이 된 희생자들 중에는 차르 알렉산드르 2세, 셸리베르스트로 장군, 페르디난드 대공이 끼어 있다. 그 조직원이자 그 의지의 실행자들 중에는 마키아벨리, 마르크스, 케렌스키, B. D. 노프스키 그리고 모리스 졸리(사실 '졸리'는 모리스라는 이름을 통해서 그 기원을 쉽게 판독해낼 수

---

* 에두아르드 샴은 이전 소설들에서 다닐로 키슈가 자신의 생부를 문학적으로 형상화한 주인공이다. 대단한 지력과 천재성을 가졌으면서도 유대인이라는 '태생적 한계'로 인해 사회적 박해와 폭력에 시달리는 기인으로 등장한다.
** 1917년 러시아혁명을 주도했던 볼셰비키 혁명가인 레온 트로츠키(1879~1940)의 본명.

있는 일종의 애너그램이자 가명이다) 그리고 본인이 끼어 있다는 것이다.

## 18

『음모』의 가장 완벽하고 유명한 판본은 틀림없이 1920년대에 파리에서 출간된 네 권짜리 책일 것이다. 무슈 유니우스는 그 책을 발간하는 데에 꼬박 일곱 해를 바쳤고, 그 계획을 마쳤을 때 나이가 여든둘이었다. 그의 전기 작가들 중 한 명이 지적했듯이, 그것은 늘그막한 나이에 "대단히 번거롭고 직접적인 이익도 그다지 크지 않은" 슬라브 언어에 대한 연구에 뛰어들었던 학자이자 광신도이자 다언어주의자인 한 사내의 노고의 결실이었다. 그 판본에는 그 주제와 관련해서 그때까지 알려진 모든 것이 수록되어 있었으며, 프랑스어 번역과 러시아어, 독일어, 폴란드어 번역의 비교, 그리고 사실상 그 각각의 언어들 간의 비교, 초기 판본에서의 악명 높은 오식, 즉 가끔씩은 원본의 의미를 완전히 바꿔놓기도 하는 오식을 비롯해서 자질구레한 언어학적 차이, 대단히 많은 실수들—'랍수스 멘티스' 또는 '랍수스 칼라미'*—에 대한 지적이 함께 포함되어 있었다. 이 판본에는 또한 이 고약한 책의 고약한 번역자들을 엄히 꾸짖는 유사한 성서 구절도 쓰여 있다("왜냐하면 그들의 손은 자비의 손에 붙들리지 않았기 때문이다").

또한 이 판본에서 무슈 유니우스가 쏟은 수고가 헛되지 않았음을 언급하는 것도 결코 빠뜨릴 수 없으리라. 『음모』를 발간한 모든 출판사들

---

* 라틴어로 '말의 실수' 또는 '쓰기의 실수'라는 뜻이다.

──프랑스 내 출판사들뿐 아니라──싸구려 명예 또는 부당이득 이상의 것을 추구했던 모든 '진지한' 출판사들이 학술적 문제에 대해서는 무슈 유니우스가 펴낸 네 권으로 된 판본을 참고했기 때문이다(자신을 '파트리오티쿠스'라고 서명하고 "인류를 분열시키는 세력은 누구인가?"라는 노골적인 제목을 단 번역서를 5년 후 베오그라드에서 출간한 어느 익명의 논평가가 그랬듯, A. 토미치라는 인사가 자기가 펴낼 판본을 위해서──그 판본은 1929년 스플리트에서 "진정한 믿음의 기초"라는 제목으로 출간됐다──무슈 유니우스의 저작을 사용했을 가능성이 매우 높다).

독일에서 『음모』의 진본성에 대한 믿음은 "바위처럼 흔들림이 없고 견고했으며" 그 책은 여러 세대의 의식과 애국적 정서를 형성했다. 사회민주주의 계열의 신문들이 그 '모호한' 저작이 제기하는 비난의 무가치함을 극렬히 성토했던 반면에, 위험한 풍문이 확산되는 것을 꺼리는 경향이 짙은 일부 언론은 두 개의 가능한 태도("어느 것이나 효력 없기는 마찬가지인") 중에서 다른 하나를 택했다. 특히 『타임스』지의 발표가 막 나타났을 무렵, 차후의 모든 논의가 불필요하다고 판단하면서 그 모든 사건에 대해 침묵으로 일관했다. 그 상황과 관련하여 라치콥스키가 내린 심리학적 평가를 예증하듯 그 두 가지 태도에 내재하는 모순은 그 당시만 해도 무명이었던(아직 세간에 드러나지 않았던) 한 '아마추어 화가'*로 하여금 이런 글을 쓰도록 이끌었다. 즉, 그 책의 내용이 조작된 것임을 증명하려고 사람들이 끊임없이 발버둥치는 것은 거꾸로 "그 책의 진본성을 말해주는 명백한 증거"가 아니겠는가라는 주장이었다(『나의 투쟁』). 그 아마추어 화가의 이름이 이미 '너무나 잘 알려져 있었던' 그 악명 높은 해인 1933년,

---

* 아돌프 히틀러를 가리킴.

192

『음모』는 독일에서 서른 개 이상의 판본으로 출간됐고, 그 출판사인 '데어 함머'는 10만 권째 판매를 자축하기 위해 칵테일 파티를 열었다.

  닐루스의 책을 저본으로 삼아 미국에서 출간된 번역본은 평생 자동차와 비밀 단체라는 두 대상에 집착했던 헨리 포드가 소유한 일간지의 거대 유통망에 크게 힘입어 1925년 무렵 50만 부의 판매를 기록했다. 남미에서는 그 책이 오랜 세월 동안 정당들 사이에 격렬한 언쟁을 직접적으로, 또 지속적으로 불러일으키고, 광신도들, 특히 독일계 주민들 사이에서 일종의 교과서처럼 숭배될 참이었다. 포르투갈어로 번역되어 나온 세번째 판본(책 표지에 십자가와 머리가 셋 달린 뱀이 그려져 있는 1937년의 상파울로 판본)은 표준으로 간주된다(그 책의 편집자는 무슈 유니우스의 논증을 또한 충실하게 따르고 있다). 같은 해에 프레시오지(紙)가 출간한 이탈리아어본도 마찬가지라고 할 수 있다. 러슬로 에르네라는 작자의 현학적인 헝가리어 판본(1944)은 반유대주의적 논설을 촉발시켰고, 궁극적으로 그것은 필자의 집 창문으로 사냥총알이 날아들어오는 사건의 직접적인 원인이 되었다(그러니, 『음모』를 둘러싼 일련의 사건은 필자와도 무관하다고 볼 수 없다!).


19


  『음모』라는 그 책이, 그 악명 높은 『나의 투쟁』을 쓴 오래전의 아마추어 화가에게 깊은 인상을 끼쳤을 뿐 아니라, 또한 미래에 악명을 떨치게 될 무명의 그루지야 출신 신학생*에게도 큰 영향을 주었다는 분명한

---

* 소련의 지도자 이오시프 비사리오노비치 스탈린을 가리킴.

증거가 있다. 창밖에서 휘몰아치는 눈보라에 발이 묶인 한 시베리아 유형자에게, 긴긴 설야에 깜박거리는 촛불 속에서 읽는 『음모』의 글귀들이 복음서보다도 더 큰 영향을 끼쳤을 것이 틀림없다.

그런 식으로 르네상스 시대의 어떤 공작(公爵)을 교화시키기 위해 쓰인 한 권의 교본은——졸리의 철학적 포장과 닐루스의 비뚤어진 거울을 통해서——현대의 폭군들에게 어떤 지침서로 둔갑하게 되었다. 닐루스의 책에서 인용한 몇몇 대목은 그것들의 역사적 통찰과 어우러져, 어째서 그 문건이 그토록 치명적인 영향을 끼쳤는지를 보여줄 것이다.

"악한 본능을 지닌 사람들이 선한 본능을 가진 사람들보다 훨씬 많다는 것을 지적해둘 필요가 있다. 따라서 그런 악인들을 다룰 때에는 폭력과 공포를 통한 정치가 학술적 논쟁을 통한 정치보다 더 탁월한 효과를 낼 수 있다. 모두가 권력을 소망하며, 모두가 가능한 한 통치자가 되고 싶어 한다. 하지만 그 경우 자신의 행복을 성취하기 위해 만인의 행복을 희생하기를 주저하지 않을 사람은 매우 드물 것이다."(『음모』, 216쪽)

또는 아래 문장을 보라. "우리의 권리를 보장해주는 것은 힘이다. '권리'라는 낱말에는 책임이 가득 담겨져 있다. 하지만 그것의 의미는 한 번도 명확하게 정의된 적이 없다. 도대체 권리는 어디에서 시작된단 말인가? 또 어디에서 끝난단 말인가? 자유주의에 물든 권리의 과잉으로 법이 허물어지고 권력의 조직이 허술하고 위정자가 허약한 나라에서 나는 새로운 권리를 세운다. 현재의 질서와 제도 전체를 공격하고 갈기갈기 찢을 수 있는 강자의 권리를."(『음모』, 218쪽) *

---

* 이 문단의 과장된 어투는 『음모』가 데스투슈라는 이름의 의사에게 끼친 영향력을 방증하고 있다. 데스투슈는 "대학살에 필요한 사소한 것들"이라는 제목의 팸플릿을 쓴 이였다.(원주) : 작가 다닐로 키슈가 여기서 언급하는 데스투슈는 반유대주의 작가였던 루이페르디낭

행위가 언어보다 앞서는가, 아니면 행위가 단순히 언어의 그림자에 불과한가라는 까다로운 문제는 여전히 골치 아픈 난제로 남아 있는바, 『음모』에서 인용된 몇몇 대목은 우리에게 관념론적 해석을 신뢰하도록 이끌 것이다. 그 저작에서 미래의 참주들이 이끌어냈던 도덕은 열렬하고 확고부동한 현실로 변형될 참이었다.

"우리의 임무는 불화, 분쟁, 증오심을 유럽 전역에, 그리고 그다음에는 유럽을 통해서 다른 대륙으로 퍼뜨리는 것이다. 그로 인한 이익은 이중으로 배가되어 돌아올 것이다. 첫째, 우리는 모든 민주주의 국가들을 파멸시키거나 우리 뜻대로 그들의 사회 체제를 바꾸어놓을 능력이 있다는 것을 입증해 보임으로써 그들이 우리를 넘보지 못하도록 만들 것이다…… 둘째, 우리는 우리의 정치, 경제 협약, 외교적 의무를 통해서 모든 정부 내각에 침투시킨 끄나풀들을 은밀히 조종할 것이다."(『음모』, 235쪽)

이념의 역사에서 통치자를 위한 철학이 이보다 더 충실하게 수행되고 실제적으로 성공한 사례는 없었다.

"정치는 도덕과 어떤 공통점도 가지지 않는다. 도덕적으로 통치하는 국가 지도자는 정치적이라고 볼 수 없으며, 따라서 국가의 수반이 될 자격이 없다…… 지금 우리가 행하지 않을 수 없는 악으로부터 난공불락의 정부, 오늘, 이 시대에 자유주의에 의해 처참히 훼손당한 민족의 본질에 유일하게 합당한 그런 통치의 선(善)이 탄생하리라…… 목적은 수단을 정당화한다. 그러므로 우리의 계획에서 선과 도덕은 제쳐두고 당위와 이익에 집중하자."(『음모』, 218쪽)

"우리는 더 이상 어떤 음모도 우리에게 반격하지 못하도록 유념해야

---

셀린(1894~1961)을 가리키며, '팸플릿'은 그의 책 『대학살에 필요한 사소한 것들』(1937)을 암시하고 있다.(옮긴이 주)

한다. 따라서 우리의 권력에 저항하는 모든 무장 세력을 우리는 무자비하게 처벌할 것이다. 어떠한 성격이든 비밀 단체를 세우려는 온갖 시도는 죽음의 형벌만을 초래할 것이다. 우리는 과거에 우리를 섬겼고 지금도 여전히 우리를 섬기고 있는 모든 단체를 해산할 것이며, 그들의 요원들까지도 모두 유럽에서 가장 먼 대륙으로 압송할 것이다…… 또한 정치적 범죄로부터 영예의 후광을 벗기기 위해서 우리는 정치범들을 도둑과 살인범, 그리고 대단히 추잡하고 끔찍한 잡범들과 같은 방에 수감할 것이며, 그렇게 함으로써 대중으로 하여금 머릿속에서 정치범을 온갖 다른 범죄자들과 동일시하도록 만들고, 정치범들이 다른 범죄자들을 멸시하듯이 그들도 똑같이 멸시받도록 만들 것이다."(『음모』, 268쪽)


## 20


크루셰반의 논설이 상트페테르부르크 신문에 최초로 게재된 지 36년이 지난 1942년, 그 범죄 사건을 목격한 사람 하나가 자신의 수첩에 이런 기록을 남겼다. "연극 무대 위처럼 백주대낮에 서로를 죽이는 인간들, 이런 살인자들에 대한 재판 결정이 어떠한 사법적 근거에서 이루어지는지 나는 납득할 수 없다."

그러나 그런 범죄가 벌어졌던 무대는 그곳에 놓인 시체만큼이나 현실이었다.

불운한 쿠르트 게르슈타인*은 이렇게 쓴 바 있다. "그들의 유해는 현

---

* 쿠르트 게르슈타인(Kurt Gerstein, 1905~1945)은 독일 친위대 장교로서 나치 수용소에서 대량학살을 목격하고 국제사회에 이를 알리고자 애썼다.

무암 기둥처럼 계속 서 있었다. 그들은 쓰러지거나 기댈 공간을 전혀 확보하지 못한 채 여전히 꼿꼿이 서 있었다. 그 주검의 상태에서조차 손을 맞잡고 있는 일가족을 식별할 수 있었다. 대기하고 있는 다음 순번―짐짝처럼 내던져지는, 땀과 소변으로 흠뻑 젖어 푸르스름해진 몸뚱이들, 대변과 생리혈로 짓무른 다리들―을 위해 실내가 비워져야 했을 때 그들을 서로 떼놓기가 여간 힘든 게 아니었다. 스무 명의 인부들이 쇠 지렛대로 입을 억지로 벌리면서 입속을 찬찬히 살폈다. 다른 인부들은 숨겨져 있을지 모를 돈과 다이아몬드와 금을 찾느라 항문과 생식기를 뒤적거렸다. 치과의사들은 집게로 인레이, 브리지, 크라운을 뽑아내고 있었다. 그 지옥의 중심에 비르트 대위가 서 있었다……"

그 지옥의 중심에 비르트 대위가 서 있었다! 그의 제복 상의 왼쪽 윗주머니에는 1933년 데어 함머 출판사가 발간한 『음모』의 가죽장정본이 꽂혀 있었다. 그는 러시아 전선에서 어느 그 책이 젊은 하사관의 목숨을 구했다는 얘기를 어디선가 읽은 적이 있었다. 한 저격수의 총에서 발사된 총알이 그의 심장 바로 위의 책에 꽂혔다는 것이었다. 비르트는 그 책에서 심리적 안정을 찾았음이 분명하다.

# 레닌의 초상화가 그려진 붉은색 우표

— 아가서 8장 6절*

　친애하는 선생님, 미슐레가(街)에서 열렸던 지난번 강연에서 선생님
은 이렇게 물으셨더랬지요. "멘델 오시포비치의 편지 뭉치는 어디로 사라
졌을까?"라고 말이죠. 또한 뉴욕의 체호프 출판사에서 출간된 그의 전집
은 불완전하다고 감정할 수 있으며, 편지는 언젠가는 발견될 테니까 그의
전집이 그 판본에 수록된 스무 편 남짓한 정도로만 끝나지는 않을 것이라
고 말씀하셨지요. 선생님은 비극적으로 운명을 달리한 이오시프 베지멘스
키의 노고를 치하하신 뒤에("목숨을 잃지는 않았으나 대신에 자신의 이름,
도시, 조국, 심지어 대륙까지도 잃어버린 사람들의 행적을 수집하는 데에 그
는 꼬박 30년의 조사 기간을 바쳤던 겁니다.") 그 사라진 편지들이 언젠가
는 발견될 것이며, "불치의 병이 치유되리라는" 희망이 아직 남아 있다고
결론을 맺으셨죠.

---

* 해당 성경 구절은 다음과 같다. "너는 나를 도장같이 마음에 품고 도장같이 팔에 두라. 사
랑은 죽음같이 강하고 질투는 스올(지옥)같이 잔인하며 불길같이 일어나니 그 기세가 여호
와의 불과 같으니라."

이렇게 선생님께 편지를 쓰게 된 동기는, 그 편지의 상당 부분이 아직 남아 있으며, 그것이 (제 기억을 더듬어서 말씀드리자면) "감상적인 이유로, 또는 다른 어떤 사정 때문에 그 귀중한 문서들을 손에서 떠나보내기를 원치 않는" 한 개인이 소장하고 있다는 선생님의 믿기지 않는—아니, 믿기지 않을 만큼 도발적인—확신 때문입니다. 그때, 그 강연장에서 선생님이 "만일 우리가 운이 좋다면 문제의 인물은 아직 베를린, 파리 또는 뉴욕 어딘가에 살고 있을지도 모르죠!"라고 확신에 차서 말씀하실 수 있었던 배경이 무엇인지, 그것도 갑작스럽게—왜냐하면 선생님은 두 해전만 해도 그런 유의 견해를 전혀 밝히신 적이 없었고, 또 선생님이 쓴 서문에서도 그러신 적이 없었으니까요—그런 말씀을 하신 까닭이 무엇인지 여쭈어볼 엄두가 나지 않았지요. 하지만 선생님이 낙관적인 결론에 이르시게 된 것이 일차적으로 고(故) 베지멘스키의 연구와, 선생님에게 출입이 허용됐던 그의 문서고 덕분이라는 것은 틀림없을 테지요.

선생님이 찾고 계신 그 인물, 선생님 자신의 표현을 그대로 옮기면 "그 미스테리의 열쇠를 쥐고 있는 인물"은 그 강연장에서 선생님으로부터 불과 몇 발짝 떨어진 곳에 앉아 있었지요. 물론 선생님은 그녀를 기억하지 못할 겁니다. 선생님이 그녀를 보지 못했음은 분명한 사실이니까요. 뿐만 아니라 선생님이 그녀를 우연히 보셨다고 하더라도, 지상에서의 자기 의무를 모두 마치고 저세상으로 떠나려고, 또 인생 여정의 끝에서 자신이 어둠 속에서 생을 살지 않았음을 말하고자 무엇을 더 배우고 싶어서 온 듯한 표정을 지으면서 대중 강연장을 찾아오는, 하지만 사실은 죽음에 대한 생각으로 가득한 자신의 고독을 순간이나마 잊으려고, 혹은 그저 살아 있는 타인의 얼굴이 그리워서 찾아오는 그렇고 그런 여자들 중 하나라고 여기셨을 테니까요.

선생님, 저는 비록 외로움 속에서 허우적대고 있지만, 거대한 묘지처럼 망인들이 정주하는 과거의 기억 따위로 다른 사람들을 괴롭히고 싶지 않습니다. 저는 강연장을 기웃거리지 않으며, 이방인들에게 편지를 쓰지도 않으며, 답장을 기다리느라고 시간을 허비하지도 않습니다. 하지만 제가 살면서 대단히 많은 편지를 써왔다는 것을 하느님은 아시지요. 아, 이제 선생님도요. 게다가 그 편지들 거의 전부는 변함없이 한 사람을 향해서 쓰인 겁니다. 그는 바로 멘델 오시포비치지요.

그의 작품에 대해 전문가이신 선생님께는(지금 저는 선생님이 적용하신 전기적 비평 방법의 부정확성에 대해 따지려는 게 아닙니다) 긴 설명이 필요 없겠지요. 이미 선생님은 이 모든 것을 잘 알고 계실 테니까요.

「별들의 식인 습성」이라는 당혹스러운 제목이 붙여진 시(1권, 42쪽)에서 "두 별의 만남, 두 존재의 만남"은 니나 로스 스완슨 양이 주장하는 것처럼 "전의식의 활동과 무의식의 활동 간의 치밀한 공모의 산물"은 결코 아닙니다. 그것은 1922년 어느 침울한 11월의 날 파리에 있는 『러시아 잡기(雜記)』의 편집 사무실에서(그이는 "우연히, 숙명적으로" 그곳에 들렀더랬지요) 우리의 눈이 마주친 순간 멘델 오시포비치의 영혼을 뒤흔들었던 그 "전기 충격"에 대한 시적 치환이지요. 마찬가지로 M. O.*는 앞서 언급한 숙녀분의 주장과는 다르게 이민자 시절에 쓴 자신의 시에서 스스로의 "좌절"을 찬미하지 않았어요. 그이 자신이 주장했듯이, 아마도 이런 표현에 아이러니가 아주 없지는 않겠지만, 그는 언제나 "삶에 밀착된 시인"이었지요.

당시에 저는 스물세 살이었지요…… 하지만 저는 그 시에서 중요하

---

* 멘델 오시포비치의 머리글자.

지 않아요. 거기에서 전혀 중요하지 않지요. 아무튼 멘델 오시포비치의 얘기로 돌아가보지요. 같은 연작 무리에 속하는, 「계시」라는 제목의 시에 서 "식인종 별들" 역시 "시인의 출생 및 그의 망명생활과 관련되어 있는 잠재의식적 두려움"이라든지 "악몽"의 전치(轉置)가 아닙니다. 더군다나 "토템"은 아니지요. 그것은 두 이미지의 단순한 융합일 뿐입니다. 우리가 만났던 그날, 멘델 오시포비치는 어떤 잡지의 대중과학란에서 은하수의 저편 어디 먼 안개구름 속에서 서로를 집어삼키는, 분신처럼 "대단히 절 친한" 두 별들의 천문학적 현상처럼, 소위 식인습성의 별들 또는 별들에 게 식인 습성이 존재한다는 것("서로의 이마와 턱을 어루만지는 별들"이라 는 시구는 그래서 등장하는 거예요)을 우연히 읽게 됐지요. 그것이 시에 대 한 첫번째 자극이었고, 두번째 자극은 우리의 만남이었지요. 즉, 두 개의 사건이 하나의 이미지로 합쳐진 겁니다. 시인들은 본래 예언자처럼 말하 기 때문에 식인 풍습의 별에 관한 시는 예언적인 성격이 돼버린 거예요. 선생님, 우리들의 삶은 식인종들의 삶처럼 한데 뒤섞여버렸지요.

　물론 저는 멘델 오시포비치를 만나기 전부터 그에 대해 알고 있었지 요. 당시 러시아에 사는 모든 이디시어 화자들은——게다가 단지 이디시 어 사용자들만이 아니었습니다——멘델 오시포비치에 대해서 잘 알고 있 었지요. 강인하고 독창적인 인물들이 거의 모두 소문에 시달리듯이 그 또 한 온갖 소문에 골머리를 앓았지요. 즉, 그가 단지 안스키*를 흉내 내는 평범한 싸구려 모방 작가에 불과하다는 둥, 그에게 불륜으로 낳은 아이가 있다는 둥, 어느 유명한 독일 여배우와 염문이 있었다는 둥, (화가 치밀어 오른 그녀의 남편——유명한 러시아 시인이었다는——이 그의 이를 부러뜨린

---

* 본명은 슐로임 잔블 라포포르트(1863~1920)로서 슐로임 안스키 또는 그냥 안스키라는 필 명을 사용했던 유대계 러시아 소설가 겸 극작가, 민속 연구가.

결과) 그가 열여덟 살 이후로 의치를 하고 다녔다는 둥, 그가 항상 먼저 러시아어로 시를 쓴 다음 아버지의 도움을 받아 자기 시를 이디시어로 번역했다는 둥, 그가 팔레스타인으로 이주할 준비를 하고 있었다는 둥의 내용이었지요. 일전에 한 번 저는 콘스탄틴 로토프가 그려놓은 그의 초상화를 신문에서 본 적이 있어요. 저는 당장 그 사진을 오려내서는 '하느님 맙소사, 내가 일생 동안 꿈꿨던 남자가 바로 이 사람이야!'라고 생각하면서 제 일기장에 그것을 붙여놓았지요!(아, 우리 젊은 시절의 열정이여!)

그런데 갑자기—하느님 맙소사!—멘델 오시포비치가 『러시아 잡기』의 편집실에서 내 맞은편에 서서는 나를 뚫어지도록 쳐다보고 있는 게 아니겠어요. 나는 덜덜 떨리는 두 손을 그가 보지 못하게 하려고 책상 밑으로 집어넣었지요.

이튿날 그는 몽파르나스에 있는 러시아인 레스토랑의 만찬에 저를 데려갔지요. 당시에 떠돌던 소문에 의하면, 멘델 오시포비치는 바이런처럼 공공장소에서 음식물을 먹는 여자들에 대해 심한 경멸을 품는다고 해서, 비록 저는 몹시 배가 고팠지만 쓴 차 한 잔 외에는 아무것도 주문하지 않았지요. 물론, 나중에 저는 그 '바이런 괴담'의 여파에 대해서 그에게 귀띔해주었지요. 그 결과물이 바로 베지멘스키가 "해부학적 시"라고 명명한 그 시예요. 그 작품에서는 "육체를 찬미한 뒤에는, 마치 뒤집힌 어린이 장갑처럼 심장뿐 아니라 허파의 꽈리 세포와 대장의 굴곡까지 온 내장기관의 전형적인 본질"이 나타나지요. 따라서 그 작품은 일차적으로 연애시일 뿐, "자궁에 대한 일련의 환상"은 결코 아닙니다!

말하자면 우리의 연애는 "무자비하고 필연적인" 것이 되어버렸지요. 우리는 온갖 방해물이 있더라도 하나의 삶으로 결합해야 한다는 것을 깨달았지요. 우리의 앞길을 가로막았던 온갖 장애물들—가정, 친척들, 혈

202

연관계, 친구들, 작가동맹――에 대해서는 말하지 않겠습니다. 그리고 물론, 언제나 마지막 걸림돌로 튀어 나오는 저 측은한 병약한 소녀에 대해서도요.

그의 요청대로 저는 러시아로 돌아가서 『데어 슈테른』지의 모스크바 지국 사무실에 일자리를 얻었고, 우리는 매일 서로를 볼 수 있었지요. 비록 그의 그늘 속에 완전히 파묻혀 있지는 않았어도 저는 언제나 그의 곁에 있었지요(「분홍 전등갓 아래의 태양」이라는 제목의 시는 방금 제가 한 이야기에 대한 멘델 오시포비치의 아이러니한 응답이지요. 이것은 "생리혈에 대한 강박관념"을 표현한 게 절대로 아닙니다. 절대로!)

선생님도 잘 아시다시피 그 당시 M. O.는 기혼으로 딸이 한 명 있었지요(혹은 존경하는 니나 로스 스완슨 양의 얘기로는, "M. O.는 아내―엄마라는 인격체 속에 자신의 젊은 날의 환상을 이미 실현해"놓았지요!). 저에게는 고통스럽지만, 니나 로스 스완슨 양이 침묵했던 그 불행한 아이의 운명에 대해 선생님께 다시 한 번 알려드릴 필요가 있다고 생각합니다. 그 아이가 선천적 질병을 앓고 있었다는 사실이 멘델 오시포비치의 인생에 그늘을 드리웠을지도 모른다는 뜻입니다.

평론가들의 제멋대로인 평가, 그중에서도 특히 이미 말씀드린 니나 로스 스완슨 양의 분석을 바로잡을 의도는 전혀 없지만(하지만 사실 저에게 그렇게 할 수 있는 '최소한의 권리뿐 아니라 최대의 권리'가 있음은 물론입니다), 한 가지만큼은 분명히 짚고 가야 할 것 같습니다. N. R. S.*는 그 병약한 소녀의 존재를 잘 알고 있었고, 여성 특유의 연민, 그리고 의심의 여지없이 모성본능(이것이 언제나 평론가들의 평가와 관련되는 것은 아니지

---

* 니나 로스 스완슨 양의 머리글자임.

만) 탓에, "마인 킨트"*라는 어구가 나타나는 모든 시들을 "초자아의 처벌과 관련된 두려움, 그리고 죄책감으로 체험되는 공포심!"으로 해석하고 있지요. 만약 불쌍한 멘델 오시포비치가 그 글을 읽었다면 무덤 속에서 화들짝 놀라 몸을 뒤척였을 겁니다. 그런 유의 평론이 보여주는 몸서리치는 진부함 때문만이 아니라—비록 그것이 주된 이유이기는 하지만—M. O.가 자기 작품에서 그 아이에 대해서 조그만 암시조차도 한 적이 없기 때문에 또한 그렇지요. 그이는 그것을 불경한 행위로 여겼을 테니까요. 선생님, 제가 바로 "죄악스러운 처녀생식"이에요. 비록 저와 그이는 일곱 살밖에는 나이차가 나지 않았지만, 제가 바로 그이의 시에 등장하는 "나의 아이"랍니다. 『사냥개』 『소금기둥』 같은 소설과, 시집 『추락하는 별들』을 기초 자료로 삼아서 부조리한 사랑이라는 주제를 근친상간으로, 다시 말해, "금기(터부)를 위반하고 꿈속에서처럼 카타르시스를 만끽하려는 시도!"로 해석하려는 니나 로스 스완슨 양의 "심층분석"에 대해서도 같은 식으로 반박할 수 있습니다. 이런 표현을 써서 죄송합니다만, 만약 로스 스완슨 양이 자신의 "토템과 터부"로부터 멘델 오시포비치를 구해주었더라면, 그녀가 더 현명해 보였을 거라고 저는 확신합니다.

　　M. O.가 "닻처럼 이중의 사슬로써" 그를 결박하고 있었던 속박을 깨뜨리려고 한두 번 시도한 게 아니라는 얘기도 해둘 필요가 있을 듯합니다. 그러나 그이의 불행한 딸은 그이가 문간에 서 있는 순간에 이미, 아이들과 유로지브이에게만 있는 직관을 통해서, 마치 시험을 치르러 가는 학생처럼 아버지가 자기한테로 오는 도중에 느릿느릿 외고 반복했던 그 운명적인 말들을 기필코 쏟아내리라는 속마음을 읽을 수 있었지요. 침대

---

* 이디시어로 "나의 아이"라는 뜻이다.

에서 베개로 몸을 받치고 앉은 채로 그 아이는 자신의 기진맥진한 눈망울을 아버지에게로 돌리고는, 항상 짐승처럼 오싹한 중얼거림으로 끝나는 어떤 말을 꺼내려고 했지요. 그러면 M. O.는 양심의 가책에 시달리면서 딸의 곁에 앉아 아이의 손을 자기 손으로 꼭 쥐고는, 준비해놓은 대사를 읊는 대신에 자기 아내(그의 법적 부인)의 무릎에 고개를 파묻었지요. 그는 흐느끼면서 이렇게 되뇌곤 했지요. "하느님께서는 내가 지나치게 교만해지지 말라고 재능과 함께 이 아이를 주셨나 보오."

한껏 주눅이 든 상태로 그는 "약속의 땅"인 문학으로 도피했지요. (그 동명의 시로 인해 그가 당했던 오해와 배신은 얼마나 컸는지 모릅니다!) 그러고 나면 그이는 제 곁을 떠나겠다고 다짐하곤 했지요. 저 또한 그 병든 아이 혹은 바보 성자처럼 초인종 소리나 자물쇠 안에서 열쇠 돌아가는 소리만으로도 그이의 속마음을 읽을 수 있었지요. 그이는 이렇게 말하곤 했어요. "누구에게 상처를 줄 필요가 있을까. 나는 누군가를 사랑할 권리가 없다." 비단실이 끊어지듯이 우리의 결속은 뚝 끊기면서 우리는 수도 없이 "영원히" 헤어졌지요. "한껏 마모되어 누레진 널빤지 아래로 진주 구슬들이 굴러떨어졌네." (모스크바 메르즐랴코프 거리의 건물 꼭대기 층에 있는 저의 아파트에서 벌어진 일이었지요.) 하지만 우리 둘은 언제 그랬냐는 듯 곧 "막무가내로" 서로의 품속으로 되돌아갔지요. (이런 이별 사건에 대한 응답으로 나온 것이 「연옥」이라는 시입니다.)

마침내(저는 지금 '마침내'라고 했습니다. 왜냐하면 괴로워하고 싸우고 갈라서는 데에 꼬박 몇 년을 바쳤으니까요) 우리는 각자의 삶이 영원히 속박되어 있고, 각자의 미력한 인간적 힘이 우리의 사랑, 또는 그 앞을 가로막는 장애물에 비해 무기력하기 그지없다는 것을 깨닫게 됐지요. M. O.는 이렇게 말하곤 했지요. "그런 사랑은 3백 년 만에 한 번 나타나지.

그것은 생명의 결실이지. 그것의 유일한 재판관이 될 수 있는 것은 오직 삶뿐이지. 삶, 그리고 죽음." 바로 그것이 「연옥」이라는 시의 진짜 의미랍니다. 우연찮게도, 니나 로스 스완슨 양의 주석으로 인해 완전한 무의미의 덩어리로 바뀌어버린 그 시 말입니다〔"시적 맥락에서 사용된 시냇물과 강물의 이미지는, 특히 그것이 누락되고 '억압'될 때 무의식적 꿈의 기제로부터 흘러나온다. 그리고 꿈속에서 연상에 의해 흐르는 강물은, 비록 보이지 않고 그저 느껴질 뿐이지만('반향하는 심연'처럼), 낱말의 중얼거림과 세찬 오줌 소리를 동시에 암시한다." 선생님, 도대체 이 횡설수설이 무슨 뜻인지 가르쳐주실래요?〕.

그렇습니다, 선생님. 멘델 오시포비치는 결코 저의 남편이 아니었어요. 하지만 제가 "그의 슬픔의 치료제"였던 것처럼 그이는 저에게 인생의 의미였지요(쌍둥이 시 「탕자」와 「가이아와 아프로디테」, 『시집』 3권, 348~350쪽을 참조하세요). 우리의 사랑은 "필멸적 인간의 게걸스러운 행복"을 전혀 요구하지 않는 사랑, 어떤 증거도 요구하지 않는 사랑이었지요. 우리의 사랑은 스스로 키워지고, 스스로 소진되는, 하지만 우리 둘의 화염으로써 그 모든 것이 일어나는 그런 사랑이었지요.

"끔찍한 이별의 시간"이 지나가고 난 뒤, 우리는 서로에게 노예이자 인질이 되었어요. 우리의 "아름다운 질병"의 온도 곡선도 차츰 안정됐고요. 저는 살면서 받아온 교육의 마지막 흔적인 "존엄성"을 송두리째 잃어버렸지요. 그리고 이제 더 이상 그이에게서 아무것도 바라지 않았지요. 단지 그이가 바위처럼 변함없고 단단한 무엇이 되어주기만을 바랐지요. 저는 속기술, 게랭 기법을 익혔고, 거기에 저만 알아볼 수 있는 몇 가지 개인적인 표시를 더해놓았어요. 당시 M. O.는 명성의 절정에 오른 작가로서, 많이 존경받는 동시에 많이 공격당하는 처지였지요. 또 제가 아직 아름답고 젊은 여자라는 사실이 우리 둘의 비밀한 관계를 아는 사람들에 게는 대단한 질투거리가 되었지요. 그이의 죄책감, 그이의 끊임없는 양심 의 가책은 마침내 사라져버렸어요. 우리가 함께했던 그 몇 년의 세월, 그 "잔혹함과 부드러움의 양면적 시간"은 동시에 M. O.가 최고의 작품을 썼 던 때이기도 하지요[선생님, 그이가 쓴 성사극(聖史劇)풍의 작품에 대해서 잊 으셔서는 안 될 것이, 그 "사나운 늑대의 시대"에는 설령 책상 서랍 속에 밀 폐될 운명을 지니고 쓰였다고 하더라도 글로 표현된다는 것 자체로 인해 작가 를 치명적인 위험에 빠뜨릴 수도 있는 그런 유의 위험한 암시가 그 속에 담겨 져 있었다는 겁니다. 니나 로스 스완슨 양이 달아놓은 주해(죄송합니다. 방 한 복판에 놓인 옷장처럼 그녀와 계속 부딪히네요)와, 모세를 "랍비─아버지와 폭 군─아버지를 향한 억압된 증오심"의 구현으로 보는 그녀의 해석을 접하면서, 저는 니나 로스 스완슨 양이 '심층분석'을 적용하는 대신에 변변찮은 번역가 이자 시간강사로 지냈던 때인, '늙고 온순한 모세의 잔혹한 하늘 아래의' 러 시아에서 보낸 시간을 공상했던 것은 아닌지 궁금했지요). 저는 멘델 오시 포비치의 모든 글을 직접 타이핑하거나 필사했지요. 선생님, 저는 그야말 로 그의 문학작품 전부를 낳은 '산파'였어요(일례로, 시집 제2권 94쪽에 수 록된 「그녀가 '아멘'이라고 말했다」라는 시를 보세요). 여러 해 동안 저는 그 가 부르면 당장 떠날 수 있도록 언제나 여행가방을 꾸려놓고 살았지요. 저는 빈대가 득실대는 지방의 싸구려 호텔과 셋방을 전전하면서 "잔혹한 열병에 걸린 황홀한 밤들"을 보냈지요. 아직도 저는 바쿠의 한 호텔에서 그이와 저의 물건이 처음으로 뒤섞였을 때 느꼈던 그 흥분을 기억하고 있 어요(만일 저에게 기억할 권리가 있다면 말이지요). 우리의 옷가지들은 외 설적으로 보일 만큼 바짝 붙은 채로 옷장 속에 걸려 있었지요. (니나 로스 스완슨 양이 예절과 상식의 한도를 넘으면서 「뒤엉킨 살들」이라는 시에 가한 해석에 대해서는 언급할 가치도 없습니다!)

선생님께서는 아마 이 모든 것이 멘델 오시포비치의 창작과 무슨 관련이 있는 거냐고 물으실 겁니다. 글쎄요, 선생님, 이 몸이 바로 동명 시의 주인공인 폴리힘니아*이니까요(그 시의 진짜 의미는 우리의 체험을 배경으로 고려할 때에만 분명히 드러날 겁니다). M. O.는 이렇게 되뇌곤 했지요. "내가 쓴 시행마다, 내가 뱉은 낱말마다, 내가 찍은 구두점마다 꽃가루와 같은 너의 존재가 느껴진다." "내가 지은 모든 작품들, 심지어 내가 번역한 작품들조차 너의 흔적이 묻어 있다." 1928년 그이는 성경의 아가서를 번역했지요. 다시 말해 우리 둘 사이의 불화가 이미 지나갔을 때였어요[그 번역이 "오류투성이"라는 자니콥스키의 주장은 우습기 짝이 없지요! M. O.가 번역에 가한 시적 허용은 그 자신의 이론에 비춰볼 때 정당한 것입니다. 자니콥스키가 M. O.의 아버지인 "매우 존경받는 요제프 벤 베르겔손"을 끌어들이면서까지 비난할 이유가 없는 것이지요. M. O.는 자신의 개인적 감정의 일부를 그 번역에 섞어 넣었습니다. 제가 그 이유에 대해서 물었을 때 그이는 이렇게 대꾸하더군요. "순전히 실존의 문제 말고, 내가 희열을 느끼며 그 번역에 매진하는 데 또 다른 이유가 필요할까?" 카툴루스, 페트라르카의 칸초네, 셰익스피어의 소네트에 대한 그이의 번역 작품들은(그는 고이지르코프의 도움으로 그것들을 완성했지요) 이런 그의 진술을 참고해서 읽어야 합니다].

어떤 가혹한 풍경처럼 우리 삶이 펼쳐지는 배경이 되었던 역사적 사건은, 선생님, 언급하지 않고 그냥 넘어가겠습니다. 인생을 돌아보면, 그것들은 모두 눈보라, 비, 진창의 뒤범벅 속에서, "견딜 수 없을 만큼 혹독

---

* 그리스 신화에 등장하는 뮤즈의 하나로 종교시를 관장한다.

한 추위의 덩어리" 속에서 하나로 뭉쳐지지요. 하지만 선생님, 멘델 오시 포비치의 고행적인 산문에서 풍겨 나오는 그 어떤 엄정한 태도도 실제의 그와는 전혀 무관하다는 점을 믿으셔도 좋습니다. 그이가 저에게 보낸 편지는 플로베르의 편지만큼이나 바로크적이었지요. 그의 편지들은 말하고 있습니다. 그의 시가 노래했던 모든 것을, 아니, 그의 시가 말하지 않았던 것까지도요. 창작의 기쁨과 창작의 위기, 깊숙한 마음속 상태, 치질, 풍경, 자살의 동기와 계속 살아가야 할 이유, 산문과 운문의 차이점 등 전부를요. 그의 편지글에는 호색적인 한숨, 색정적 암유, 문예이론, 여행담, 조각난 시구들이 한데 섞여 있지요. 장미, 일출에 대한 묘사, 빈대의 중심 모티프에 대한 변주, 사후 세계의 가능성에 대한 사색 등이 여전히 저의 기억에 남아 있습니다. 어떤 나무에 대한 단상, 그가 묵고 있었던 크리미아의 한 호텔 창문 아래서 귀뚜라미들이 손목시계의 태엽 소리처럼 울고 있는 장면에 대한 비유, 어떤 인명과 도시명의 어원, 어떤 악몽에 대한 해석 등이 떠오릅니다. 그것들 외에도 그이의 편지에서 제가 기억할 수 있는 것은 사랑의 낱말입니다. 겨울 날씨에 어떤 옷을 입어야 하고 어떻게 머리손질을 해야 하는가에 대한 지적, 기원, "열렬한 구애", 그리고 (두말할 필요도 없이 터무니없는) 시샘의 장면들.

그 후 어느 날 저한테 편지 한 통이 날아와 있었지요. 그때는 저 끔찍한 1949년이었지요. 그해에 무슨 일이 일어났었는지 또다시 말씀드릴 필요는 없겠지요? 선생님, 그해에 이디시 작가 동맹에 소속된 회원들이 한 명도 남김없이 숙청됐던 일을 잘 아실 겁니다. 즉, 문제의 그 사건은 그 끔찍한 일련의 비극이 일어나기 직전에 벌어졌으니까요. 다른 사람이 받기로 되어 있었던 편지 한 통이 제 앞에 날아와 있었지요. 차라리 저는 예의범절 아래 호기심을 꽁꽁 가둬둔 채 그 편지를 읽지 말았어야 했어요.

하지만 궁금함을 참을 수 없더군요. 더욱이 겉봉투에 제 이름이 멘델 오시포비치의 필체로 쓰여 있었으니까요. 아뇨, 그건 절대로 연애편지가 아니었어요. 그것은 어떤 시행의 의미, 그 속뜻을 풀이해놓은 글이었지요. 그러니까 멘델 오시포비치의 시를 러시아어로 옮기고 있었던 그 젊은 여자 번역가에게 보내는 조언을 담고 있었지요. 그러면서도 그 편지에는 어떤 애매모호함이, 아니 (그이의 시에서 몇 대목을 직접 인용해보면) "디오니소스적 섬망증"과 "큰 뇌조(雷鳥)의 구제불능적인 오만함"이 가득 배어 있었지요. 멘델 오시포비치의 영혼은 제게 어떤 비밀도 숨기지 못했지요. 선생님, 어떤 평범한 '리버스브리프'*도 그것보다는 저에게 상처를 덜 주고 저를 덜 놀래주었을 거라고 그 당시나 지금이나 저는 확신했고 또 확신하고 있어요(만약 확신이라는 것이 단순한 위안이나 자기 정당화가 아니라면 말이지요). 다시 말해 저는 그의 "디오니소스적 섬망증"에 대해서 용서할 수 있었을 거예요. 우리의 사랑, 독특하고 다른 무엇과도 비교할 수 없는 우리의 사랑을 내걸고, 저는 어떤 육체적 배신 행위도 용서할 수 있었을 거예요—신과 시인은 모든 것을 용서받으니까요. 하지만 편지글 속에서 자신의 시, 자신의 영혼, 자신의 신비로운 영감의 원천에 대해서 그 젊은 여자에게 고백하고 있었다는 사실, 시 자체가 그 동기를 제공하는 어떤 애매모호한 문맥 속에서, 일종의 초야권(初夜權)**처럼 저 혼자와 그이만이 독점하고 있다고 여겼던 것을 그이가 그 여자 번역가와 나누고 있었다는 바로 그 사실이 저를 산산이 깨뜨리고 저의 존재 자체를 뒤흔들고 그전까지 누렸던 안정을 망쳐놓았던 겁니다. 불현듯, 세상이 뒤집힌 듯한 공황 속에서, 그 "노랗게 빛바랜 마룻바닥"이 저의 발밑에서 입을 벌렸고,

---

* 독일어로 '연애편지'라는 뜻이다.
** 결혼할 때 신랑보다 추장, 승려, 영주 등이 먼저 신부와 잠자리를 같이할 수 있던 권리.

악몽을 꾸면서 발버둥 치듯이 저는 허우적거리기 시작했지요. 그러다가 문득 그 혼돈과도 같은 곤두박질을 멈출 수 있는 유일한 방법이 그이에게 저의 단호한 의지를 보여주는 것, 즉 거울과 분홍색 갓이 달린 램프(이것 역시 그이가 준 선물이었지요), 중국제 찻주전자, 혹은 값비싼 온도계를 때려 부수는 것이라는 생각이 들었어요. 만약 그렇게라도 하지 않았다면 훨씬 더 끔찍한 일을 벌였을지도 몰라요. 그다음 저의 머릿속에 그 편지가 번쩍하고 다시 떠올랐던 거예요.

멘델 오시포비치의 아파트는 벌써 수도 없이 수색을 당했던 터라 그이는 우리 둘 사이에 오고 간 편지들을 저의 집으로 옮겨놓았죠. 그이는 곧잘 이렇게 말했지요. "네 편지를 훔쳐보려고 혈안이 된 '얼굴 없는 남자들'만 생각하면 나는 몸서리쳐진다." 저는 우리 둘의 만남 초기에 그이가 사다 주었던 리본으로 그 편지들을 묶어놓았지요. 그 검은 벨벳 리본은 그의 시들 중 한 곳에서, 마치 관자놀이와 관자놀이를 잇는 금발 속의 머리띠처럼 시행 사이에 앙장브망*이 가로놓여 있는 시에 나와 있어요. 수중에 있던 가위로(제가 머리를 자르려고 그것을 사두었던 게 분명합니다) 제가 그 리본을 자른 순간부터 저의 추락의 속도는 늦춰졌지요. 제 손으로 첫번째 편지를 찢는 순간, 저는 이제 과거로 돌아갈 수 없다는 것을 깨닫게 됐지요. 더군다나 그런 저의 행동을 후회할 것이며, 아니 벌써 후회하고 있다는 것을 칼날이 온몸을 훑고 지나가듯 선명하게 느끼고 있었음에도 불구하고 말이지요. 이제 우리의 사랑은 몇 장이 누락된 진귀한 고서 또는 서점에 반품되어 돌아온 파본과 비슷해져 있었지요. 한 방울의 붉은 봉랍처럼 생긴 우표 소인의 얼룩덜룩한 자국 외에는 아무것도

---

* 운율과 구문의 불일치로 인해 두 시행 사이에 걸쳐져 있는 시구.

알아보지 못할 만큼 저는 분노와 죄책감으로 눈이 멀어 있었지요. 선생님은 멘델 오시포비치의 작품에 정통하시니까, 어떻게 '그'가 그 장면, 즉 커튼을 통과하여 어느 젊은 여인의 얼굴과 손 위로 빛이 내리쬐이는 저 플랑드르파 화풍의 초상화를 그려낼 수 있었을까 하고 틀림없이 의아해하실 겁니다. 그 빛을 그리기 위해, 그 이미지를 포착하기 위해서 과연 그이가 불이라도 지폈을까요? 과연 그 일을 위해 불씨를 피우고 난로의 문을 열어놓았을까요? 그 일을 위해 진짜 벽난로를 들여놓았을까요? 저는 그렇게 생각하지 않습니다(저의 집에는 벽난로가 없었어요. 비록 3월, 얼음장 같은 3월의 날씨였지만 무쇠 난로조차 불씨가 꺼져 있는 상태였지요). 창가에 앉아 빛을 받은 여인의 얼굴을 그리기 위해서는 그이에게 "투명한 황혼"만으로도 충분했을 테니까요. 또한 "차르의 피를 뜻하는 붉은 봉인"을 연상하는 데에는 레닌의 얼굴이 그려진 붉은색 우표들을 보았던 강렬한 기억만으로도 충분했을 테니까요(그의 시에 묘사된 "차르의 피"에 대한 선생님의 해설은 더없이 적확합니다). 아, 그때 그이는 지옥의 광휘를 불러낼 수 있는 방법을 벌써 터득했는지도 모릅니다!

저는 그이가 자신이 저지른 치명적인 실수를 이미 알아차렸다는 것을 분명히 알 수 있었지요. 그이는 저를 보자마자 제가 무슨 일을 하고 있는지 퍼뜩 알았습니다. 갈가리 찢긴 종잇조각이 제 옆에 수북이 쌓여 있었으니까요. 저는 바닥에서 벌떡 일어나서 책들을 그이의 품에 꾹 찔러 넣었어요. "헌사 부분은 내가 찢었어요"라고 제가 말했지요. 그러고 나서는 사진이 수북이 담긴 봉투 하나를 그이에게 건넸지요. "우리가 함께 찍은 사진은 모두 내 손으로 직접 없애버렸어요."

그 후로 그이를 다시 본 것은 단 한 번뿐이었지요. 그이가 대중 집회에서 어떤 선언문을 낭독하고 있었을 때였죠. 그때 이미 그의 운명은 끝나 있었습니다. 그이는 자신의 종말이 가깝다는 것을 직감했을 테지요. 그다음에 벌어진 일은 선생님도 잘 아시는 얘깁니다. 어느 날 밤 '얼굴 없는 남자들'이 그이를 끌고 갔고, 그이의 수중에 남아 있는 편지들까지 몰수해간 사건 말이에요. 그렇게 해서 멘델 오시포비치의 『전집』에는 제5권이 비게 된 것이고, 그의 서간집이 간행인들과 친구들에게 보내는 저 스무 통 남짓한 짧은 편지만으로 줄어들게 된 거지요. 그 무시무시한 "혁명의 검"조차 결코 파괴하지 못했던 것을 사랑의 광기가 파괴한 것이었지요.

이미 지나간 일은 지나간 일일 뿐입니다. 과거는 우리 안에서 계속 살아가지요. 그리고 우리는 과거를 지울 수 없지요. 꿈은 내세의 이미지이자 내세가 실재한다는 증거이기 때문에 우리는 꿈속에서 만나게 될 겁니다. 꿈속에서 그이는 축축한 나무로 불을 지피면서 난로 옆에 무릎을 꿇고 있거나 쉰 목소리로 저를 부르지요. 저는 꿈에서 벌떡 깨어나 전등을 켭니다. 고통과 회한이 추억에 대한 멜랑콜리의 희열로 서서히 변해가지요. 우리가 나눈 길고 열정적이고 지독한 사랑이 저의 삶을 채우고 의미를 부여해왔지요. 선생님, 운명은 저에게 호의적이었기에 저는 어떤 보상도 바라지 않습니다. 제 이름은 멘델 오시포비치 작품집의 색인이나, 그이의 전기나, 그이의 시에 대한 주해서 어디에도 나타나지 않겠지요. 선생님, 저는 멘델 오시포비치의 "작품" 자체랍니다. 또한 그이는 저의 "작품"이고요. 이것보다 더 행복한 어떤 운명을 바랄 수 있을까요?

선생님, 제가 "운명과 타협했다"고, 제가 모든 것을 포기했다고 생각하지 말아주세요. 멘델 오시포비치가 어디에 묻혔는지는 아무도 모르기 때문에, (그 불운한 제트 씨가 말했던 것과는 다르게) "그의 곁에 누워 안식할" 의사가 저에겐 조금도 없습니다. 원조 유물론자인 디드로가 그런 환상에 사로잡혔던 마당에, 저 또한 온갖 유물론적 판단을 뒤로한 채 우리 둘이 저세상에서 만날 것이라는 희망을 품지 말라는 법이 어디 있겠습니까? 하지만 저는 신의 도움을 간절히 원합니다. 제가 신의 곁에 서는 날, 그이 곁에 다른 여자의 그림자가 어른거리는 광경을 제 눈이 보지 않도록 해달라고 말이지요.

# 작가 후기

　이 책에 수록된 모든 이야기들은 다소간 정도의 차이는 있으나, 필자가 '형이상학적'이라는 낱말로 지칭하고자 하는 동일한 주제로 수렴된다. 길가메시 서사시 이래로 죽음의 문제는 문학의 강박적 주제 가운데 하나로 자리매김돼왔다. 만일 '디반'*이라는 낱말이 보다 밝은 색조, 보다 흥겨운 어조와 결합하지만 않는다면, 이 작품 모음집에는 명백히 아이러니하고 패러디적인 문맥을 동반한 '동과 서의 디반'이라는 부제목을 달아도 좋으리라.

　「기적을 행하는 자 시몬」은 영지주의 교파의 전설에 속하는 한 주제를 변주한 작품이다. 자크 라카리에르가 인용한 가톨릭 교단의 신학사전에서는 이 소설에 등장하는 무리인 "보르보리테"를 가증스러운 이단자들로 규정하고 있다. "테르툴리안은 그들의 음탕함과 그 밖에 신성모독적인 범죄에 대해 비난했다. 알렉산드리아의 클레망은 그들이 '염소처럼 육욕

---

* 터키어로 '소파'라는 뜻이다.

에 빠져 뒹굴며 자신들의 영혼을 진창 속에 처박았다'고 지적했다. '진창'을 뜻하는 낱말 '보르보로스'는 이 이단들의 추잡한 습관을 폭로하기 위해 그들에게 붙여진 오명이다…… 그들은 정말로 진창 속에서 뒹굴었을까 아니면 그 명칭은 그저 메타포에 불과한 것이었을까?"*

대단히 박식한 어떤 선의의 인물이, 이 소설 속에 묘사된 시몬의 분리파 활동과, 1938년 보리스 수바린**이 쓴 글 중 한 대목 간의 유사성을 나에게 보여주었다! 그 문단을 옮겨보면 이렇다. "스탈린과 그의 수하들은 항상, 매 순간마다, 기회가 있을 때마다 거짓말을 한다. 하지만 그들은 결코 거짓말을 멈추지 않기 때문에 자기들이 거짓말하고 있다는 사실조차 더는 깨닫지 못한다. 그래서 모두가 거짓을 말할 때, 더 이상 아무도 거짓을 말하지 않는 것이 된다…… 거짓말은 유사 소비에트 사회를 이루는 자연적인 요소다…… 숱한 회의와 집회, 연극과 연기. 프롤레타리아의 통치 역시 명명백백한 사기 행위다. 대중은 자발적이지 않다. 오히려 그들은 촘촘한 조직을 필요로 한다. 우파와 좌파의 논쟁 역시 거짓말이다. 스타하노프 또한 거짓말쟁이이며, 스타하노프 운동*** 역시 사기다. '행복에 넘치는 삶' 역시 서글픈 소극(笑劇)이다. "새로운 인류"는 고대의 고릴라일 뿐이다. "문화"는 반문화다. "찬란한 영도자"는 멍청한 폭군에 불과하다……"**** 하지만 이 소설과 앞서 인용한 대목 간의 유사성은 우연적이다.

---

* 자크 라카리에르, 『영지주의자들』(파리, 1973), 108쪽. (원주)
** 본명은 리프시츠 콘(1895~1984)으로 러시아 태생의 프랑스 정치가이자 역사가.
*** '특별작업대'라는 뜻의 러시아어로, '스타하노프 노동자'라는 명칭은 옛 소련에서 규정량 이상의 생산 실적을 올린 노동자들에게 붙이는 영예의 칭호였다.
**** 알랭 베상송, 『오늘날의 소비에트연방과 과거의 러시아』(파리, 1980), 278~79쪽. (원주)

단편소설 「마지막 경의(敬意)」에 등장하는 장 발텐 또는 발틴이라는 자는 실존 인물이다. "Out of the night(한밤중에)"이라는 영문 제목이 붙은 어느 큼지막한 책에서, 발틴은 그 소설 속 일화를 (비록 그 플롯은 소위 '복고적 주제'를 많이 연상시키지만) 실제 있었던 사실이라고 설명하고 있다. 이 소설에 삽입된 플랑드르파의 모티프는 테르보르흐,* 루벤스, 렘브란트의 그림에서 발산되는 분위기에서, 그리고 1972년 함부르크 여행의 기억에서 영감을 얻은 것이다. 소설에 등장하는 혐오스러운 글라디올러스는 그 이야기를 쓰기 이삼 일 전쯤 'O. V.'가 내게 가져다준 것으로, 마치 화가가 정물화를 그리듯이, 내가 직접 현실에서 가져와 "이젤처럼" 소설 속에 그려 넣은 것이다.**

「죽은 자들의 백과전서」가 처음 실린 곳은 1981년 베오그라드에서 발행하는 『문학』지 5·6월호였으며, 한 해 뒤인 1982년 7월 12일 이 작품은 아미엘 알칼라이***의 번역으로 『뉴요커』지에 다시 실린 바 있다. 그 꿈을 꾼 장본인, 즉 이 이야기의 원형이 되는 한 여자는 어느 날 전율에 가까운 놀라움을 지닌 채, 자신의 가장 내밀한 악몽이 마치 괴물 같은 기념

* 네덜란드 풍속화가인 헤라르트 테르보르흐(Gerard Terborch, 1617~1681)를 가리킴.
** 이 이야기의 본래 제목으로 붙여졌던 것은 '어느 창녀의 장례식'이었다. 필자가 아는 어느 문학평론 담당 편집자는 1980년 3월 12일 자 편지에서, "편집위원들은 이 책의 제목이 여주인공의 이름인 '마리에트'로 변경돼야 한다고 뜻을 모았습니다."(하지만 'M.'이 제대로 지적했듯이, 이것은 창녀의 이름으로서는 더없이 훌륭하지만, 소설 전체의 제목으로는 미흡하다)라고 내게 알려주었다. 이른바 그들은 이 천진하고 서정적인 변주를 정치적 은유로 해석했던 것이다!(그 당시 구유고슬라비아 연방의 대통령이었던 요시프 브로즈 티토가 병환이 매우 위중한 상태였기 때문에 이 구절이 오해를 일으킬 소지가 있었다는 뜻임—옮긴이) 이에 베오그라드의 다른 문학평론지인 『문학』의 편집자가 나서서 1980년 8월호에 이 소설을 게재함으로써 그들의 골칫거리를 해소해주었다. 어쨌든 내가 직접 제목을 바꾼 것은 순전히 문학적인 이유 때문이다. 원래 제목이 지나치게 투박해 보였기 때문이다.(원주)
*** 1956년 미국 보스턴 태생의 유대계 시인이자 소설가.(원주)

비처럼 딱딱한 석판에 이미 새겨져 있음을 발견하게 된다. 그렇게 그녀가 악몽 같은 꿈을 꾼 지 여섯 달쯤 뒤, 그리고 이 소설이 출판된 뒤, 유고슬라비아의 한 잡지는 "비밀 문서보관소"라는 제목이 붙은 아래의 기사를 게재했다.

"유타 주의 주도(州都) 솔트레이크 시티의 동부에 위치한 록키 산맥의 화강암 내부 깊숙이 미국 전역에서 가장 독특한 문서보관서 중 하나가 숨겨져 있다. 암벽 안으로 난 네 개의 터널을 통해 도달할 수 있는 그곳 전체는, 미로처럼 생긴 복도로 지하의 몇 개의 방들이 연결돼 있다. 그곳에 보관된 수십만 개의 마이크로필름에 접근할 수 있는 권한은 소수의 고위 임원에 한정되어 있고, 출입문마다 강철문과 기타 보안장비가 갖추어져 있다.

이런 장비 가운데 그 어느 것도 일급정보를 보호하기 위해 만들어진 것은 아니며, 또한 이 문서보관소들은 정부의 소유도 군대의 소유도 아니다. 여기에는 이른바 생존해 있거나 고인이 된 180억 명의 이름이 기록돼 있고, 이들은 '후기성도교회 소속 족보협회'의 손을 거쳐 125만 개의 마이크로필름으로 자료화되어 있다. 그곳은 솔트레이크 시티 모르몬교회 소속 기록보관서의 공식 명칭으로서, 이 교회는 150년 전 조지프 스미스라는 인물에 의해 세워졌고, 모르몬교단 측 정보에 의하면, 미국 내에 약 3백만 명의 신자가 있으며, 해외에 1백만 명의 신자가 더 있다고 전해진다.

이 진기한 문서보관소에 수록된 인명들은 전 세계에서 수집된 것들이라고 한다. 많은 공을 들여 온갖 기록물들을 복사해왔으며, 지금도 작업은 순조롭게 계속되고 있다. 이 어마어마한 사업의 최종 목표는 인류 전체의 기록을 마이크로필름으로 찍어 보관하는 것이다. 여기에는 아직 생존해 있는 사람들뿐 아니라 이미 저세상으로 떠난 사람들까지 포함된다.

이른바 계보학은 모르몬교도에게 종교의 핵심적 요소로 간주된다. 이 기상천외한 문서보관서의 힘을 빌려 모르몬교도는 모두 과거로 되돌아가 가문의 혈통을 추적해낸 뒤 '모르몬의 계시'를 듣는 '행운'을 안타깝게 놓쳐버린 자기 조상들의 세례를 소급적으로 확보할 수 있다고 믿는 것이다.

모르몬교도들은 자신들의 이런 작업을 더없이 진지하게 생각해왔다. 문서보관소 설치를 위해 최적의 장소를 물색하기 시작했던 것이 1958년이며, 그렇게 선정된 산속 부지의 기공식이 3년 뒤에 시작됐다. 마이크로필름은 극도로 조심스럽게 보관되고 있다. 지하시설의 내부 온도는 섭씨 14도로 일정하게 유지되고 있으며, 공기의 습도는 40퍼센트에서 50퍼센트 사이로 유지된다. 극소량의 먼지나 화학 오염 물질도 들어오지 못하도록 공기는 실내 통풍 시스템에 의해 지속적으로 순환되며, 세심하게 정화되고 있다.

또한 두 겹의 강화시멘트로 내부를 바른 여섯 개의 거대한 홀에는 각 권당 3천 쪽 정도 되는 6백만 권의 책과 같은 분량의 자료가 현재 보관되어 있다.

여담이지만, 모르몬교도들은 새로운 시설을 확충할 계획을 세우고 있다. 매달마다, 길이가 10여 킬로미터에 달하는 새로운 마이크로필름이 세계 각처에서 도착하고 있다. 마이크로필름 외에도 이들의 소장품 중에는 계보학과 직간접적으로 관련된 수만 권의 책들과, 특별한 정기간행물들, 역사서들이 있다."*

에베소의 일곱 수면자에 대한 전설을 다룬 소설「잠자는 자들에 대한 전설」은 그 기원이 코란으로 거슬러 올라가지만, 그것은 또한 6세기 초에

---

* 『무지개』, 1981년 5월 19~23일.(원주)

시리아 작가 사루주(데 푸에리스 에페시)*의 손으로 이미 기록된 바 있다. 사루주의 견해에 동의하듯, 투르의 그레고리(594년 사망)는 그들의 깨어남이 부활(데 글로리아 콘페숨)의 징표 중 하나라고 주장했다. 만인의 부활에 관한 주제의 또 다른 변주는 탈무드와 미슈나**에 나타나 있다. 거기서 수면자는 70여 년 뒤에 잠에서 깨어난다. 이 전설은 '동굴'이라는 제목의 희곡에서 아랍계 작가 타우피크 알하킴이 또한 사용한 바 있다. 내 판단이 틀리지 않다면, 알하킴은 데시우스 황제의 딸 프리스카의 형상을 맨 처음 문학적 플롯으로 도입한 장본인이다. 3백 년이 지난 뒤에, 역시 황제의 딸이며 동명이인인 또 한 명의 프리스카가 첫번째 프리스카의 환생처럼 다시 등장한다. 얀 포토츠키가 지은 『사라고사에서 발굴된 원고』에 대한 논평에는 이런 부분이 들어 있다. "일곱 명의 수면자들은 에배소 출신의 귀족 청년들 일곱 명이었다. 전설에 의하면 이들은 데시우스의 박해(때는 서력 250년이었다)를 피해 셀리우스 산의 동굴 속에 은거했다. 230년 뒤에, 혹은 다른 기록에 의하면 309년이 지난 뒤에 그들은 잠에서 깨어났지만 곧바로 숨을 거두었다고 한다. 그들의 시신은 대형 석관에 실려 마르세유로 운구됐으며, 지금은 엘리제 생 빅토르 성당에 안장돼 있다고 한다. 그들의 이름은 각각 콘스탄틴, 디오니시우스, 요한, 막시밀리안, 말쿠스, 마르티니안, 그리고 세라피온이라고 한다." 내 소설의 제사는 "동굴"이라는 제목이 붙은 코란 경전의 열여덟번째 수라트***에서 따온 것이다. "어떤 이들이 말하리/그들은 세 명이었고 그들의 개가 네번째 수면자였다고/어떤 이들이 말하리/그들은 다섯 명이었고 그들의 개가 여

---

* 혹은 야코부스 사르구엔시스Jacobus Sarguensis라고도 불린다.
** 탈무드의 제1부를 구성하는 유대교의 불성문율집. 서력 2백 년경에 편집됨. (원주)
*** 코란 경전의 장(章).

섯번째 수면자였다고/어떤 이들이 말하리, 그 비밀을 파헤치기를 바라면서/그들은 일곱 명이었고 그들의 개가 여덟번째 수면자였다고." 여기에서 볼 수 있듯이, 수면자들의 숫자는 이 전설을 둘러싼 유일한 미스터리가 아니다.

드니 마송은 무하마드 하미둘라를 인용하면서 제사 속의 시구를 이렇게 풀이한다. "음력과 양력의 균형을 맞추려고 이렇게 9년이 더해진 것이다."

단편소설 「낯선 세계가 비치는 거울」과 관련하여, 마담 카스틀랑 본인을 포함해서 심령술사들이 이 일련의 사건을 신빙성이 있는 것으로 판단하고 있다는 점을 일러둘 필요가 있겠다. 존경받는 천문학자 카미유 플라마리옹(1842~1925, 그는 그 자신 못지않게 높은 평가를 받는 두 저작 『생활세계의 복수성』과 『자연계의 미지의 힘』을 남겼다) 역시 비슷한 사례를 인용하고 있다. 또한 그는 자신이 쓴 『불가사의한 현상과 심리적 문제들』에서 치안판사이자 국회의원을 역임한 베라르라는 남자의 사례를 소개하고 있다. 베라르 씨는 출장 중에 "어떤 울창한 수풀 지대"에 있는 한 누추한 여인숙에서 하룻밤을 묵어야 했다. 그날 밤 갑자기 꿈속에서 그는 자신이 지금 '의인의 숙면'*을 취하고 있는 바로 그 방에서 3년 후 일어나게 될 살인사건의 전모를 아주 자세히 목격하게 된다. 그 사건의 희생자는 빅토르 아르노라는 이름의 한 변호사였다. 살인범이 잡힐 수 있었던 것은 여전히 베라르 씨의 기억 속에 생생하게 남아 있었던 꿈 덕분이었다. 이 사건은 은퇴한 검시관 가롱의 『회상록』 2권에 기록되어 있다. 가롱의 글은 상상력은 모자라지만 그 객관성만큼은 의심할 수 없다(이본 카

---

* 161쪽, 「왕들의 서(書) 또는 광대들의 서(書)」의 7장 각주 참조.

스틀랑, 『심령술』, 파리, 1954).

「스승과 제자의 이야기」는 1976년 잡지 『문학논단』의 여름호에 최초로 게재됐다. 이 소설에서는 "제자가 '그 자신이 완전히 재능이 없지 않음을 보여주는 비방과 가십을 사용하면서' 스승과 무자비하고 지루한 싸움을 치를 것"이라는, 비록 심리학적 관점에서 지극히 예측 가능하지만 아무튼 예지력이 있는 서사가 개진되고 있다. 그리하여 시간이 흐를수록 줄거리에서는 비유적인 의미가 차츰 사라지고, 소설의 무게중심은 사실주의적 기법 또는 심지어 다큐멘터리 형식으로 옮겨간다.*

소설 「영예롭도다, 조국을 위한 죽음이여」는 역사물 작가들이 즐겨 찾는 어떤 한물간 부르주아 전설에 대한 자유로운 각색물이다. 이 주제는 여러 형태로 각색되어왔는데[가장 최근에는 프레데릭 I. 쵤레라는 작가가 쓴 흑수단(黑手團)** 조직에 관한 책에서 묘사된 바 있다], 오스트리아 자료를 토대로 쓰인 그 모든 각색물들은 편파적이고 현학적이며 감상적이라는 옥의 티가 있다.

「왕들의 서(書) 또는 광대들의 서(書)」는 본래 에세이의 형태로 구상되었던 글이고, 그런 에세이의 흔적이 지금도 뚜렷이 남아 있다. 필자의 본래 의도는, 『시온 현자들의 의정서』가 어떤 경로를 통해 나타나게 됐는지에 대해서 진실하고 환상적인('믿기지 않을 만큼 환상적인') 이력을 간명하게 요약하고, 여러 세대의 독자들에게 그 작품이 끼친 광기 어린 영향과 그것이 초래한 비극적인 결과에 대해 기술하는 것이었다. 악에 대해 경고하는 우화의 일종인 그 문건은, 벌써부터 여러 해에 걸쳐 나를 매료시켜왔다(그 점은 내가 쓴 다른 소설 「모래시계」의 내용에서도 분명하게 드

---

* 이 대목은 작가 자신이 구 유고연방 내에서 휘말렸던 문학적 논쟁을 암시하는 대목이다.
** 19세기 스페인의 무정부주의 결사.

러난다). 나는 역사적으로 검증된, 다소 친숙한 한 사건을 통해서, 책이 오로지 선한 목적에 봉사한다는 통상적인 관념에 물음표를 던지고자 했다. 그렇듯, 정전으로 굳어진 영향력 있는 사상가들의 세속적 저술만큼이나 경전들도 독사의 독과 흡사하다. 그것들은 도덕의 원천인 동시에 불법의 원천이며, 사랑의 원천인 동시에 배신의 원천이다. "여러 권의 책은 위험하지 않다. 단 한 권의 책이 위험할 뿐이다."

『시온 현자들의 의정서』에 관해 원래 구상해두었던 에세이는, 오늘날까지 그늘 속에 가려져왔으며 앞으로도 결코 밝혀지지 않을 그 책의 모호한 이력의 조각들을 내가 보충하고 완성해보기로 마음먹은 순간 저절로 산산이 부서져버렸다. 다시 말해, "모든 공허를 채우도록 글을 몰아가는 지성의 바로크적 충동"(코르타자르)이 내 안에서 꿈틀거리고, 그림자 속에 묻혀 있었던 인물들(무엇보다, 소설 속에서 벨로고르체프라고 불리는 불가사의한 망명 러시아인과, 그보다 한층 더 불가사의하고, 독자 여러분들이 직접 보았듯이, 『시온 현자들의 의정서』의 수수께끼를 푸는 데 일등공신의 역할을 한 X 씨라는 인물이 그렇다)을 환생시키기로 마음먹은 순간이었다. 사실의 차원에서 그 주제에 천착해본들 더 이상의 진전을 기대하기 힘들다는 깨달음이 든 순간, 이미 써두었던 글은 에세이 본유의 장르적 특징을 잃게 됐다. 그래서 나는 그 사건들이 일어났음 직한 가상의 모습대로 그 사건들을 상상하기 시작했다. 바로 그때 깨끗한 양심으로, 나는 그 문건의 제목을 '시온 현자들의 의정서'에서 '음모'로 바꾸게 됐다. 사실들의 주변부에서 출발하여(하지만 동시에 그런 사실들에서 완전히 이탈하지 않으면서) 이야기는 제 방향을 잡아갔다. 그러나 자료가 부족하고 밝혀지지 않은 사실들이 많았으며, 어둠 속처럼 사물은 컴컴해지고 윤곽선은 흐려지기 시작했다.

보르헤스 식으로 말하면, 나는 이야기에 약간의 극적인 분위기를 가미하기 위해서 몇몇 디테일은 빼고 또 몇몇은 보탰다. 너대니얼 호손은 이렇게 썼다. "작가가 자기 작품을 소설(로맨스)이라고 부를 때는, 두말할 필요도 없이 그가 작품의 형식과 질료 모두에 대해 일정한 자유를 주장하기 원한다는 뜻이다." 아울러, 내가 쓴 그 단편소설에도 이 진술이 정확히 들어맞음은 더 말할 필요가 없을 것이다.

　　박식한 독자는 아무 어려움 없이『음모』에서 저 악명 높은『시온 현자들의 의정서』를 발견하고, "음모가들"과 "사탄의 분파들" 같은 명칭 뒤에 숨겨 있는 비유를 쉽게 짚어낼 수 있을 것이다.『시온 현자들의 의정서』에 바쳐진 방대한 2차 문헌들(이 자료들은 대체로, 군데군데 바꾸거나 더하거나 하는 식으로 같은 자료를 재가공하고 있다. 다만 원 자료를 대하는 관점은 천차만별이었다) 중에서 특별히 밝혀두어야 할 대상은 노먼 콘*과 U. 델렙스키의 연구물, 앙리 롤랭이 쓴『현대의 아포칼립스』** 등이다. 특히 롤랭의 책은, 이 주제에 대한 온갖 연구를 위한 토대일 뿐 아니라, 도덕적 훈계 또는 내가 쓴 이야기에 대한 논리적 후기(後記)이기도 하다.『음모』에 의한 또 한 명의 희생자처럼, 그 책은 파리에 진주한 독일 군대에 의해 불태워졌다. 명민한 독자라면 벨로고르체프의 도서목록에서, 이 책과 관련된 몇 권의 책을 발견할 수 있을 것이다.

　　독자 제위는 소설의 말미에 등장하는 "불행한 쿠르트 게르슈타인"이라는 인물에게 또한 매료될 것이다. "독일 내 레지스탕스의 비극적 영웅"인 이 작가는 유대인 말살 정책을 내부에서 분쇄하기 위해 나치 친위대에

---

　*『집단학살을 위한 면허: 유대인 세계음모의 신화와 시온 현자들의 의정서』(런던, 1967). (원주)
　** 파리, N. R. F. 출판사, 1939. (원주)

입대하기로 용단을 내리게 된다. "전문적 기술 덕분에 그는 무장 친위대 의료단의 위생 분과에, 그러니까, 소독제로 위장된 독가스를 완성하는 임무를 맡은 분과로 배속되었다. 1942년 여름 그는 전문기술자의 자격으로 벨제츠 강제수용소를 용무차 방문했고 그의 증언은 그때의 일과 관련된다…… 이후 그는 세계 여론에 경각심을 주려고 노력했고, 스웨덴 외교관 바론 폰 오터와 접촉하는 데 성공했다…… 그는 또한 베를린 주재 로마 교황 대사를 알현하려고도 시도했지만, 그의 요청은 묵살되었다……" 그의 최후는 부조리하면서 동시에 비극적이었다. "1945년 5월 그는 프랑스 군대에 포로로 붙잡혔으며 셰르슈미디 감옥에 투옥됐다. 거기서 고독하고 절망적인 상태에 빠진 이 남자는 같은 해 7월 스스로 목숨을 끊었다."〔레온 폴랴코프, 『증오의 의례서(儀禮書)』(파리, 1951) ; M. H. 크라우스니츠카의 연구물인 『집단 가스 살인에 대한 증거자료』(본, 1956)에서 재인용〕 게르슈타인은 만일을 대비하여 자신의 증언을 프랑스어로 썼는데, 이것은 또한 비르트 대위로 인하여 게르슈타인이 자신의 모국어를 혐오스러운 것으로 느끼게 됐기 때문일 것이다.

비록 무수한 인용으로 도배가 돼 있지만 「레닌의 초상화가 그려진 붉은색 우표」는 온전한 창작물이다. 나보코프가 말했듯이, "비록…… 비록 이렇게든 저렇게든 실제로 일어나지 않았던 일을 글로 옮기고 책으로 펴내는 것이 과연 무슨 의미가 있겠는가"라는 생각이 들지만 말이다.

"원조 유물론자 디드로"에 대한 언급은, 필자가 엘리자베스 드 퐁트네 부인 덕분에 발견하게 된 아래의 편지에서 일부러 가져온 것이다.

"생전에 서로를 몹시 사랑한 나머지 나란히 묻히기를 바라는 사람들은 세상의 통념과는 달리 그리 심하게 미친 것은 아닐 것이다. 필시 그들의 유해는 밀착되고 뒤섞이고 합쳐질 것이다…… 내가 어찌 알겠는가?

아마 그들의 유해는 본래 가지고 있었던 모든 감정과 기억을 잃어버리지 않을 것이다. 필시 그 속에 남아 있는 체온과 생명의 잔여는 계속 피어오를 것이다. 오, 나의 소피여! 만일 우리 몸의 원소들 사이에 어떤 혈연관계의 법칙이 존재한다면, 또 우리가 단일한 존재를 이룰 수 있는 운명이라면, 우리가 이승에서 떠날 때 내 안에 그대를 만지고픈 소망, 그대의 존재를 느끼고 그대와 한몸이 되고 그대와 합쳐지고픈 소망이 여전히 내 안에 남아 있기를! 몇 세기가 흐르든지 계속 그대와 한몸으로 지낼 수 있고, 그대의 연인이었던 이 해체된 육신의 분자들이 꿈틀거리면서 잠에서 깨어나 자연 속에 흩어져 있는 그대 몸의 흔적들을 찾아 날아다닐 수 있다면! 이 미련한 자가 그런 분망한 공상에 빠지도록 내버려두시구려. 나에게 그런 상상은 치료제만큼이나 몹시 소중하다오. 그런 상상은 내가 그대 안에서, 그대와 더불어 누리게 될 영원을 굳게 보장해줄 테니까……!"

# 기억의 예술 또는 죽음에 대한 문학적 저항

"문학이란, 번잡한 인생과 혼돈의 역사에
모종의 의미를 불어넣는 작업이다."
—다닐로 키슈

## 발칸 문학의 지형과 다닐로 키슈

오늘날 발칸 문학의 현대화를 견인했던 구유고슬라비아 근대문학은
안정적인 시민사회의 토양에서 자라난 서유럽 문학과는 현격히 다른 길을
걸었다. 오스트리아와 오스만 제국에 의해 분할된 식민지인으로서의 삶에
근대 자본주의의 유입과 발칸 특유의 지방주의 및 민족주의에 의해 삼중
으로 억압되어 있었던 발칸 근대인의 운명을 그린 이 지역의 문학은, 압
축적 근대화를 경험했고 식민주의, 자본주의, 전근대주의가 중첩된 상징
계를 배경으로 하는 한국 근대문학과 강한 유사성을 보인다.

아울러, 발칸 반도 서부 지역에 형성된 국가적, 민족적 복수성의 환
경과 초민족적인 단일문화 이념의 결여는 지역 내 사회적 안정성의 급격
한 저하를 초래하는 요인으로 작용해왔다. 복수의 국가와 민족의 병존으
로 인해 구 유고 지역에서 항시 유발될 수 있는 극단적인 차이와 대립은,
그것들을 중화시키는 상위 심급이 부재하는 경우, 사회구성원들에게 외부

의 위협에 예민해지고 자기방어에 대해 과도하게 신경 쓰도록 유도함으로써 자주 타자에 대한 폭력으로 치닫게 한다.

보스니아 태생으로 1961년 노벨문학상을 수상한 작가 이보 안드리치(Ivo Andrić, 1892~1975)는 유독 발칸의 공간에서 타자의 '차이'에 대한 인식이 이성적으로 순치되지 못하고 트라우마적 침입자(프로이트)처럼 자기 존재에 대한 불안감을 조성하며 폭력을 유발하는 경로가 되게 하는 원인을 무엇보다 지역 문화에 내재하는 종교적, 이데올로기적 도그마에서 찾았다. 그는 자기 내부의 타자성을 부정하고 자신의 중심성만을 관철하려는 다섯 개의 단일 민족국가의 배후에 지역 엘리트가 선동하는 분리주의적 민족주의가 있다고 보았다. 안드리치는 보스니아 내 각 민족들의 소통 불가능성과 폭력적 관계의 원인이 언어와 매스미디어 등의 상징체계에 내재해 있다고 보면서, 불화를 조장하는 종교와 이데올로기에 굴절될 때 언어가 순수한 인간관계를 오염시킬 수 있음을 경고했다.

역시 발칸반도의 북쪽 슬로베니아 출신의 철학자인 슬라보이 지제크(Slavoj Žižek, 1949~  )는 적과 이웃의 차이를 정의하면서("적이란, 그 이야기를 당신이 들은 적 없는 누구이다") 내면의 서사를 공유할 수 있는 대상이 바로 이웃이라고 말한 바 있다. 지제크는 언어가 "이웃들이 같은 거리에 살면서도 그들을 별개의 세계에 살 수 있게 만들며", 총체적 인간을 해체하여 사물화된 단순한 이미지로 변형시키고 종국에는 그와 무관한 의미의 장 속으로 편입시키는 폭력의 원천이라고 지적했다. 기실 지제크의 견해는 언어에서 결속적 기능보다는 분리적 기능이 본질적이라고 보았던 안드리치에게로 거슬러 올라간다. 안드리치는 대표작 『드리나 강의 다리Na Drini ćuprija』(1945)와 에세이에서 언제든지 '감옥'으로 변할 수 있는 사회공동체의 정신적 균형을 잡아주는 것은 역설적이게도 인간의 언어가 아니라, 오히려 다리, 도로, 강과 같은 무인칭적인 건축물, 시설물, 자연이라고 말했다. 가멸적인 시간 속에서 열정과 욕망과 변덕으로 공동체의 평화로운 삶을 '감옥'으로 바꾸어놓는 인간의 문명과 달리, 다리와 길과 자연은 영원한 부활의 생명력을 지닌 만유의 진리를 상징한다. 인간의 욕망에 의해 파괴되고 복원되기를 반복하면서 끝없이 부활하는 다리는 역사의 온갖 시련 앞에서도 끝없이 되살아나는 진리와 생명력을 표상한다. 아울러 '다리'의 파괴는 초민족적인 유고슬라비즘Yugoslavism 이상(理想)의 염원과 그것의 붕괴의 위험이 상존함을 함축한다.

안드리치와 함께 '유고슬라비즘의 이상을 가장 잘 표현해낸 작가'로 지칭되며, 이스마일 카다레, 밀란 쿤데라, 체스와프 미워시와 함께 동유럽의 대표작가로 평가받고 있는 유대계 세르비아인 작가 다닐로 키슈(Danilo Kiš, 1935~1989)는 오늘날 세르비아 공화국 보이보디나 지역의 북부에 위치한 소도시 수보티차에서 태어났다. 헝가리어로 '사바드카'라고도 불리는 이곳은 헝가리, 크로아티아, 트란실바니아와 접해 있고, 다수의 헝가리인 외에 슬로바키아인, 루테니아인, 독일인, 유대인, 크로아티아인, 세르비아인이 살고 있어 가히 언어, 종교, 문화의 전시장 또는 다문화적 접경지대라 불릴 만하다. 여기에, 헝가리계 유대인으로 유고슬라비아 국영철도회사 감독관을 지낸 아버지 에두아르드 키슈와, 몬테네그로 출신의 정교도 세르비아인인 어머니 밀리차 드라기체비치 사이에서 태어난 키슈의 물리적 배경을 짚어보면, 그의 소설에서 자주 목격되는 그리스 발칸 문화와 중동부 유럽 문화의 혼효를 어렵지 않게 수긍할 수 있을 것이다.

1944년 홀로코스트에서 아버지를 잃은 뒤 티토 치하의 사회주의 국가가 된 유고연방으로 이주하게 된 키슈는 몬테네그로의 체티녜 고등학교와 베오그라드 국립대학 비교문학과를 졸업했고, 본격적인 창작활동에 접어들었던 1960년대부터는 스트라스부르, 보르도, 릴 등 프랑스의 유수 대학에서 강단에 섰다. 1980년대 이후로는 프랑스에 머무르면서 유고 국내의 보수적, 관료적인 정치계와 어용적인 문단을 비판하는 평론을 꾸준히 내놓았다. 아울러 1980년부터는 문학적 공로를 인정받아 국내외 문학상을 대거 수상했다. 키슈는 『죽은 자들의 백과전서 Enciklopedija Mrtvih』(1983)로 유고연방의 권위 있는 문학상인 "이보 안드리치 상"을 받은 뒤 2년 뒤인 1986년 폐암 수술을 받았으나 결국 1989년 10월 15일 파리에서 숙환으로 타계했고, 그의 생전의 유언에 따라 세르비아 정교 예식으로 장례가 치러졌다.

주제와 형식에서 매우 다채로운 키슈의 소설 창작의 출발점은, 독일 침공과 사회주의 정권의 공포정치를 이겨내며 자율적, 실험적 예술을 꽃 피웠던 베오그라드 지식인들의 보헤미안적 아방가르드 정신으로 거슬러 올라간다. 이런 작가의 청년기적 경험은 그의 첫 소설 작품인 실험적 형식의 자전 성장소설 『다락방 Mansarda』(1962)에 잘 드러나 있다. 아울러, 나치의 죽음의 수용소를 묘사한 두번째 소설 『성가 44장 Psalam 44』(1963)에서는 불행한 가족사와 시대의 아픔을 오롯이 표현해냈다.

키슈는 소설 외에도 시, 희곡 작품과 번역물, 평론, 이론서를 남겼다. 그러나 『죽은 자들의 백과전서』 이전에 쓰인 키슈의 작품 가운데서 단연 백미로 꼽히는 것은, 한국 근현대 성장소설의 서사적 특징 중 하나인 '식민주의·제국주의적 오이디푸스 아버지'와 '부권부재'의 모티프, 프로이트의 '가족 로망스'를 연상시키는 장편소설 삼부작 『가족의 서커스 Porodični cirkus』일 것이다. 여기에서는 작가의 유년 시절의 분신 '안디'의 성장사와 아버지(은퇴한 철도 감독관으로 검은 모자와 단장을 든 '에두아르드 샴')의 인생 궤적에 대한 아들의 탐색, 나아가 작가의 유년 시절의 기억 속에 자리하는 트라우마적 중핵——아버지의 폭력적 죽음——이 묘사되면서 전체주의 이데올로기에 대한 비판이 하부 텍스트로 도입된다. 가족 삼부작의 첫번째 작품으로, 총 열아홉 편의 단편소설로 구성된 『유년의 슬픔*Rani jadi*』(1970)에서는 1940년대 초 유고슬라비아와 헝가리의 경계 지역 노비사드에서 벌어진 유대인 대학살을 배경으로 하는 가정의 비극적 수난사가 최초로 제시된다. 연작의 두번째 작품인 『동산, 잿더미*Bašta, pepeo*』(1965)에서는 앞의 작품과 달리 회상의 초점이 '나'가 아닌 아버지에게 맞춰져 있고, '나'의 목소리를 통해 아버지의 생전의 모습〔"예언가적 성향을 지닌 괴짜에 비현실적인 몽상가이자 장엄한 전 세계의 교통시간표(「버스, 선박, 열차, 항공편 여행안내서」)를 만들어낸 천재적 예술가"〕이 보다 선명하게 부각된다. 이 두 소설에서는 아버지 '에두아르드 샴'이 실제로 어떤 모습이었는지의 문제보다, 홀로코스트의 비극을 배경으로 하여 소년 화자가 사실과 상상의 혼합을 통해 만들어낸 아버지의 이상이 내포하는 저항적, 각성적 의미가 더 중요하다.

가족 연작의 세번째 작품이자, 발칸의 문단에서 정형화된 소설화법을 탈피한 포스트모던 소설의 원형으로 평가받고 있는 『모래시계*Peščanik*』(1972)는 서사적 응집성이 부재하는 듯한 인상을 줄 만큼 파편화가 극대화되어 있다. 키슈 문체 특유의 에세이적 성향이 충분히 발현된 작중 파편들("여행기의 장면들" "어느 광인의 기록" "검찰 조사록" "증인 심문 기록")의 분절성은 통일된 줄거리를 파악하기 힘들게 하지만, 이니셜인 E. S.로 표기된 아버지 '에두아르드 샴'을 구심점으로 중심서사가 구성되어 있음을 발견하는 것은 어렵지 않다. 가족 삼부작의 마지막 부분을 구성하는 이 작품에서 이야기의 대상으로부터 이야기 주체이자 주인공으로 격상

된 아버지는, 1942년 겨울 유대계 주민에 대한 공격이 가장 극심했던 시기에 그 자신조차 절망, 고독, 굶주림, 파멸에 대한 불안으로 괴로워하고 정신병까지 앓는 상황에서, 온갖 죽음의 위협으로부터 자신과 가족을 지켜내려고 분투하며 감내해야 했던 고통과 비참한 삶에 대한 기억을 차분한 어조로 한 올씩 풀어낸다. 작가가 헝가리어에서 세르비아어로 번역했을 뿐 실제 원본 형태 그대로 소설의 말미에 부록처럼 붙여져 있는, 아버지가 고모 올가에게 보내는 편지에는 기이하게만 보였던 아버지의 행동과 그의 내밀한 심리에 대한 동기가 설명되어 있으며, 아비규환의 현장에서 일어났던, 혈육마저도 서로 반목하게 한 비인간적인 상황이 충격적으로 전달된다. 이렇듯 '나'('안드레아스 샴')의 유년기 회상에서 아버지의 육성으로 직접 전해지는 '자서전'으로 서서히 변형되는 가족 연작 소설들은 역사적 격랑 속에서 죽음을 맞이한 무수한 익명의 인간들을 망각으로부터 되살려내려는 작가의 창작 의도를 상징적으로 표현한다.

## 『죽은 자들의 백과전서』 읽기

공식 역사와 대립하는 대안적인 문학적 역사, 즉 평범한 인간들의 생애를 기록한 아카이브를 진실한 역사로 보는 작가의 관점은 『죽은 자들의 백과전서』에서 중심 주제로 다시 구현된다. 근 10년에 걸쳐 쓰였고 아홉 개의 독립적인 이야기로 구성된 『죽은 자들의 백과전서』는 '백과전서'라는 낱말에서 암시되듯이 아홉 명의 인생으로 환유되는 전 인류의 삶과 죽음에 대한 철학적 탐구이다. 키슈의 다른 글이 그렇듯이 여기서도 허구와 사실, 서정성과 서사성이 팽팽한 길항을 이루며 서사에 탄력을 부여한다.

역사의 영원 속으로 떠나간 다채로운 이력의 인생을 파노라마처럼 묘사하고 있는 이 독특한 '백과전서'는, 문학을 역사의 뒤안길로 사라져버린 미미하고 연약한 보통 사람들을 추모하는 '세노타프(위령탑)'로서 정의해온 키슈의 예술철학이 안착하게 되는 새로운 문학 형식이다(키슈는 어느 하나의 삶도 '평범한' 삶은 없다고 늘 강조했다).

　"사랑에 대한 나의 격한 집착은 뜰로 난 창문처럼 죽음을 향해 있네"라는 조르주 바타유의 도발적인 문장으로 시작하는 작가의 이 최후의 역작은 신약시대의 유대 땅, 1920년대 세계공황기의 독일 항구도시, 20세기 후반의 스웨덴, 기원 후 3세기의 소아시아, 19세기 말의 헝가리 지방 도시 및 프라하와 스페인, 20세기 초에서 제2차 세계대전 무렵까지의 러시아와 서유럽 사회 등 저마다 다른 시공간을 배경으로 하는 총 아홉 개의 독립적인 단편들로 이루어져 있다. 아울러 성서 속에 등장하는 한 이단 마술사에 대한 일화, 일간지 단신기사 중 한 토막, 근현대 유고슬라비아 사회의 일상사, 오래된 종교적 전설과 외경, 판본학과 서지학적 정보, 근현대 유럽사회에 관한 사료, 문학계의 비사(秘史) 등 작가가 글감으로 끌어온 원천 또한 천차만별이다. 그러나 이 다채롭고 역동적인 인생의 면면을 내비치는 일화들을 일관되게 에워싸는 것은 죽음의 불가피성이라는 어둡고 무거운 주제이며, 이런 점 때문에 소설집 전체에 '아홉 색깔의 죽음에 관한 이야기'라는 부제가 붙는다고 해도 과장은 아닐 것이다. 기적의 실패를 뜻하는 추락사와 폐사(「기적을 행하는 자 시몬」), 폐렴에 의한 매춘부의 '낭만적' 죽음(「마지막 경의」), 괴물 꽃처럼 커진 암세포가 앗아간 혈육의 덧없는 죽음(「죽은 자들의 백과전서—한 인간의 전 생애에 관한 기록」), 좌절된 부활의 결과이자 잠과 분리되지 않는 몽환적인 성격의 죽음(「잠자는 자들에 대한 전설」), 범죄자의 난행과 초현실적 예지가 충돌하는 불가사의한 죽음(「낯선 세계가 비치는 거울」), 허상에 의해 실재가 '살해'되는 철학적 논쟁으로서의 죽음(「스승과 제자의 이야기」), 영웅주의 신화의 토포스와 역사적 아이러니가 혼재하기 마련인 정치적 희생(「영예롭도다, 조국을 위한 죽음이여」), 포그롬과 홀로코스트 등 근대 인쇄매체·기술문명과 결합한 사상 초유의 대량 살육(「왕들의 서 또는 광대들의 서」), 정치적 숙청과 질투 어린 사랑이 빚어낸 '문학적' 죽음(「레닌의 초상화가 그려진 붉은색 우표」)이 바로 그것이다. 이렇듯 저마다 독특한 인물과 상황은 개별 에피소드로 분리되어 존재하지 않고 인류 보편에 닥쳐오는 죽음의 총체적 이미지로 상승하며, 동시에 작가는 고대의 전설에서 현대의 정치적 메시지를 읽어내고, 비극과 희극, 장중한 어조와 아이러니한 냉소 사이를 자유롭게 넘나든다.

이 소설집의 서막을 여는 이야기 「기적을 행하는 자 시몬」에서 작가는 영지주의 일파의 전승을 소재로 이용하여 초기 기독교 교부들에 의해 온갖 이단의 원조로 규정됐던 시몬 마구스의 이미지를 재구성하면서, 전체주의, 사회주의를 포함한 모든 위계와 권위에 도전하는 개인, 온갖 도그마에 반발하는 항거자의 모습으로 그를 변형시킨다. 영어에 '성직 매매죄'를 뜻하는 낱말 'simony'를 만들어낸 원류로, 「사도행전」에서 성직과 권능을 돈으로 사려 한 악인으로 묘사되는 시몬 마구스는 키슈의 펜을 거쳐 사도들과 신의 진리에 이의를 제기하고 이 세상의 불완전성과 인생의 '불의'에 대해 항변하는 고뇌에 찬 인간으로 그려진다. 시몬은 그리스도와 같은 기적을 일으킨다면 그의 논설을 인정해주겠다는 사도 베드로의 도전에 응한 뒤 지상의 모든 존재자들이 겪어야 하는 온갖 괴로움과 고통에 대해 일종의 '호칭기도'처럼 맹렬히 성토하며 그 분노의 힘을 빌려 높은 하늘로 솟구쳐 오르거나 얼음처럼 찬 깊은 땅속으로 뛰어든다. 그러나 작가는 이내 그의 이단적 강론을 들으려 모여든 군중 앞에서 실패한 기적의 표본으로 맥없이 '추락'하는 그의 그로테스크하고 끔찍한 죽음과 그의 기적의 불완전성을 오히려 시몬의 인간적 한계를 미리 알고 있으면서도 그의 죽음을 방조했거나 아니면 기적의 실현을 통해 인간인 그가 자신의 권위를 위태롭게 할 것을 염려한 나머지 기적의 완성 단계에 개입하여 그를 비참한 나락으로 되돌려놓은 '외설적 초자아'의 폭군적인 잔혹성을 보여주는 사례로 묘사한다. 현실의 참담함을 한꺼번에 해결해줄 것인 양 미혹하는 온갖 이데올로기적 환영, 지상에서 일어나는 불의와 폭정의 불가피성을 기정사실화하는 모든 '노예도덕'에 대한 시몬의 독설은, 작가가 후기에서 밝히고 있듯이 궁극적으로는 스탈린주의 등의 온갖 전체주의 체제와 독백주의적(獨白主義的) 도그마에 숨겨진 허위성에 대한 비판을 은유한다. 또한 이 알레고리적 이야기는 불합리한 지상의 삶의 존재 이유에 대한 의심, 좁게는 아우슈비츠 이후 새로이 대두된 도덕적 정의와 보편 진리에 대한 믿음의 위기를 은유한다고도 볼 수 있다.

이 소설집의 두번째 조각인 「마지막 경의」에서는 불우한 가정에서 태어나 꽃다운 나이에 급작스런 죽음을 당한, 그래서 문학적 소재로 사용되기에 어찌 보면 너무나 진부하지만, 동시에 엄연한 현실로서 발생하기도 하는 어느 가련한 항구 매춘부의 죽음 예식이 비애와 아이러니가 뒤섞인 어조 속에서 묘사되고 있다. 이 소설에서 추도사에 전혀 어울리지 않는 교양미 없고 투박한 말투로 그녀의 인생의 편린을 술회하는 얼치기 공산주의자와, 조문을 위해 참석한, 프롤레타리아를 자칭하는 악동 선원들과 동료 매춘부들이 연출하는 카니발적 광경에 대한 그로테스크한 묘사는 죽음이 발산하는 무거움을 반감시키고 인생의 덧없음에 너털웃음을 짓게 만든다. 작가는 항구도시 매음굴의 창녀가 폐렴으로 숨진 뒤 생전에 그의

'연인'이자 고객이었던 선원들이 상류층의 별장 정원과 묘역에서 훔친 꽃으로 자못 진지한 죽음의 예식을 치러내는 부조리한 장면을 묘사하면서, 만인의 평등을 강조한 허울뿐인 공산주의 이념보다 "만국 선원에 대한 무차별적 사랑"을 실천했던 불우한 창녀의 '헌신'이 더욱 숭고하고 감동적이지 않느냐고 짓궂은 냉소를 지어 보인다. 동시에 작가의 시선은 비루한 죽음 속에 감춰진 아이러니에 머문다. 계급적 차별과 사회적 불의를 앞세워 삶이 앗아간 존엄성이 죽음의 평등화하는 힘에 의해 회복되는 부조리함이 바로 그것이다. 그래서 죽음은 존엄성을 되돌려주지만 그 대신에 개체성을 무화시키는 '공산주의'와 매우 닮아 있다.

다른 한편으로 이 소설집 전체는 책과 인간의 운명에 관한 진지하면서도 가슴 뭉클한 탐구이기도 하다. 그 세번째 조각이자 표제작인 「죽은 자들의 백과전서」에는 "한 인간의 전 생애에 관한 기록"이라는 부제가 붙어 있는바, 작가의 분신인 듯한 여성 화자·주인공은 우연히 한밤중에 스웨덴 왕립도서관을 방문하여 공식적인 역사에서 주목받지 못한 범인(凡人)들의 전 생애가 빠짐없이 적혀 있는 신기한 백과전서를 발견한다. 그리고 그 색인 속에서 고인인 아버지를 발견하고 출생에서 죽음에 이르기까지 아버지의 인생을 가득 채우는 다양한 디테일이 대여섯 쪽에 걸쳐 빼곡히 적혀 있는 지면을 눈물 어린 시선으로 읽어 내려간다. 이 작품에는 키슈가 의도하는 소설집 전체의 주제—'죽음에 대한 문학적 저항과 역사적 진실의 발굴'—가 선명히 드러나 있다. 여기서 '백과전서'는 자아와 타인의 삶에 대한 인간의 기억을 은유하기도 하고, 자신의 모든 삶, 우연적인 행위 하나조차도 잊히거나 흔적 없이 지워지지 않기를 바라는 인류의 무의식적 욕망 혹은 꿈 자체를 상징하기도 한다. 기억이 그렇듯이 백과전서, 책은 망각, 죽음을 극복하고자 하는 염원의 표현이다. 보르헤스처럼 명민하고 브루노 슐츠처럼 치밀한 이 "압축적 장편소설"*의 서사에 아버지에 대한 작가 자신의 그리움이 놓여 있음은 두말할 필요가 없다. 유고 국영철도의 감독관이었으나 '유대인의 혈통' 때문에 제2차 세계대전 중에 가스실에서 죽음을 맞이했던 아버지의 비극이 치유불가능한 외상처럼 키슈의 창작에서 빠짐없이 등장해온 소재였음은 이미 앞에서 언급한 바 있다.

이 소설집의 네번째 작품인 「잠자는 자들에 대한 전설」은 삶과 죽음을 매개하는 꿈 혹은 잠의 불가사의한 실체에 대한 탐구이다. 기독교도에 대한 박해를 피해 동굴 속에 은거한 수도자는 자신이 깨어 있는 것인지 부활한 것인지, 살아 있는 것인지 죽은 것인지 판가름할 수 없는 몽롱함 속에서 고뇌하며 뒤척인다. 삶과 죽음의 경계도 없고, 시간에 대한 인식조차 불가능한 꿈 또는 잠의 애매모호함 그것이 이 소설의 진짜 주인공이 아닐까.

다섯번째 작품 「낯선 세계가 비치는 거울」은 자신의 아버지와 혈육에게 닥친 잔혹한 죽음을 텔레파시와 같은 초자연적 현상을 통해 전혀 동떨어진 장소에서 목도하게 되는 한 소녀의 이야기이다. 초자연적, 신비적 매체인 이 요술 거울은 소녀를 아버지의 죽음에 대한 생생한 증인이 되게 한다는 점에서 표제작에 등장하는 백과전서와 기능상 동일하다. 아울러 비극적 죽음을 맞는 주인공이 "중부유럽의 유대인 상인"이라는 점에서 유대 민족의 비극적 죽음을 다룬 여덟번째 이야기 「왕들의 서 또는 광대들의 서」와도 깊은 관련성을 갖는다.

여섯번째로 등장하는 소설 「스승과 제자의 이야기」는 인간의 맹목적

---

* 키슈는 이 표제작을 본래 장편소설 분량으로 기획하고 있었다고 밝혔다.

선의 혹은 무분별한 공명심, 혹은 "허영" 속에 숨겨져 있는 어리석음과 위험성을 꼬집고 있다. 피그말리온의 야망을 품은 한 현자가 자신이 쓴 책을 읽고 그 내용에 '감명'을 받아 자기에게로 찾아온 한 무용지물과 같은 존재를 제자로 삼고 '인간'으로 변화시켜보기로 결정한다. 하지만 스승을 자처한 그의 각고한 노력에도 불구하고 '제자'는 '실재'가 아닌 '허상'에만 머무는 불완전한 단계의 변형에 그친다. 모든 원리는 수용자가 그 본질(궁극적 결론)에까지 내려가지 못하고 표상(피상적 지식)에만 맴도는 경우 득이 아닌 독이 될 가능성이 높은바, 지적으로 "미숙한" 제자는 자신의 글에서 스승의 모든 흔적을 떨쳐내고 스승을 향해 가장 위험한 적으로 돌변한다. 윤리적 가치의 중용을 알지 못하는 제자는 스승의 고상한 가르침과 비유를 축자적, 아전인수로 해석하고 스승에 대한 최초의 흠모를 증오의 감정으로 바꾼다. 아울러 이 이야기는 지식 매체인 책을 피상적으로 읽는 함량 미달의 독서가 초래할 수 있는 위험성("왜냐하면 플라톤이 지적했듯이, 스승은 자기 제자를 선택할 수 있지만, 책은 자신의 독자를 선택할 수 없기 때문에")을 경고한다는 점에서 다음에 이어지는 작품과도 깊은 관련이 있다. 이 두 작품은 플라톤이 지적한 '파르마콘pharmakon'으로서의 문자의 이중적 면모를 구체적으로 예증하고 있기 때문이다.

일곱번째 이야기인 「영예롭도다, 조국을 위한 죽음이여」는 명망 높은 귀족 가문 출신의 청년 백작이 반란 가담 혐의로 사형을 언도받은 뒤, 죽음의 공포 앞에서 가문의 명예와 체통을 살린 것으로 역사에 기록되도록 교수대 아래서 그런 위엄을 연출하기 위해 분투하는 장면이 그려진다. 이 하나의 죽음을 놓고 젊은 백작이 죽는 순간까지 용기와 자존심을 지켰다는 혁명주의자들의 신화적 가공의 노력과, 반정부적 영웅주의를 무화시키기 위해 집권층의 역사가들이 도모했던 탈신화화 작업——최후의 순간에 황제의 사면이 내려질 것을 기대했던 그의 겁쟁이처럼 나약한 진상을 들춰내는 것—이 겹쳐진다. 여기서 두 입장 모두는 한 인간의 실제 죽음과 무관하게 그것을 특정한 정치적 목적에 유리한 담론의 도구로 이용했다는 점에서 동일하다. 실제로 1990년대 초중반에 발생한 유고 내전에서는 한 개인의 죽음이 민족주의 계열의 매스미디어에 의해 선동의 도구로 활용되는 경우가 적지 않았다. 키슈는 몇 년 뒤에 일어날 조국의 비극과 그 주범인 속물적 정치를 이 짧은 이야기로써 예언한 듯하다.

키슈는 문학을 어떤 정치적 레테르나 특정한 이즘에 귀속시키는 것을 야만적 행위라고 비판했으며 문인의 게으름과 문학 형식의 타성과 진부성이 예술적인 결함으로만 끝나는 것이 아니라 파시즘, 전체주의, 인종청소 등 실제적인 비극을 싹틔우는 기반이 된다고 경고했다. 이 소설집 후반부의 핵심적인 단편인 여덟번째 이야기「왕들의 서 또는 광대들의 서」는 이런 작가의 논설에 대한 명쾌한 예증으로 읽힌다. 이 작품에서는 20세기 벽두에 러시아 상트페테르부르크에서 최초로 간행된 '한 권의 책'(『음모』, 본래 제목은 『음모 또는 유럽 사회 해체의 기원』, 그리고 그 삽입본인 『적그리스도』)이 36년 뒤 '아마추어 화가'(히틀러)와 '그루지야의 신학생'(스탈린)의 손에 들리면서 6백만 명의 기억이자 6백만 권의 '책'인 유대인을 얼마나 참담하게 멸절시켰는지를 세밀하게 추적하고 있다. 작가는 먼저 현대 유럽 역사에서 포그롬(유대인 학살)과 반유대주의의 이론적 기반이 돼온 이 『시온 현자들의 의정서』*가 사실은 프랑스 작가 겸 변호사 모리스 졸리의 풍자소설 『몽테스키외와 마키아벨리가 지옥에서 나눈 대화』에 대한 변조로 탄생되었음과, 이 소설이 『시온 현자들의 의정서』의

---

* 작가가 후기에서 밝히고 있듯이, 작품에서 『시온 현자들의 의정서』는 『음모』로 명칭이 바뀌어 소개되고 있다.

출전이라는 것이 밝혀지지만 이후의 파국을 막지 못하는 일련의 과정을 묘사한다. 그 본질에 대한 의심조차 없이 이 천박한 위작은 예술적 재능이 떨어지고 남서광적(濫書狂的)인 자기과시욕이 유별난 하급 번역가들의 '자학적이고 음란한 노동'에 의해 '새로운 계시록'으로 탈바꿈한 채 여러 서유럽 언어로 번역되어 30개 이상의 판본과 10만 부 이상의 판매부수를 올리게 되고, 급기야 히틀러의 『나의 투쟁』 속에 집중적으로 인용되며, 홀로코스트 당시 나치 대원들이 부적처럼 품고서 양심의 가책 없이 학살을 일삼는 지적 자양분으로 작용한다. 이처럼 그로테스크한 '문학적 전유의 과정'을 묘사하면서 키슈는 반유대주의 담론, 나아가 온갖 전체주의의 이면에 숨어 있는 원인이면서 일상의 시선으로는 잘 포착되지 않는 예술적 악의 문제를 끄집어내고 있다. 키슈는 홀로코스트에 대해 문학적 관점에서 성찰하면서, 예술가의 책임과 절제는 왜 필요한가, 무엇을 쓰고 번역할 것인가를 진지하게 고민하지 않았던 하급 문인들의 '과실치사'와, 책과 출판이 본원적으로 갖게 마련인 권력 및 신화 생성 능력의 불가사의한 공모가 그 비극의 원인이었다고 독특한 해석을 제시한다. 키슈는 유럽 사회에서 반유대주의가 진화해온 '복잡계'적 경로를 추적하면서 반유대주의라는 괴물이 시대마다 모양을 달리하지만 동일한 본질── '문학적' 속성──을 지니는 담론적 현상임을 지적했다. 특히 그는 반유대주의 민족주의 정서가 문학담론과 결합하여 러시아를 비롯한 국제적인 반유대주의 정서 확산에 기여해왔고, 근대 이후 예술 인텔리겐치아들에 의해서 반유대주의 담론이 형식과 내용에서 보다 세공되어갔다는 점을 강조했다.

위 작품에서처럼 키슈는 주제의 국제성과 함께 발칸 반도 외부의 문제를 문학적 소재로 선택하고 시점의 다중화 및 픽션과 팩토그래피를 혼합하는 포스트모던의 방법론을 선취하여 청년 작가들에게 큰 영향을 끼친 작가이기도 하다. 이 새로운 시도는, 소비에트 연방을 모델로 하여 성립한 구 유고연방의 기성 문단에서 1970년대 이후 점차 대두되기 시작한 민족주의적 파시즘과 민주주의의 후퇴에 대해 강도 높게 비난했던 그의 이력과 동떨어진 것이 아니다. 그는 동유럽 지식인들을 매료시켰던 사해동포주의적 공동체의 모델로부터 소연방이 관료주의적 전체주의로 변질되어가는 과정에 주목하고, 소비에트 러시아를 위시하여 고대부터 현대까지 여러 전체주의 사회의 알레고리를 통해 유고 사회를 풍자했다. 아이러니하게도 키슈는 민족주의와 보수주의, 반유대주의 계열 동료문인들에게 비난의 표적으로 몰리게 됐고, 50년 전 같은 유대계 작가 오시프 만델슈탐이 그랬듯이 표절작가라는 오명을 쓰게 된다.

소설집의 아홉번째 작품이자 일종의 결어이기도 한 「레닌의 초상화가 그려진 붉은색 우표」는 소비에트 권력 초기의 러시아를 배경으로 하는 작품이다. 먼저 형식적 측면에서 이 소설은 책머리에 놓인 바타유의 문장과 수미상관을 이룬다. 바타유의 진술을 대신하여 작품의 에피그래프로 선택된 성서 구절(아가서)의 내용처럼 이 작품에서 한 위대한 유대계 러시아 시인의 숨겨진 연인이자 조력자로 등장하는 익명의 여성 화자·주인공은 잘못 배달된 편지를 통해 자신의 '사랑'을 의심하게 만드는 정황을 우연히 포착한 뒤 "죽음같이 강한 사랑과 지옥같이 잔인한 질투"의 힘에 기대어 시인의 작품 해석의 열쇠가 되는 귀중한 전기적 자료(시인과의 사이에 오갔던 연애편지)를 파괴하고 그의 삶과 창작에서 봉인처럼 깊이 새겨졌던 자신의 흔적을 '말끔히' 제거한다. 유대인 혈통의 "붉은 봉인" 때문에 스탈린 시기 정치적 테러에 의해 살해된 유대계 문인들 중 한 명인 시인의 유고에 대한 전집 출간을 맡았고 그의 사라져버린 편지들의 존재를 확신하고 있었던 한 유명한 문학평론가에게 여성 화자는 미처 채워지지 못한 제5권의 서한집에 대한 열쇠가 자신에게 있음을 일깨우는가 하면, 자신의 연애사와 얽힌 전기적 사건을 인용해가며 시인이 쓴 애매한 시구의 의미에 대해 설명하고, 이를 통해 궁극적으로는 유명한 여성 평론가의 '과도한' 정신분석적 비평과 '얼토당토않은' 주석을 무색하게 만든다. 여기서 짚어봐야 할 점은 여주인공의 질투가 시인의 육체적인 배신이 아니라 '문학적 배신'에 기인한다는 것이다. 시인의 정신세계를 독점하고자 하는 그녀는 시인과 그의 시를 러시아어로 옮겼던 다른 여류 번역가 간의 정서적 교감을 용인하지 못한다. 여주인공이 지루하게 언급하며 딴죽을 거는 상대인 그 여류 비평가는, 시인에 대한 자신의 정신적 "초야권"을 가로채고 자신과 시인의 절교를 초래한 그 여류 번역가와 동일인물이 아닐까?* 시인에게 물리적 숙청을 가한 것이 스탈린의 공포정치였다면, 편지의 제거를 통한 기억의 소멸, 나아가 문학적 죽음을 시인에게 선고한 것은 여주인공의 질투일 것이다.**

---

 * 본문에서 여성 평론가 니나 로스 스완슨 양의 이력을 언급하면서 그녀가 평론가가 되기 이
   전에 러시아에 체류하면서 번역가로 보냈다는 대목은 이런 추측을 뒷받침한다.
** 스탈린 시기 러시아 문학을 접한 독자라면 여기 등장하는 유대계 러시아 시인의 형상이 같
   은 유대계 러시아 시인인 오시프 만델슈탐이며, 여성 화자의 모델이 그의 아내인 나제쥬
   다 만델슈탐, 그리고 여류 평론가의 이미지가 시인의 곁을 항상 맴돌았던 나탈리야 슈템
   펠과 매우 흡사하다는 것을 쉽게 알 수 있을 것이다. 또는 이 작품에서 형성된 삼각관계가
   키슈와 그의 두 부인——작가와 많은 시간을 같이 지냈던 유고 출신 비평가인 미르야나 미
   오치노비치 여사와, 이 소설집을 쓰고 있을 당시 새로운 반려자가 됐던 파스칼 델페슈 여
   사——을 지칭한다고 보는 견해도 있으나, 어디까지나 이는 추측일 뿐이다.

# 번역을 마치고

사람의 운명은 책을 닮기도 하는 걸까. 이 소설집을 통하여 키슈는 안드리치 상을 비롯해 국내외 굴지의 문학상과 프랑스의 '예술과 문학 기사작위'를 받게 되지만, 표제작 여주인공 아버지의 운명과 비슷하게, 여기 수록된 작품들을 쓰고 있을 당시 진행되고 있던 폐암으로 몇 년 뒤 사망하게 된다.

적지 않은 시간 동안 필자는 키슈의 바로크식 문장을 따라가느라 진땀을 흘려야 했다. 책 본문에서 작가가 번역자의 윤리성을 누차 지적하고 있어서 필자 역시 괜히 찜찜하다 싶으면 힘겹게 내디딘 발걸음을 되돌리기 일쑤였다. 하지만 키슈의 번역 작업은 고통스러운 동시에 즐거운 일이었다.

키슈의 작품은 20개 이상의 언어로 번역됐지만, 정작 한국 독자들에게 그는 아직도 낯선 존재다. 이 소설집의 출간을 계기로 키슈의 작품 세계를 이해할 수 있는 큰 틀은 마련됐다고 볼 수 있지만, 아직도 깊이 연구되고 소개돼야 할 그의 주옥같은 작품들이 많이 남아 있다. 모쪼록 이 번역서가 그 최초의 길잡이 역할을 했으면 하는 바람이다.

**작가 연보**

1935   2월 22일, 유고슬라비아 세르비아 공화국 북부 수보티차에서 헝가리계
       유대인 아버지와 몬테네그로 출신 세르비아인 어머니 사이에서 출생.

1937   가족 전체가 수보티차를 떠나 같은 주 내의 주도(州都) 노비사드로
       이주.

1939   반유대인법 제정을 염려한 부모에 의해 세르비아 정교회에서 세례를
       받음.

1944   보이보디나 주를 점령한 친나치 헝가리 정부에 의해 아버지 에두아르
       드 키슈가 아우슈비츠로 끌려가 사망함.

1947   국제적십자사의 도움으로 어머니 밀리차, 세 살 연상의 누이 다니차
       와 함께 아버지의 고향인 헝가리 서부에서 어머니의 고향인 몬테네그
       로의 고도(古都) 체티네로 이주. 역사가인 외숙부의 집에서 고등학교를
       다님.

1951   어머니 밀리차가 세상을 떠남.

1953   잡지 『청년 운동』에 시 「엄마와의 이별」을 발표하면서 창작 활동 시작.

1957~60    진보 성향의 문학평론지 『조망(眺望)』의 정기 기고자 겸 편집위원으로
           활동.

1958       베오그라드 국립대학 비교문학과를 수석으로 졸업.

1959       첫 외국 여행이자 최초의 파리 여행을 떠남.

1960       대학원 석사논문 「러시아와 프랑스 상징주의의 차이에 관하여」 제출.

1961~62    군 복무.

1962       장편 『다락방: 풍자적 서사시』 출간됨.

1963       장편 『성가 44장』 출간됨.

1963~64    프랑스 스트라스부르에 머무르면서 유고슬라비아 문학 강사로 활동.

1965       장편 『동산, 잿더미』 출간.

1970       소설집 『유년의 슬픔: 아동, 그리고 예민한 감수성을 가진 독자들을
           위한 시』 출간.

1972       장편 『모래시계』 출간. 평론집 『시학』 출간.

1973       『모래시계』로 유고연방의 권위 있는 문학상인 '닌NIN 문학상' 수상(그
           러나 몇 년 후 개인적인 이유로 반납).

1973~76    보르도 대학에서 유고 문학을 가르침.

1974       평론과 인터뷰 모음집 『시학 2』 출간됨.

1976       연작소설집 『보리스 다비도비치의 무덤: 일곱 장으로 구성된 한 편의
           잔혹극』 출간. 같은 해 가을, 유고 문단 내 보수 진영이 키슈를 표절
           혐의로 비난하기 시작하면서 격렬한 문학적 논쟁이 시작됨.

1977       표절 시비와 일각의 비난을 뒤로한 채 『보리스 다비도비치의 무덤: 일
           곱 장으로 구성된 한 편의 잔혹극』으로 유고연방의 권위 있는 문학상
           인 '이반 고란 코바치치 상' 수상.

1978       논쟁적 평론집 『해부학 수업』 출간. 이 책에서 『보리스 다비도비치의

무덤: 일곱 장으로 구성된 한 편의 잔혹극』의 이론적 토대와 작가 자
신의 문학적, 정치적 입장을 설명함.

1979      『해부학 수업』으로 유고연방의 권위 있는 문학상인 '젤레자르 시삭
          상' 수상.

1979~83  프랑스 릴 대학에서 유고문학 강의.

1980      그간의 문학적 공로를 인정받아 파리에서 '니스 황금독수리 상' 수상.

1983      희곡집『밤, 안개』출간. 평론 및 인터뷰 모음집『호모 포에티쿠스』
          출간. 연작소설집『죽은 자들의 백과전서』출간.

1984      『죽은 자들의 백과전서』로 유고연방의 권위 있는 문학상인 '스켄데르
          쿨레노비치 상'과 '안드리치 상' 수상.

1986      『죽은 자들의 백과전서』로 프랑스 정부로부터 '예술과 문학 기사 작
          위' 받음.

1988      세르비아 국립학술원 비상임 위원으로 선출됨. 문학적 공로를 인정받
          아 이탈리아의 '테베레 상', 독일의 '문학잡지 상', 유고연방의 '아브
          노이 상'을 잇달아 받음.

1989      3월 이스라엘 여행. 문학적 공로를 인정받아 미국 펜클럽으로부터
          '브루노 슐츠 상' 수상.

1989      10월 15일, 파리에서 폐암으로 사망.

1990      사후에 인터뷰 모음집『시련의 쓰린 앙금』출간됨. 이후 잇달아 작품
          이 출간되며 재조명받음.

1992      시집『노래와 후렴』출간됨.

1994      단편소설집『플루트, 그리고 상흔』출간됨.

1995      평론 및 단편소설 모음집『잡문(雜文)』출간됨.

1995      번안 희곡『엘렉트라의 노래』출간됨.

# '대산세계문학총서'를 펴내며

2010년 12월 대산세계문학총서는 100권의 발간 권수를 기록하게 되었습니다. 대산세계문학총서의 발간은 앞으로도 계속될 것이고, 따라서 100이라는 숫자는 완결이 아니라 연결의 의미를 지니는 것이지만, 그 상징성을 깊이 음미하면서 발전적 전환을 모색해야 하는 계기가 된 것은 분명합니다.

대산세계문학총서를 처음 시작할 때의 기본적인 정신과 목표는 종래의 세계문학전집의 낡은 틀을 깨고 우리의 주체적인 관점과 능력을 바탕으로 세계문학의 외연을 넓힌다는 것, 이를 통해 세계문학을 바라보는 우리의 시각을 전환하고 이해를 깊이 해나갈 수 있도록 한다는 것이었다고 간추려 말할 수 있습니다. 그리고 궁극적으로는 우리의 인문학을 지속적으로 발전시켜나갈 수 있는 동력이 될 수 있기를 희망하는 것이었습니다. 이러한 기본 정신은 앞으로도 조금도 흐트러지 않고 지켜나갈 것입니다.

이 같은 정신을 토대로 대산세계문학총서는 새로운 변화의 물결 또한 외면하지 않고 적극 대응하고자 합니다. 세계화라는 바깥으로부터의 충격과 대한민국의 성장에 힘입은 주체적 위상 강화는 문화나 문학의 분야에서도 많은 성찰과 이를 바탕으로 한 발상의 전환을 요구하고 있습니다. 이제 세계문학이란 더 이상 일방적인 학습과 수용의 대상이 아니라 동등한 대화와 교류의 상대입니다. 이런 점에서 대산세계문학총서가 새롭게 표방하고자 하는 개방성과 대화성은 수동적 수용이 아니라 보다 높은 수준의 문화적 주체성 수립을 지향하는 것이며, 이것이 궁극적으로 한국문학과 문화의 세계화에 이바지하게 되리라고 믿습니다.

또한 안팎에서 밀려오는 변화의 물결에 감춰진 위험에 대해서도 우리는 주의를 게을리하지 말아야 할 것입니다. 표면적인 풍요와 번영의 이면에는 여전히, 아니 이제까지보다 더 위협적인 인간 정신의 황폐화라는 그늘이 짙게 드리워져 있는 것이 사실입니다. 대산세계문학총서는 이에 대항하는 정신의 마르지 않는 샘이 되고자 합니다.

'대산세계문학총서' 기획위원회

# 대 산 세 계 문 학 총 서